Título original: *Love in the time of serial killers*
Alicia Thompson © 2022
Published in agreement with Sandra Bruna Agencia Literaria

EDIÇÃO Felipe Damorim e Leonardo Garzaro
ASSISTENTE EDITORIAL André Esteves
TRADUÇÃO Camila Javanauskas
ARTE Vinicius Oliveira e Silvia Andrade
REVISÃO Carmen S. Costa, Isabela Figueira e Mara Magaña
PREPARAÇÃO Leticia Rodrigues

CONSELHO EDITORIAL
Felipe Damorim
Leonardo Garzaro
Vinicius Oliveira

Dados Internacionais de Catalogação na Publicação (CIP)
(Câmara Brasileira do Livro, SP, Brasil)

T468a
    Thompson, Alicia
    O amor nos tempos dos serial killers / Alicia Thompson;
    Tradução de Camila Javanauskas.
    Santo André-SP: Rua do Sabão, 2024
    Título original: Love in the times of serial killers
    328 p.; 14 × 21 cm
    ISBN 978-65-81462-71-0
    1. Romance. 2. Literatura norte-americana. I. Thompson,
    Alicia. II. Javanauskas, Camila (Tradução). III. Título.

                                                                         CDD 813
Índice para catálogo sistemático:
I. Romance : Literatura norte-americana
Elaborada por Bibliotecária Janaina Ramos – CRB-8/9166

[2024] Todos os direitos desta edição reservados à:
Editora Rua do Sabão
Rua da Fonte, 275, sala 62B - 09040-270 - Santo André, SP.

www.editoraruadosabao.com.br
facebook.com/editoraruadosabao
instagram.com/editoraruadosabao
twitter.com/edit_ruadosabao
youtube.com/editoraruadosabao
pinterest.com/editorarua
tiktok.com/@editoraruadosabao

ALICIA THOMPSON

O AMOR NOS TEMPOS DOS SERIAL KILLERS

Traduzido por **Camila Javanauskas**

Para minha irmã Brittany.
Porque eu te amo, e porque você entende.

Uma escrivaninha vitoriana de noventa quilos, obviamente, não havia sido feita para ser deslocada sem ajuda. Mas, pelo menos, não vinha acompanhada dos manuais de instruções da IKEA: indecifráveis e com imagens de bonecos de palitinhos servindo como guias, então... Não havia nada dizendo que não poderia ser feito.

Eu dei um passo para trás, observando a escrivaninha presa ao teto do carro. Era a única mobília que eu trouxera, e era uma monstruosidade. O dono do meu antigo apartamento na Carolina do Norte havia me ajudado a colocá-la no carro e foi essa a razão pela qual consegui dirigir direto para a Flórida, parando apenas uma vez em uma área de descanso no Taco Bell de Starke.

Se eu soltasse as cordas, era bem possível que a escrivaninha escorregasse para fora do carro. Conseguia me ver tentando segurá-la e acabando esmagada no chão como uma panqueca, igual aos personagens de desenho quando um piano cai sobre eles. Mas talvez eu conseguisse apoiá-la nos braços e lentamente fazer com que deslizasse pelo chão. E então carregá-la para dentro de casa parecendo um pinguim.

Eu me virei para inspecionar a antiga casa do meu pai, que esteve vazia pelos últimos seis meses, desde a sua morte, em janeiro. Tecnicamente, ela agora é minha e do meu irmão. Mas não sinto que essa é a minha casa desde o dia em que eu e minha mãe nos mudamos, quando eu tinha treze anos.

Meu irmão, Conner, talvez estivesse acordado, mesmo que o meu celular mostrasse que já eram duas da manhã. Ele sempre foi de jogar videogame, e ficava até altas horas tentando mais um nível ou mais um chefão. Mas isso era antes de ele ir morar com Shani, antes de ele conseguir o seu emprego em um *call center*, o primeiro depois da universidade. E, de qualquer forma, eu não iria mandar mensagem para ele vir me ajudar com algo estúpido como uma escrivaninha.

    Eu e Conner não éramos muito próximos. Nós mal crescemos juntos — quando nossos pais se separaram, ele escolheu ficar com nosso pai, enquanto eu fui morar com a nossa mãe. Apesar de ser sete anos mais novo, vinte e três para os meus trinta, essa diferença não é a única explicação possível para a exuberância otimista dele em contraste com o meu cinismo cansado. Nós passávamos tempo juntos durante as festas e finais de semana programados, é claro, mas mesmo assim, na maioria das vezes em que pensava nele, eu lembrava principalmente da sua maneira de comer ketchup na tigela aos seis anos.

    Digitei "Como mover móvel pesado sozinha" na barra de pesquisa do meu celular e rolei pelos resultados. Propagandas de empresas de mudanças, um artigo explicando como usar cordas e outros apetrechos para garantir um transporte seguro, uma série de equipamentos que eu não tinha, mais alguns artigos que basicamente se resumiam em: não faça sozinha.

    — Precisa de ajuda? — a voz chegou por trás, e eu pulei e soltei um gritinho. O celular voou da minha mão e caiu no chão com aquele barulho que indicava com toda certeza que a tela havia quebrado.

    Eu girei e me deparei com um homem me encarando. Ele estava parado na calçada, a uma distância aceitável, mas, ainda assim! Ele apareceu do nada. Tinha um cabelo escuro, bagunçado, e vestia jeans e uma camiseta com um largo rasgo na gola. Quando olhei para baixo, vi que ele estava descalço.

    — Que porra?! — eu disse, mais em referência ao fato de ele estar descalço do que de ter falado comigo.

    Ele deu um passo para trás, como se *eu* é que *o* tivesse assustado, e colocou as mãos no bolso. — Me pareceu que você precisava de ajuda...

    — Pois não preciso — respondi bruscamente. Agachei para pegar meu celular e lá estava, óbvio, a tela rachada. Ótimo. Os resultados da pesquisa brilhavam por detrás de várias linhas. Irracionalmente, pensei que ele havia visto a minha pesquisa e vindo até mim por meio de uma espécie de sinal do Batman para caras esquisitos que espreitam mulheres sozinhas no meio da noite em subúrbios.

E agora ele sabia onde eu morava. Estava tentada a entrar no carro, dirigir até um posto de gasolina e ficar no estacionamento pela duração de um episódio inteiro de podcast, e só então circular o quarteirão algumas vezes e parar na entrada de casa. Embora, pensando bem, provavelmente essa paranoia fosse por culpa dos podcasts. Eu consegui chegar racionalmente a essa conclusão com uma parte do meu cérebro, enquanto a outra berrava: "Este é o cenário exato dos dois próximos podcasts do canal que você ouve! Eles vão te usar na abertura!".

— Eu não moro aqui — soltei.

Ele apenas piscou, claramente confuso. A cada segundo que permanecia ali descalço, mais inofensivo ele parecia. Percebi que era apenas alguns centímetros mais alto do que eu e provavelmente pesava menos, ainda mais comparado a mim, magro e reto do jeito que era, enquanto eu tinha minhas curvas.

Mas não era exatamente assim que caras como ele ganhavam a nossa confiança? Oferecendo ajuda, como o assassino do Zodíaco que dizia que o seu pneu estava furado e então se colocava à disposição para "consertá-lo", apenas para sabotar seu carro e levar você como refém? Ou aparecendo como indefeso, com muletas falsas que nem o Ted Bundy, pedindo ajuda para levar compras de supermercado até o carro?

Nem fodendo. Preferia parecer rude a arriscar ser levada para outro lugar.

Ele apontou para a escrivaninha.

— Isso parece pesado — ele disse.

Ter dirigido dez horas deve ter confundido o meu cérebro, porque as palavras dele me fizeram rir. A situação era absurda — essa conversa aleatória que mal alcançava polissílabas, a escrivaninha gigantesca amarrada no meu Camry,[1] o fato

---
[1] Modelo sedã da Toyota, muito apreciado nos EUA, com motorização híbrida.

de eu estar definitivamente aqui, na frente de uma casa da qual tinha pouquíssimas memórias afetivas. Eram duas da manhã e eu estava com uma calça de pijamas manchada de café porque havia tido a brilhante ideia de vesti-la para assim poder simplesmente rolar para a cama quando chegasse, esquecendo de considerar um fator importantíssimo, que era a minha inabilidade de tomar bebidas com a mão direita enquanto dirigia.

— Meu caro — eu disse. — Se você acha que essa escrivaninha é pesada, em cinco segundos você vai ver o quão pesado meu dedo é no gatilho do spray de pimenta se você não se afastar.

Ele olhou para mim por um momento, quase pronto para dizer alguma outra coisa. Percebi que provavelmente estava na hora de reler *The gift of fear*,[2] porque as borboletas em meu estômago não eram de ansiedade, mas sim de antecipação. Como se houvesse uma sutil atenção no olhar dele e eu quisesse desvendar o que havia por trás.

Então, eu me virei novamente para a escrivaninha, fingindo prendê-la ainda mais firmemente no capô do carro, como se não fosse o oposto do que precisava fazer. Quando olhei por cima do ombro um minuto depois, ele havia ido embora, tão silenciosamente quanto fora em sua chegada.

Descansei a testa no carro, meus dedos relaxando ao redor das pernas da escrivaninha. Eu estava tão cansada. Duvidava que alguém estaria interessado em roubar o móvel, e não iria chover durante a madrugada. A melhor opção era entrar na casa e deixar a escrivaninha ser um problema do dia seguinte, quando estivesse descansada, cafeinada e refrescada.

Peguei minha mochila do banco do passageiro, arrastei a mala maior do banco de trás e tranquei o carro. A vizinhança do meu pai era antiga, diferente das Associações de Moradores que controlavam a iluminação da rua, o que a deixava totalmen-

---

[2] *O dom do medo*, em tradução livre. Título ainda não traduzido para o português. Livro de Gavin de Becker que ensina a notar até mesmo os menores sinais de perigo.

te escura. Dei uma última olhada ao redor — no lado esquerdo, um gato de rua estava deitado na calçada do vizinho, na casa da direita, uma única luz brilhava do lado de dentro. Satisfeita por estar sozinha, eu fui em direção à porta da casa do meu pai.

O que veio primeiro foi aquele cheiro de mofo, como se alguém tivesse deixado uma toalha molhada no chão por tempo demais, e um leve odor de antisséptico, como se a mesma toalha tivesse sido borrifada com desinfetante algumas vezes. Talvez fosse isso o que Conner quisera dizer quando comentou que ele vinha uma vez na semana para "limpar".

O lugar não parecia limpo. O que não era totalmente culpa dele; afinal, nosso pai era uma pessoa acumuladora, não ao ponto de merecer um episódio em um programa de TV, mas o suficiente para ter dificuldade em se desapegar de caixas. Logo na entrada, eu bati meu dedão em uma caixa plástica cheia de revistas e correspondências, e então derrubei uma vassoura no chão. As cerdas estavam cobertas de teias de aranha, não deixando dúvidas de que Conner não havia sequer tocado nela.

Coloquei minhas coisas no primeiro espaço desocupado que encontrei na sala de estar. O quarto do meu pai era à esquerda, mas eu não dormiria lá de jeito nenhum. Não foi lá que ele morreu nem nada do tipo — foi um ataque cardíaco no meio do supermercado, rápido e indolor, como os médicos nos disseram —, mas, mesmo assim, era o quarto do *meu pai*.

Ainda assim, abri a porta, só para olhar. Mais revistas, empilhadas ao lado da cama e algumas espalhadas em volta após terem tombado. Qual era o problema dele com revistas? Eu nunca pensei em meu pai como um ávido leitor. Mas ele era obcecado por aquelas edições comemorativas que podem ser encontradas nos caixas de supermercado, *Os 100 Melhores Filmes*, ou *Lembranças do Dia D*, ou *Fotografias que Mudaram o Mundo*.

Em seguida, olhei a cozinha, não esperando encontrar nada comestível, mas torcendo para que não tivesse nenhum saco de açúcar aberto onde as formigas estariam fazendo a festa. Quando abri a geladeira, estava surpreendentemente limpa e com uma caixa grande de Kit Kat e um engradado de vinte e quatro latas de Mountain Dew.[3]

Nas latinhas, escrito de forma desleixada e em maiúsculas, um *post-it* onde se lia: BEM-VINDA DE VOLTA, PHOEBE! Não tinha uma assinatura, mas, claro, apenas uma pessoa tinha as chaves desse lugar. E uma única pessoa que amava Mountain Dew ao ponto de ter sido presa tentando roubar um cartaz de papelão de dois metros de altura de uma garrafa de Mountain Dew de dois litros. A desculpa? Era para o dormitório dele.

Sorri sozinha, balançando a cabeça enquanto fechava a geladeira. Um gesto doce vindo de Conner, ter lembrado de me deixar algo. *Doce* era definitivamente a palavra principal, já que ficaria bêbada de açúcar se me alimentasse somente de seus presentes. Iria fazer compras pela manhã.

Por enquanto, estava exausta, e tudo o que eu queria fazer era tirar essas calças de pijama manchadas de café e cair na cama. Eu só esperava que meu pai tivesse mantido uma cama no quarto do meu irmão ou no meu antigo. Meu irmão morou nessa casa por mais tempo do que eu, saindo havia apenas três anos, quando se transferiu de uma faculdade comunitária para um campus a algumas horas de distância. Quando verifiquei o quarto de Conner, vi que ele havia provavelmente levado a cama consigo em algum momento, ou então meu pai se livrou dela. Ainda tinha alguns sinais de que ele havia vivido lá, como o enorme pôster de *Red Dead Redention*[4] que fora pendurado em uma parede, mas, por outro lado, o quarto era composto por apenas uma mesa velha empurrada para um canto, algumas cestas de roupa suja cheias de utensílios domésticos, e os pedaços de um computador colocados no chão como se alguém tivesse sido interrompido no meio de uma tentativa de consertá-lo.

---

3 Refrigerante de cor verde-limão, da PepsiCo, popular nos EUA e lançado por aqui na década de 1980, sem grande sucesso. A PepsiCo voltou a comercializá-lo a partir de 2015, mas também não teve boa aceitação no mercado brasileiro.
4 Jogo de videogame lançado para Playstation 3 e Xbox-360 em 2010.

Mexeu comigo ver o computador assim. Eu podia visualizar meu pai trabalhando nisso, podia imaginá-lo tentando explicar para o Conner como algumas das partes iam juntas e depois ficando impaciente quando o filho continuava fazendo perguntas sobre algum aspecto do processo que ele ainda não tinha explicado.

Não tinha como saber o que tinha acontecido, talvez fosse algo completamente diferente do que acabara de imaginar. Mas, naquele momento, eu podia ver a cena claramente como se ele ainda estivesse vivo e nesse cômodo. Meu pai, sorrindo gentilmente enquanto descrevia o que um chip microprocessador fazia, ou algo do tipo. Meu pai, arremessando a placa-mãe pelo quarto e deixando uma marca na parede enquanto ele gritava para o Conner *ouvir*, apenas *ouvir*.

Respirei fundo antes de abrir a porta do meu antigo quarto. Fazia quinze anos que não entrava ali. Quinze anos desde que havia dito que não ia voltar para visitas de finais de semana. Meu pai não era do tipo que queria uma academia em casa ou até mesmo um quarto de hóspedes, já que ele evitou a maioria das atividades físicas e nunca recebeu um único convidado. Eu não tinha ideia do que esperar.

Tudo estava exatamente igual. Minha cama de solteiro com a estrutura de ferro forjado, a colcha azul e amarela do Walmart, o preto pintado nas paredes, as colagens de olhos que eu recortava das revistas e grudava em todos os lugares. Uma mesa no canto onde eu passava a maior parte do meu tempo, conversando com amigos no meu laptop. Um vaso de flores secas na minha cômoda, meu filme favorito em DVD. Então fora ali que minha cópia de *Atração mortal* tinha ficado.

Encontrei mais alguns lençóis no armário de jogos de cama — eles tinham aquele cheiro forte de naftalina e abandono, mas deviam se encontrar em melhores condições do que os que estavam na cama. Então eu carreguei minhas malas para o quarto, coloquei-as no chão e concluí o mais rápido que pude a tarefa de escovar os dentes e me preparar para dormir.

A última coisa que fiz antes de desligar a luz foi arrancar todos os olhos das paredes. Se tivesse que lidar com antigas modelos rejeitadas pela *America's Next Top Model* me encarando enquanto eu dormia, iria ter pesadelos com a Tyra Banks tentando descolorir minhas sobrancelhas.

Ok, a antepenúltima coisa. Depois que eu me deitei por uns minutos, tornei a me sentar, liguei o abajur do lado da cama e peguei meu caderno de dentro da mochila, no qual eu fazia todas as anotações da minha tese.

> *Encontro c/ um homem estranho no dia 3 de junho, aproximadamente às 2 da manhã. Branco, 1,70 m, um pouco malvestido, cabelo castanho bagunçado. Camiseta rasgada, jeans, sem tênis. Origem e destino desconhecidos, acredito que seja um daqueles que andam à noite por aí. Andarilho Noturno.*

Mastiguei a ponta da caneta, me perguntando se deveria incluir outros detalhes. Estava muito escuro para dizer de que cor eram os olhos dele. A sua voz soara profunda, um pouco rouca, quase..., mas eu não podia escrever isso. Se meu corpo acabasse sendo encontrado na floresta atrás da casa, e os investigadores fossem competentes o suficiente para fazer uma análise forense desse caderno, eu não queria certas palavras complicando a narrativa. Palavras como *envolvente*, ou, Deus me livre, *sexy*. Eu coloquei o caderno na minha mesa de cabeceira e desliguei a lâmpada.

DOIS

Acordei na manhã seguinte com o toque do meu celular, que começava com um bipe robótico e evoluía para algo mais parecido com um alarme de ataque nuclear. Precisei de alguns segundos para registrar que a minha tela estava toda rachada, precisei de ainda mais tempo para lembrar dos eventos da noite anterior. Demorei tanto tempo apenas encarando meu celular com a visão turva, um olho ainda fechado, que acabei perdendo a chamada.

Não tinha nem como dizer quem era, por causa da fissura que estava estrategicamente cruzando o nome da pessoa que ligava. Então veio uma batida na porta da frente, o padrão clássico rítmico, e eu resmunguei. Conner. Só podia ser.

Ainda assim, peguei meu velho violão do armário por precaução. Se fosse um intruso, eu teria a possibilidade de bater nele com o instrumento... ou pelo menos tocar um *riff* fora de sintonia de *When I Come Around* até que ele saísse.

Quando abri a porta, Conner estava parado na entrada, usando aqueles óculos de sol grandes que eram ridículos e um sorriso idiota.

— Oi! — ele disse, entusiasmado. — Qual é a do violão?

Apoiei o instrumento no encosto do sofá.

— Nada — respondi, abrindo mais a porta para deixá-lo entrar. — Eu cheguei ontem tarde da noite, então tudo continua uma zona.

— Ora, Phoebe, não estava esperando mesmo milagres de você — ele disse. — E qual é a da escrivaninha lá fora?

Olhei por cima do ombro de Conner, para o capô do carro. Onde deveria estar uma escrivaninha com quatro pernas de madeira esculpida, um conjunto de gavetas e uma prateleira. Mas não estava lá.

Em vez disso, ela havia sido levada para o lado da casa, escondida sob o beiral sobre a garagem. E a menos que de alguma forma minha escrivaninha vitoriana tivesse ganhado a capacidade de sair do meu carro e andar sozinha até lá, isso só poderia significar uma coisa: o Andarilho Noturno. (O *Stalker* da Calçada? O Homem da Mudança? O Açougueiro Descalço? E vamos torcer para o último nunca vingar.)

— A vizinhança é estranha — eu disse. — Entre.

Tranquei a porta atrás de Conner, tirando um momento apenas para observá-lo enquanto ele olhava ao redor da sala de estar. Seus ombros eram mais largos do que eu me lembrava — ele estava malhando? A ideia de meu irmão mais novo ser adulto o suficiente para ter se matriculado numa academia parecia estranha. Reparei na tatuagem em sua panturrilha — Crash Bandicoot,[5] na pose clássica que o personagem fazia quando você deixava o controle ficar ocioso por muito tempo, em que ele virava a cabeça para trás para olhar por cima do ombro. Ok, isso era mais parecido com o Conner do que eu me lembrava.

Um momento atrás nós teríamos nos abraçado. Teria sido a coisa mais natural logo no início, antes daquela pausa carregada de expectativa, antes que qualquer palavra real tivesse sido trocada. Conner se virou e sorriu para mim, eu peguei uma das revistas do nosso pai da caixa que estava perto da porta.

— O que é tudo isso? — perguntei. — Ele caiu no golpe e acabou tendo que assinar todas elas?

Conner deu de ombros.

— Ele pegava várias que eram disponibilizadas gratuitamente na biblioteca. Gostava de recortar coisas que considerava interessantes.

Eu folheei a revista. E ali estava, vários recortes retangulares, marcas de páginas inteiras arrancadas. Joguei a revista novamente dentro da caixa.

— Venho trocando e-mails com a mulher da imobiliária — eu contei. — Ela recomendou que tentássemos deixar a casa

---

[5] Franquia de jogos eletrônicos desenvolvida pela Naugthy Dog para o console da PlayStation.

pronta para ser listada até o meio de julho, para as pessoas que possam estar interessadas em alugar para seus filhos que irão começar a estudar na região.

O que nos dava um mês e meio para organizar a casa.

Conner olhou em volta, para a bagunça, seu olhar passando pelas louças velhas em uma mesa de canto, pela pilha de roupas no meio da sala e as caixas de papelão que estavam amassadas entre o sofá e a parede. Eu nem sabia por que meu pai tinha tantas coisas, tanto lixo e objetos inúteis, e senti que começava a ficar com raiva de Conner por ele não ter feito mais para cuidar desse lugar. Para cuidar do nosso pai, que, de qualquer maneira, sempre fora mais dele do que meu.

Então Conner por fim me encarou de novo, fazendo uma expressão comicamente exagerada que quase me fez sorrir. Quase. Eu ainda não tinha tomado café.

— Já sei — disse. — Me dá quinze minutos para eu tomar banho e me trocar, e então a gente pode pegar algo para tomar café e bolar um plano. O que acha?

Nós paramos na Waffle House que tinha ali perto. Havia algo tão reconfortante, tão consistente naquele lugar. Me senti imediatamente dez vezes mais à vontade do que naquela casa velha, congelando minha bunda em uma cabine em frente ao meu irmão, nós dois olhando para os menus gordurosos como se não escolhêssemos o mesmo sempre.

— Então — comecei após fazermos os nossos pedidos. — Como vai a Shani?

O rosto de Conner se iluminou. Era realmente enjoativo o quanto ele amava a namorada. Não me orgulhava do fato, mas eu havia silenciado meu irmão nas redes sociais durante o mês de aniversário de namoro dos dois, porque todo dia ele postava mais uma coisa que amava nela. O jeito fofo como o nariz dela franzia quando ria. O jeito que ela cozinhava a receita de *masala dosa* de sua mãe indiana. Como ela sempre esteve lá por ele. A lista continuava, não tinha fim.

Ele havia criado uma hashtag e tudo mais. Não que *#ShaniLove* tenha sido mega criativo, mas mesmo assim. A foto que causara a minha medida drástica havia sido uma em que ele escrevia a hashtag em mostarda no cachorro-quente para comemorar o quinto encontro deles, que ocorrera em um jogo de beisebol. Quem lembra aonde foi no seu *quinto* encontro?

— Shani está ótima — ele disse. — Ela tem mais um ano de enfermagem pela frente e aí se forma. Ela disse que realmente gostou de trabalhar no andar da neurologia, mas que não há muitos empregos naquele departamento, então vai pegar o que tiver e partir de lá.

A perna de Conner agitava-se rapidamente debaixo da mesa. Eu reconheci o hábito de quando ele era mais novo e estava animado por causa de alguma coisa. Havia mais que ele queria dizer, eu conseguia sentir.

— Ok... — eu disse, suspeitando da reação dele. Talvez ele e Shani estivessem pensando em se mudar depois que ela se formasse? Mas eu não sabia por que ele não me diria isso. Eu só estava planejando ficar na Flórida o tempo suficiente para limpar e vender a casa do nosso pai, então não importava para mim se Conner se mudasse também.

Merda. Será que Shani estava *grávida*? Ele não estaria falando sobre a faculdade dela e a possibilidade de carreira se essas coisas não tivessem risco de serem afetadas, certo?

— Eu vou pedi-la em casamento! — ele soltou, retirando de seu bolso uma caixa de veludo azul-escuro, a qual ele abriu e mostrou para mim. Pela minha visão periférica, eu podia ver o único outro cliente do restaurante olhar por cima do jornal, e minha mão rapidamente fechou a caixa.

— Jesus! — eu disse. — Guarde isso antes que todos pensem que você está *me* pedindo em casamento.

— Foi mal — ele respondeu, mas abriu a caixa mais uma vez para olhar o anel antes de colocar novamente em seu bolso.

— Eu vendi o meu aparelho de realidade virtual para comprar. Eram quatrocentos dólares, mas consegui por trezentos e cinquenta. E eles me deram uma caixa mais bonita de graça.

— Isso é ótimo — eu disse. Minha voz soando mais fraca do que eu gostaria. Não é que eu não estava feliz pelo meu irmão, é que a notícia havia me surpreendido. Parecia tão rápido.

— Você não acha que deveria esperar? Até que você esteja... mais velho?

Fiz uma careta assim que falei, mas Conner não pareceu ofendido.

— Não — ele disse. — Aquela garota tem meu coração todinho. Por que esperar para dizer a ela?

A garçonete veio então com nossa comida, e Conner começou um discurso de como o bacon estava tão cru que poderia se levantar sozinho. A garçonete foi de perguntar rispidamente se ele queria que fosse refeito para rir com Conner enquanto ele fazia o bacon marchar sobre seu prato. Esse era meu irmão.

No entanto, as palavras dele me sacudiram, e eu não sabia por quê. Foi só porque me preocupava com ele e esperava que ele não estivesse agindo de forma impulsiva? Eu achava que não. Ele mal tinha saído da faculdade, o que me parecia tão recente, mas ele e Shani também estavam namorando desde o último ano do ensino médio, então não era como se o relacionamento deles fosse novo. Minha reação instintiva à parte, eu gostei muito de Shani nas duas vezes que a encontrei, e meu irmão parecia muito feliz com ela.

Era porque eu estava com ciúmes? Meu último relacionamento dificilmente poderia ser considerado, na verdade, um relacionamento. Eu havia ficado com um rapaz por quem eu tinha uma queda desde a nossa aula de Bibliografia do primeiro ano, um Adônis de cabelos loiros, verdadeiramente bonito e que fora um estudioso de *Beowulf* (meu primeiro sinal), e que me deu também algumas noites de sexo sem graça (outro sinal, suponho eu) antes de me ignorar por completo.

Mas aquilo havia machucado meu orgulho, não meu coração. E eu acho que foi aquela frase que tinha fincado fundo, como uma lasca — *tem meu coração todinho*. Eu já tinha dado a alguém ou algo tanto de mim mesma? Eu ao menos quis isso?

— Você vai comer o branco do ovo? — Conner perguntou, o seu garfo já sobre o meu prato.

Uma pequena parte de mim queria dizer sim, mas ele sabia que eu pedia ovos fritos com a gema mole apenas para mergulhar minha torrada nas gemas e depois ignorar o resto. Ele costumava chamá-lo de Especial Arranca Olhos.

Empurrei meu prato em sua direção. — Você podia ao menos esperar eu terminar de comer — eu disse, enquanto ele começou a cortar as partes brancas em volta das gemas, empurrando-as para o seu prato.

— Mas aí elas não estariam mais tão quentes, Pheebs — ele disse, suas sobrancelhas subindo e descendo.

— Então — eu disse —, quando você vai pedir ela em casamento?

— Não é sobre o *quando*, e sim sobre o *como* — ele respondeu enquanto mordia o ovo.

Eu o esperei terminar de mastigar, então lhe fiz um sinal com a mão para que continuasse a falar. — Ok... Então *como* você está planejando o pedido?

— Eu não sei! — Conner disse. — É por isso que eu ainda não decidi quando. Tem que ser épico, tipo nível viral, notícia de jornal daquelas você-não-vai-acreditar-nisso, sabe?

Para mim, a maneira mais rápida de garantir esse tipo de resposta a um pedido de casamento era fazer com que algo desse estrategicamente errado, mas eu não disse isso a ele.

— Um caminho de rosas que a leva até um lugar significativo — eu sugeri.

— Amador.

— Contrata um mergulhador para segurar uma placa em um aquário.

Conner deu um sorriso de lado. — Shani odeia tartarugas.

— Aqueles aviões que escrevem mensagens no céu.

— Eu fui olhar — ele disse. — Caro demais.

Obviamente, isso não era o meu forte. Eu nunca havia pedido alguém em casamento ou sido pedida em casamento. Nunca cheguei nem perto. E a ideia de se expor publicamente dessa forma ou de outra pessoa te expondo para uma resposta importantíssima de maneira tão explícita... Eu iria preferir assistir ao episódio mais sinistro de *48 Hours* a me submeter a esse tipo de horror. O episódio *Pesadelo em Napa*, em que o assassino era o marido da colega de quarto da vítima, o mesmo homem que havia dado uma entrevista simpática para o programa antes de eles saberem que ele era o culpado.

— Espere — eu disse, percebendo finalmente o que Conner havia dito. — Shani odeia tartarugas? Não tubarões ou águas-vivas, ou enguias? Mas tartarugas?

— Elas não têm corpo dentro da sua casca. O corpo das tartarugas *são* as cascas. Isso deixa ela agoniada.

— Entendi. — Eu guardei a informação antes de voltar para o tópico que estávamos discutindo. — De qualquer forma, como eu disse, entrei em contato com a agente imobiliária. Ela disse que não há como deixar a casa perfeita a tempo, então devemos apenas limpá-la, enfeitar o máximo que pudermos e nos preparar para vender abaixo do preço de mercado. Temos que ter cuidado para não investir muito dinheiro nisso também, porque não sobrará muito depois que as outras dívidas do papai forem pagas.

As sobrancelhas de Conner franziram.

— Que outras dívidas?

— Um cartão de crédito que parecia ter sido usado praticamente para compras on-line daqueles canais de TV. — Uma pausa. — E seu débito estudantil.

— Ah — Conner disse. — Certo.

Me quebrou um pouco o fato de ele não sentir culpa ou vergonha disso. Quando nossos pais se divorciaram, a gente descobriu que o acordo entre eles era cada um assumir todas as finanças da criança em sua custódia em tempo integral. Então, enquanto nossa mãe se recusou a pagar um centavo pela minha educação, me dizendo que eu tinha dezoito anos e deveria começar a pensar na minha própria autossuficiência, nosso pai se propôs a pagar os estudos de graduação de Conner.

— O que me lembra — eu disse — que tenho que terminar minha tese este verão para poder defender no outono. Não vou conseguir mais financiamento se eu atrasar mais do que isso. Sei que você tem o seu novo emprego, então não espero que venha todos os dias ou coisa do tipo... mas eu realmente preciso que você ache um tempo durante os finais de semana para vir me ajudar com a casa. Ok?

— Claro, doutora Walsh — Conner disse. — Sobre o que é a sua tese?

Tomei um grande gole do meu café, que tinha esfriado.

— Ainda não sou doutora. E é sobre *true crime* como um gênero literário — eu disse, minha explicação para quando eu realmente não queria entrar no assunto de forma mais especial. — A relação entre autor e assunto, nossa fascinação com *serial killers* como uma cultura. Esse tipo de coisa.

— Alegre — ele disse. — Você vai terminar o waffle?

Finquei o garfo no outro pedaço e levei até a boca.

— Sai para lá. O resto disso é meu.

A questão de o que fazer em relação àquela escrivaninha gigantesca mostrou-se presente novamente assim que chegamos em casa. Ela ainda estava ali, ao lado da porta da frente. Eu acho que deveria me sentir aliviada pelo Homem da Mudança da Meia-Noite não ter estendido seus serviços para que incluíssem invasão de propriedade. Havia um canto na sala de estar, o tamanho perfeito para colocar um piano se tivéssemos sido esse tipo de família, mas, em vez disso, meu pai jogou uma cadeira de couro velha lá e a empilhou com coisas. Convenci Conner a me ajudar a mover a cadeira para o meio da sala de estar e depois enfiar a escrivaninha no seu lugar.

— Não deveríamos — Conner bufou enquanto lutava para fazer a escrivaninha passar pela porta — estar *tirando* as coisas?

— Esse pedaço de madeira é a única coisa que eu amo no mundo inteiro — eu disse, antes de prender meu dedo entre a escrivaninha e a parede e soltar um palavrão. Examinei aquele avermelhado na pele e comecei a pensar em como seria difícil digitar com um dedo fraturado antes que a dor diminuísse e desaparecesse.

— Além disso, eu preciso para o trabalho. — Fui fechar a porta da frente, mas vi um homem descendo pela calçada. Não apenas um homem. *O homem*. O Homem da Mudança da Meia-Noite.

Logo quando eu parei de pé na porta, meu coração parecendo bater fora do peito, ele olhou para cima. Parecia um pouco mais apresentável à luz do dia — calças cáqui, camisa branca abotoada, cabelo castanho, talvez penteado, e, pelo menos, definitivamente usando sapatos. Enquanto eu continuava a olhar, ele levantou a mão para um aceno.

Fechei a porta tão rápido que fiz minha velha guitarra vibrar com um zumbido baixo e sem tom.

— O que foi? — Conner perguntou.

— É ele — eu disse, cruzando até a janela para ajustar as persianas e olhar para fora. — O homem que moveu a escrivaninha para mim ontem à noite.

— Uh... — Conner disse —, não foi isso que acabamos de fazer? Ou você tem duas dessas coisas?

— Não — disse sem paciência, não querendo realmente entrar em detalhes do encontro. — Ela estava amarrada no capô do meu carro. Ele deve tê-la tirado e trazido para casa.

— Isso foi legal — Conner disse. — Muito atencioso da parte de um vizinho.

— Ele não é um... — comecei a dizer, mas parei quando o vi entrando em sua picape na garagem ao lado e saindo para a rua. Hum! Ele era um vizinho.

Bem, de uma coisa eu sabia. Se o noticiário local alguma vez viesse me ver depois que ele fosse pego por um grande assassinato em massa, eu não seria aquela vizinha chocada, do tipo "Quê? *Aquele* rapaz? Ele era tão legal e gentil com os vizinhos! Ele me ajudou com um móvel pesado uma vez. Ficava sempre na dele. Educado. Acenava quando me via na rua".

Ele era gentil ou estava simulando gentileza? Mover a mesa foi uma maneira sutil de me fazer sentir em dívida com ele? O sigilo era uma necessidade prática se você tivesse algo a esconder; a polidez era o clorofórmio social. Eles dizem que todos os *serial killers* em algum nível *querem* ser pegos, e essa talvez fosse a única maneira de explicar o aceno.

— ...Antigos vizinhos começaram a entreolhar-se com temor, como se fossem estranhos — eu disse suavemente para mim mesma.

Por trás de mim, Conner riu.

— Se alguém está agindo estranhamente aqui, é você. Esse é um momento Tia Helga da sua parte.

Eu estava citando o clássico *A sangue frio* de Truman Capote; mas tinha que ser meu irmão para responder com uma referência a um dos nossos episódios favoritos de *Simpsons* quando éramos crianças.

— Podemos muito bem começar com esta sala — eu disse, deixando as persianas caírem novamente. — Vou pegar os sacos de lixo.

TRÊS

Até o momento de Conner ir embora, nós fizemos um bom progresso na sala de estar. Ainda estava lotada de tralha, mas pelo menos as coisas estavam empilhadas de maneira organizada e separadas em pilhas do que iria para doação e do que iria para o lixo.

Depois disso, era hora de ir ao supermercado comprar comida. Eu dirigi alguns quilômetros até o supermercado onde meu pai *não* morreu e na volta levei mais tempo do que esperava para tirar tudo do carro e levar para dentro, então estava exausta quando terminei. Meu plano de começar a escrever minha tese foi por água abaixo, pois a única coisa que eu queria era tirar um cochilo.

Bem na hora em que eu estava caindo no sono, uma batida forte veio da porta, me acordando. Não podia ser Conner dessa vez — definitivamente ele não voltaria para trabalhar *mais*, e ele acabou levando consigo o engradado de Mountain Dew, então até mesmo a promessa do suco cor de néon não era mais válida.

Abri a porta a tempo de ver um caminhão de entrega se afastar e me deparei com uma caixa no tapete de entrada. Meu pai comprava muita besteira on-line — seria possível existir alguma inscrição sua automática que precisava ser cancelada agora que ele morrera?

Mas não. A etiqueta na caixa claramente era para um tal de *Samuel Dennings*, com um endereço cuja numeração era próxima à minha.

O Homem da Mudança da Meia-Noite.

A caminhonete azul-marinho estava de volta à sua garagem, então, antes que pudesse pensar duas vezes, eu marchei até lá e bati na porta dele. Poderia ter deixado a caixa, mas isso não seria tão satisfatório. Agora que eu tinha um nome para ligar com seu rosto, eu queria dar uma olhada de perto. Já estava prestes a bater de novo quando ele finalmente abriu a porta. Não estava preparada para quão pequena seria a distância entre nós, e automaticamente dei um passo para trás, segurando a caixa como uma barreira.

Ele ainda estava usando as calças cáqui, sua camisa mais formal agora desabotoada e um pouco torta, as mangas arregaçadas logo acima dos cotovelos. O cabelo escuro lhe encobria um olho, mas eu podia sentir seu olhar sobre mim, me esquadrinhando. Pelo menos dessa vez não apareci usando calças de pijama manchadas de café. Eu estava vestindo o que era, em essência, meu uniforme naquela manhã — *legging* preta, camiseta preta, meu cabelo comprido em um coque bagunçado e delineador, afinal, foda-se, por que não? Ainda assim, resisti ao desejo de puxar minha camisa para baixo, para me certificar de que não estava mostrando um pedaço da barriga.

Não que eu me importasse com a opinião dele.

— Acredito que isso seja seu, Samuel — eu disse, oferecendo a caixa.

Ele parou por um momento antes de pegá-la. Não pude deixar de perceber que, atrás dele, a distribuição da casa parecia ser a mesma da casa do meu pai, mas invertida. E bem mais limpa. Não havia nada mais para ser dito, assim, me virei para ir embora. Então, atrás de mim, eu o ouvi limpar a garganta e uma única palavra.

— O quê? — perguntei, me virando.

— Sam — ele disse. — Meu nome é apenas Sam.

— Bem, *apenas Sam* — eu disse. — Se você *apenas colocasse* seu número na sua caixa de correio, essa troca provavelmente não teria acontecido.

A frase soou muito grosseira do jeito que saiu. Não havia sido minha intenção. Mas, por outro lado, como poderia saber como soaria uma crítica à caixa de correio desse homem, depois de tudo o que já havia acontecido? Estava sendo tão perturbador estar de volta à casa do meu pai, e eu me sentia nervosa o tempo todo. Ainda assim, não havia razão para descontar nele. Se valesse de alguma coisa, seria uma boa ideia que meus vizinhos gostassem de mim. Eu tinha lido aquela história sobre a família de Nova Jersey que recebeu todas aquelas notas enigmáticas do "Vigilante" até que eventualmente eles tiveram que se mudar. Respirei fundo e tentei começar do zero.

— A propósito, obrigada — disse. Até isso saiu relutante e um pouco grosseiro. Eu gesticulei vagamente em direção ao meu carro, e suas sobrancelhas se uniram enquanto ele me encarava. — Por ajudar com a escrivaninha.

Ele se encostou na porta, e tentei ignorar que ele era um tanto *sexy*. Sam estava virando a caixa várias vezes nas mãos, e o movimento fazia com que os músculos de seus antebraços flexionassem sob os finos pelos que lhe recobriam os braços. Talvez tenha sido minha recente conversa de celibato, mas senti as palmas das minhas mãos ficando úmidas.

— Você é a Phoebe — ele disse.

Ok. Talvez ele precisasse de um novo apelido. O Fuxiqueiro da Calçada. O Perseguidor Psíquico.

Ele deve ter visto minha expressão confusa, porque soprou o cabelo dos olhos, movendo a cabeça de maneira autodepreciativa. Descobri que seus olhos eram azuis.

— Eu estava no funeral — ele disse. — Em janeiro. Sinto muito pelo seu pai.

Oh! Ok. Isso fazia sentido — ele era vizinho do meu pai, afinal. Mesmo assim, a ideia de que ele esteve lá, de que teve todo esse tempo para observar a mim e a minha família, antes mesmo de eu saber que ele existia... Isso me fez sentir espinhos sob a pele e ficar um pouco autoconsciente. E claro, ele não tinha motivos para prestar atenção em mim. Mas eu não pude deixar de me ver como tinha sido naquele dia por meio dos olhos de um estranho, e não gostei do que vi.

Para começar, eu estava uma merda. Conner e eu, em um raro momento de vínculo entre irmãos, decidimos ficar bêbados juntos na noite anterior. Nós dois entramos no funeral de ressaca, mas, enquanto Conner ainda parecia um ser humano, era como se eu estivesse maquiada para o Dia das Bruxas: extremamente pálida e com círculos roxos sob os olhos.

Também tinha esquecido de levar os sapatos certos para combinar com meu vestido preto, então acabei usando sapatilhas de pontas douradas brilhantes que pareciam uma placa de néon piscando no meio de todas as roupas sombrias. Isso vindo de uma mulher que se vestia de preto noventa e cinco por cento do tempo. De todas as coisas, eu não deveria ter sido capaz de estragar *essa* parte.

O vestido fora confeccionado com uma gaze diáfana drapeada que parecia etérea no modelo tamanho 36 no anúncio que vi. Em mim, a impressão era de estar carregando em meu corpo as fantasias de uma trupe de dança inteira. Quando me sentei, fiquei preocupada que as pessoas jogassem roupa suja em mim.

Mas o pior, talvez, era não saber se quem me visse estaria vendo... luto. Todo o funeral tinha sido um borrão. A morte do meu pai foi um choque — ele ainda estava na casa dos cinquenta anos, tinha muito tempo pela frente. Mas o dia inteiro parecera surreal, como se eu estivesse em um sonho ou na vida de outra pessoa. Não sabia o que dizer ou como agir, e então eu meio que me desconectei, me retirei para o lugar que sempre podia ir quando criança e precisava de um pouco de silêncio.

E agora pessoas estavam sempre dizendo esse tipo de coisa para mim. *Eu sinto muito*. A minha orientadora, quando descobriu por que eu precisava adiar a minha reunião. Algumas pessoas do meu curso, quando deixei escapar em uma noite de jogos de tabuleiro com um professor e seu parceiro. O dono do meu apartamento, quando eu contei por que estava indo para a Flórida.

E agora Sam, dizendo essas palavras que ele provavelmente me disse no dia do velório. Eu ainda não sabia o que dizer em resposta, assim como não sabia naquela época. *Não éramos tão próximos assim? Na verdade, ele não fazia parte da minha vida desde que eu era adolescente? Ele não foi tão legal comigo?*

— Obrigada — disse em vez das outras opções. Era a resposta mais segura, a resposta que a maioria das pessoas queria para então passarmos ao próximo tópico.

Mas Sam estava olhando para mim, e por um minuto me preocupei de que tudo aparecesse no meu rosto — minha ambivalência, minha culpa, minha raiva. Eu fiz uma arminha com os dedos da mão, um gesto em direção à caixa que me assombraria pelo resto da minha vida.

— Se isso é uma cabeça, vou ficar muito chateada — eu disse. E então, depois da expressão confusa no rosto dele, eu acrescentei: — É uma referência a *Quanto mais idiota melhor…* Deixa para lá.

Ele começou a dizer algo, mas de repente eu estava desesperada para sair dali. Então, antes que eu pudesse tornar toda a interação ainda mais estranha, dei meia-volta e fui para casa.

Durante o resto da semana, não tive muitas oportunidades de observar Sam mais de perto. Suas idas e vindas ainda eram desconcertantes para mim. Ele saía de casa com o mesmo traje informal de negócios sem graça — às vezes, ele ficava fora apenas por uma hora ou mais, enquanto em outras podia permanecer metade do dia sem aparecer. Em uma quarta-feira, um sedã desconhecido estacionou em frente à casa dele, mas acabei não vendo a pessoa a quem o carro pertencia entrar ou sair de sua casa, então não tinha nenhuma pista.

Ele também ficava acordado até tarde na maioria das noites, quase tão tarde quanto eu, caso as luzes em suas janelas fossem algum indicador. Eu sabia que não era da minha conta, mas isso não me impedia de ficar obcecada atrás de respostas para coisas como *o que ele faz da vida?* Ou *que tipo de Myers-Briggs ele é?*[6] Eu quase desejei que outra caixa fosse entregue para ele por engano, apenas para que eu tivesse a oportunidade de ir lá novamente. Mas, seguindo meu conselho, ele colocou números de vinil ao lado de sua caixa de correio.

---

6 A tipologia de Myers-Briggs é um instrumento utilizado para identificar características e preferências pessoais.

Independentemente disso, eu precisava me empenhar e me concentrar na minha tese, em vez de no perfil psicológico do meu vizinho. Eu devia outro capítulo à minha orientadora até o final da semana seguinte. Em primeiro lugar, não tinha sido fácil convencer o departamento de inglês a me deixar estudar *true crime*. Ainda me lembro da primeira vez que entrei no campus, para uma entrevista e um passeio informativo antes de ser tecnicamente aceita no programa. A aluna de pós-graduação que me mostrou o campus explicou o trabalho do curso nos primeiros anos, a maneira como você ia para uma especialização dependia se você estava em uma faixa de literatura, retórica ou comunicação técnica, e depois o terror que eram os exames de qualificação. Depois disso, ela disse, seus olhos se iluminando, você poderia basicamente "estudar o que quiser". O que eles realmente queriam dizer era que você poderia estudar a emasculação dos personagens feridos de Hemingway ou as alusões a Fausto em *Lolita* ou a interseção da pedagogia da composição e da escrita criativa. Mas *true crime* era um gênero como qualquer outro, com regras e expectativas. Era não ficção, mas nem sempre inteiramente objetiva, sempre refletindo tópicos populares ou reações culturais ou desejos públicos. Eu era fascinada por isso desde os treze anos, quando li *Manson, Retrato de um Crime Repugnante* pela primeira vez.

Que, aliás, era o livro do cerne do capítulo em que eu estava trabalhando. Eu decidi me concentrar no relacionamento entre autor e assunto nos livros de *true crime*, com seções sobre relacionamentos profissionais, pessoais e familiares. Quando li pela primeira vez *Manson, Retrato de um Crime Repugnante*, nem me passou pela cabeça duvidar de nenhuma de suas informações ou adivinhar o motivo do autor ao escrevê-lo. Afinal, como promotor principal, Bugliosi[7] praticamente *esteve lá*.

---

7 Vincent Bugliosi foi um advogado e escritor estadunidense, mais conhecido por ter sido o promotor do Caso Tate-LaBianca contra Charles Manson e seus seguidores da Família Manson, que assassinaram sete pessoas, entre elas a atriz Sharon Tate, em agosto de 1969, na Califórnia, Estados Unidos.

Ainda era um livro incrível, mas você tinha que pensar no viés inerente de um homem escrevendo um livro defendendo literalmente o trabalho que ele fez ao prender os criminosos.

Meu problema então era que absolutamente não conseguia encontrar a cópia marcada e sublinhada que estava usando como guia. Procurei em todas as caixas que trouxe do meu apartamento, checando duas vezes se não havia guardado na minha mochila, uma maneira de deixar mais próximo de mim... Nada. Havia uma chance de ainda ter essa cópia de infância no meu quarto em algum lugar. Tinha levado muitas dessas coisas comigo quando minha mãe e eu nos mudamos, é claro, mas também guardara coisas suficientes na casa do meu pai para me manter entretida quando fosse passar os fins de semana lá.

Uma rápida pesquisa nas minhas estantes mostrou que eu deixara todos os três livros da série *Emily of New Moon*[8] e um tomo gigante sobre Rasputin que adorava carregar, embora nunca tenha lido, mas nem sinal do único livro de que eu precisava.

Eu sabia que poderia encomendar outra cópia por algum site de entrega rápida, mas algo em mim se recusava a gastar outros quinze dólares em um livro do qual já possuíra várias cópias antes. Abri o catálogo on-line da biblioteca do condado e confirmei que eles dispunham do livro na minha filial local. De qualquer maneira, se eu fosse ficar presa ali o verão todo, faria sentido solicitar um cartão de biblioteca. Fui em frente e preenchi todas as informações usando o endereço do meu pai como meu.

Tinha acabado de enviar o formulário quando ouvi um barulho alto do lado de fora. Se esse era o primeiro movimento do Assassino de Golden State versão Flórida, provavelmente não seria uma boa ideia ir até a janela para verificar o ocorrido. Por outro lado, era de se esperar que um *serial killer* fosse um pouco mais esperto para não andar pelo bairro deixando cair maletas de ferramentas ou o que quer que esse som tenha sido.

Ajustei as persianas para ver Sam emergindo da garagem. Ele estava descalço novamente e mantendo os braços desajeita-

---
[8] Série canadense de livros sobre uma menina órfã que cresceu na ilha de Prince Edward. Título não traduzido para o português.

damente afastados do corpo. Eles pareciam estar cobertos de... o que *era* aquilo? Era líquido, mas na escuridão ficava impossível dizer a cor. Poderia ser vermelho? Poderia ser *sangue*?

Ele foi abrir a porta de sua caminhonete, depois parou ao perceber que suas mãos também estavam cobertas pelo líquido. Permaneceu ali por um momento, a posição de seus ombros expressava os palavrões que ele provavelmente estava murmurando, antes de se virar para voltar à garagem.

Eram onze horas da noite. *Que diabos ele estava fazendo?*

Ele saiu novamente, parecendo mais limpo dessa vez e usando um pano para abrir a porta da caminhonete. Sem impressões digitais. Experiente.

(Apesar de que, se a maçaneta estivesse *muito* limpa, isso não pareceria mais suspeito? Já que era a sua própria caminhonete?)

Quando ele puxou um saco plástico, eu soltei as persianas e me afastei da janela. Isso foi muito estranho. Eu sabia que andava um pouco nervosa, em razão de ter estado muito absorvida em descrições verídicas de crimes brutais no ano passado, mas tudo o que eu conseguia pensar era em como essa cena se desenrolaria na reencenação de um episódio de *Forensic Files*[9] e isso não era legal. Eu esperava que pelo menos eles escalassem uma atriz gorda para me interpretar. Representatividade é importante.

Antes que eu pudesse pensar muito a respeito, disquei o número de Conner, emitindo um suspiro de alívio quando ele atendeu com seu habitual e animado "Olá".

— O que você sabe desse vizinho — disse, não exatamente uma pergunta, enquanto olhava pela persiana mais uma vez. Sam não estava à vista, mas as luzes da garagem ainda iluminavam toda a sua entrada. Tinha que ser um bom sinal. Ele não podia dar uma de Dexter em uma sala de plástico com as luzes acesas para a vizinhança inteira ver, certo?

---

9 Em tradução literal, *Arquivos Forenses*, originalmente intitulado *Medical Detectives,* que traça perfis de crimes, acidentes e surtos de doenças intrigantes em todo o mundo, acompanhando legistas, médicos legistas, especialistas jurídicos e agentes da lei.

— Pheebs — Conner disse. — De novo? Cara, relaxa.

Eu nunca relaxei na minha vida inteira.

— O nome dele é Sam Dennings — eu disse, então me corrigi, como se a nossa conversa fosse uma verificação de antepassados oficial e eu precisasse do seu nome legítimo. — *Samuel*. Tem aproximadamente a minha idade. Não sei com o que trabalha, mas ele se veste como se trabalhasse num quiosque de operadora telefônica.

Conner suspirou.

— Ele se mudou no ano passado — disse. — O tempo todo que morei aí, os vizinhos do outro lado da rua eram aquele casal de velhos que tosavam o cachorro na calçada. Qual era o nome deles? Eles não gostavam da gente, dava para perceber.

Randy e Viv. Eu me lembrava deles agora. Eles tinham dois collies que viviam latindo, e você podia saber quando haviam tosado os cachorros porque bolas de pelo flutuavam pela rua durante semanas. E ok, eles odiavam a gente. Provavelmente porque, quando meus pais eram casados, havia muitos gritos e pouco paisagismo acontecendo.

— Nem sabia o nome dele até você me dizer — Conner disse. — Mas ele parece ser normal. Você deveria ser legal com ele. A gente pode precisar dele para ajudar na mudança.

Mesmo agora que meu pai estava morto, eu ainda tinha uma reação visceral à ideia de qualquer um que não fosse da família ou um técnico de ar-condicionado de emergência colocando os pés na casa. Conforme eu fui crescendo, tudo continuou da mesma forma. A única amiga que eu tinha autorização de trazer para casa era Alison, e isso foi só depois que limpei metade da casa e prometi que ficaria confinada em meu quarto.

Dado o término da nossa amizade, era melhor não pensar em quanto meu círculo de amigos ficou reduzido depois do divórcio dos meus pais.

Pelo celular, eu ouvi um barulho abafado e então Conner retornou. — Shani está falando "oi" — ele disse, e provavelmente colocou o aparelho longe, pois eu ouvi um *oi* baixinho vindo dela e então sua voz mais alta, já próxima do celular: —

Outro dia eu encontrei um livro e peguei para você — ela disse. — Você não precisa ler, mas pensei que podia ser útil.

— Me diz que é *Manson, Retrato de um Crime Repugnante* e eu vou batizar meu primeiro filho com o seu nome — eu disse.

Ela riu, mas eu pude perceber que era mais de confusão do que humor. — Não, se chama... — uma pausa, conseguia ouvir as páginas virando — *A vida após a perda: jovens conversam sobre luto*. Eu sei que você não é uma adolescente, óbvio. Mas sei que essa era mais ou menos a idade em que você e seu pai se afastaram...

Ela deixou a conversa morrer, talvez reconhecendo que poderia ter ultrapassado um limite. Eu gostava de Shani. Ela era uma daquelas pessoas que você descrevia como *doce* e falava a verdade. Mas sim, eu não queria falar sobre meu pai morto ou sobre o relacionamento que *não* tínhamos.

— Obrigada — disse. Ultimamente, essa palavra vinha fazendo todo o trabalho duro.

— Bem — ela disse. — Eu vou levar quando formos aí no sábado. Se você achar que é útil.

Nunca em um milhão de anos eu leria esse livro, e certamente não agora, quando só tinha tempo para ler coisas que eu poderia formatar amorosamente no estilo de citação para a minha tese. — Claro — eu disse. — Talvez Conner queira pegar emprestado primeiro.

Shani não havia passado tempo suficiente comigo para perceber quando eu estava sendo sarcástica, mas meu irmão com certeza percebeu.

— *Conner* já tem uma lista de leitura recomendada pelo terapeuta — ele disse do outro lado.

— Você está indo à terapia?

— Sim, cara — ele disse. — Você provavelmente deveria ir também. É o lugar perfeito para falar mal dos nossos pais e explorar por que você está obcecada com esse vizinho.

O comentário me fez ficar vermelha e, ao mesmo tempo, por um momento agradecida por Conner estar ao celular e não

conseguir ver. — Não estou obcecada — eu disse. — Curiosa. Desconfiada, talvez.
— Dá no mesmo — disse. — Se você estivesse realmente preocupada, você teria ligado para a polícia em vez de me ligar.
Ok. Um ponto para ele. — Há pessoas mais próximas para quem eu posso ligar antes de ir à polícia — eu disse com firmeza.
— Eu só queria pedir para você apanhar algumas caixas.
— Aham...
— Eu juro. Foi por isso que liguei!
— Se você diz. Eu posso fazer isso.
— E nenhuma que tenha Smirnoff escrito em todos os lados, por favor — eu disse. — Caixas de mudança de verdade, de tamanhos diferentes.
A pausa de meu irmão foi longa o suficiente para que eu soubesse que, na verdade, ele estava planejando invadir uma lixeira de alguma loja de bebidas. — Vou comprar algumas caixas — ele respondeu. — Mas, Phoebe?
— Sim?
— Relaxa.
E eu teria uma resposta rápida para dar, só que ele riu e desligou. Aparentemente ser desagradável era algo que irmãos mais novos aperfeiçoavam com a idade, tal qual um bom vinho.
Olhei para as persianas mais uma vez, mas a rua estava escura. Até meu vizinho misterioso tinha ido para a cama.

QUATRO

Estacionar em frente à biblioteca no dia seguinte foi um chute de nostalgia em meu estômago. Quando criança, ia lá quase todos os sábados, só para conferir os livros da Rua do Medo de novo ou ver o quanto do quadrinho da Arlequina eu conseguia ler antes que minha mãe me pegasse e me puxasse para fora da seção. Ela deveria estar aliviada por eu receber minha educação sexual dessa forma, em vez de assistir pornografia.

Era um prédio alto, com livros infantis, DVDs e ficção no primeiro andar, e os computadores e livros de não ficção no andar de cima. Tamanha era minha familiaridade que eu conseguia encontrar a seção de *true crime* em cinco segundos seguindo a Classificação Decimal de Dewey[10] ou pela classificação da Biblioteca do Congresso. Não demorou muito para que eu tivesse *Manson, Retrato de um Crime Repugnante* em mãos e estivesse navegando pelo resto da seção, vendo se havia mais alguma coisa que pudesse ser interessante. Havia um livro encapado com um plástico tão gorduroso quanto um descanso de mesa da Waffle House, a fonte vermelha grande e estranha, prometendo ser um conta-tudo da filha de um *serial killer* que era ativo no centro da Flórida na década de 1980. Eu não lembrava se havia colocado na minha bibliografia uma seção de relacionamentos familiares entre autores e assuntos, mas poderia ser útil.

No fim, acabei pegando três livros, incluindo os dois que mencionei e um sobre como arrumar uma casa para ser colocada à venda que provavelmente iria olhar enquanto comia. Eu os trouxe até o balcão e comecei a procurar no celular o e-mail com o número temporário que usaria no lugar do cartão da biblioteca.

---

10 Um dos sistemas de classificação numérica amplamente utilizado em bibliotecas em todo o mundo.

"Meu Deus", ouvi. "*Phoebe Walsh?*" Olhei para cima. A bibliotecária era uma mulher coreana bonita, cabelo preto curto até o queixo, óculos cuja armação vermelha a colocava entre uma nerd e uma mulher estilosa. Talvez fosse por ela aparentar estar muito mais sofisticada do que aos quinze anos, ou talvez tenha sido a surpresa de ver o quão feliz ela parecia ao me ver, mas precisei de uns segundos para reconhecê-la.

— Alison — disse. — Uau! Você trabalha aqui?

O fato de ela estar atrás do balcão tornava minha pergunta óbvia, mas eu não conseguia pensar em outra coisa para dizer.

— Eu concluí meu mestrado em Biblioteconomia ano passado — ela respondeu. — Lembra quando falávamos que iríamos ser bibliotecárias porque éramos boas em recomendar livros? — Ela abriu os braços, mostrando como tudo ao nosso redor poderia ter sido meu também. O único problema era o elefante entre nós. — Bem, é o que eu faço hoje. Eu amo isso.

Alison sempre foi uma das pessoas mais organizadas que conheci, então eu podia vê-la totalmente como bibliotecária. Mas não sabia dizer se ela se lembrava por que paramos de ser amigas. Não tinha como esquecer. Tinha sido algo marcante na época, pelo menos para mim. Mas, do jeito que ela estava agindo agora, parecia que estava tudo bem, éramos apenas duas conhecidas conversando.

— Sim — respondi. — Legal.

Para ser honesta, eu tinha certeza de que havia dito que queria trabalhar na Barnes & Noble,[11] porque por algum motivo eu tinha na cabeça que todos os bibliotecários eram voluntários. E, se fosse para recomendar livros para as pessoas, eu queria pelo menos ganhar um salário mínimo. Desse modo, a empresa me submeteu a um teste de personalidade de cem perguntas como parte do processo de seleção, e eles nunca me chamaram para uma entrevista. E pensar nos livros da seção de *true crime* que poderia ter organizado...

— E você? — ela perguntou. — Eu não sabia que você havia voltado para cá. Ou você está só visitando o seu pai?

---

[11] Rede de livrarias famosa nos Estados Unidos.

Provavelmente era estranho da minha parte *não* mencionar que ele havia morrido. Ela fora a minha melhor amiga na escola, na época em que minha queda por Joseph Gordon-Levitt era tão grande que meu estômago doía só de pensar nele. Ela havia conhecido meu pai, tinha comido seu *goulash* do sul, o prato característico dele, e o ouvira gritar comigo porque eu tinha deixado o saco de pão aberto.

Mas foi exatamente por isso que não quis contar. Ela não era uma pessoa com quem o assunto iria terminar com um "obrigada pelos sentimentos".

— Estou aqui só durante o verão — eu respondi. — Eu solicitei um cartão da biblioteca pela internet, inclusive. Você precisa do código?

Uma expressão de mágoa passou por seu rosto. — Eu posso buscar pelo seu sobrenome — ela respondeu. — W-A-L-S-H?

Ok. Talvez eu merecesse o tratamento.

— Isso, assim mesmo.

Ela ficou em silêncio enquanto digitava mais algumas coisas no computador, e depois quando esperava pelo meu cartão. Eu ia fazer um comentário sobre como era legal que eles pudessem imprimi-los no local, mas pareceria que eu estava desesperada por um assunto após ter sido lacônica com ela (o que era verdade) ou como se eu fosse facilmente impressionável (talvez também seja verdade nesse caso).

Assim que o cartão ficou pronto, ela o digitalizou e depois passou meus três livros, não fazendo qualquer comentário sobre o tópico deles. Uma profissional.

— Aqui está — falou. — Você economizou quarenta e nove dólares e oitenta e nove centavos usando a biblioteca pública hoje.

Peguei os livros e o cartão e tentei dar a ela um sorriso leve e cuidadosamente amigável. Mas ela já olhava para outra pilha que estava classificando em diferentes grupos. Pensei que tínhamos terminado, que ela estava me avisando que poderia me dispensar tão friamente quanto eu tinha feito, porém, quando me preparava para sair, ouvi sua voz novamente.

— Eu estava só preocupada com você, Phoebe — ela disse. Suas mãos estavam pousadas sobre os livros. Ela tinha uma aliança de casamento. Em um momento de nossas vidas, nós fomos melhores amigas, em outro, provavelmente recente, ela se casou e eu nem fiquei sabendo. — Eu não queria... É que... Você me assustou.

O súbito caroço em minha garganta fez com que fosse impossível engolir. Eu queria dizer algo, mas minha mente estava em branco, as palavras fisicamente presas em algum lugar que eu não conseguia alcançar.

— Você parece estar bem agora — ela disse, olhando para mim e me dando um pequeno sorriso. Ouvi aquilo como a pergunta que ela quis fazer e eu poderia responder, pelo menos isso, um pequeno e simples *sim*.

Mas não. Eu assenti rapidamente com a cabeça e saí da biblioteca.

♡ ♡ ♡

No caminho para casa, por várias vezes eu quase voltei à biblioteca. Pensei em um milhão de coisas diferentes que eu poderia ter dito. Poderia ter contado a ela sobre o meu pai. Foi estranho eu não ter feito isso. Poderia ter dito a ela que não estava brava, não mais, que entendia por que ela tinha feito o que fez. Poderia ter pedido desculpas por deixar que nós nos afastássemos. Poderia ter perguntado sobre seu casamento.

Mas, em vez disso, minha mente girava em círculos, até que a ideia de voltar pareceu inútil. Entrei na minha garagem e desliguei o carro, encostando a testa no volante enquanto pensava que eu só estava na cidade por alguns dias e tudo já parecia tão fodido.

Havia um som gutural de um motor do lado de fora, ficando cada vez mais alto, e eu ergui a cabeça bem a tempo de ver Sam, com fones de ouvido gigantes, virando a esquina com um cortador de grama. Ele fez um caminho até o canto do quintal, depois voltou, passando por mim assim que saí do carro.

Fiquei lá, com as mãos nos quadris, enquanto ele fazia outra tira completa de grama, para frente e para trás. Por fim, deve ter visto a expressão em meu rosto, porque parou o cortador, o motor ainda em marcha lenta, e retirou o fone de uma orelha.

— Esse é o meu jardim! — eu gritei por cima do som do motor.

Ele inclinou a cabeça de lado, franzindo os olhos por causa do sol.

— Eu sei — ele disse.

— Então por que... — apontei para a grama. — Por acaso você é um daqueles homens que acham que mulheres são incapazes de empurrar um cortador de grama ou segurar uma ferramenta? Ou mover uma escrivaninha? Eu não pedi sua ajuda e, honestamente, agora está me parecendo...

Ele havia desligado o motor, fazendo com que a minha última palavra corresse pela vizinhança.

— Machista! — E acrescentei, dessa vez mais baixo: — Eu não *pedi* sua ajuda.

Ele colocou os fones de ouvido em volta do pescoço, encostando seu corpo no volante do cortador. Ele realmente não tinha o direito de ter aquela aparência. Eu precisei me lembrar de que na última vez que o havia visto ele estava coberto por uma substância misteriosa que podia ser sangue e que estava carregando um saco plástico para dentro da sua garagem.

— Desculpe — ele disse. — Eu costumava fazer isso para o seu pai toda vez que aparava o meu jardim. E aí, quando ele... bem... eu continuei fazendo. Mas eu deveria ter te perguntado. Me desculpe.

Ultimamente minha vida parecia digna de estar em um daqueles episódios em que as pessoas ligavam para perguntar se eram elas que estavam erradas por um motivo ou outro. A resposta seria sim, sempre sim. Sou eu, eu sou o problema.

— Não, não é... — Eu passei a mão na testa. — Você costumava cortar a grama para o meu pai?

— Ele se cansava rapidamente — Sam explicou. — Isso alguns meses antes da parada cardíaca, e eu não sei se tinha alguma relação ou não. Mas ele estava tendo mais dificuldade em suas atividades.

Eu não tinha ideia.

— Você pode pegar o cortador de grama emprestado, se preferir fazer você mesma.

— Não — respondi. — Se depender de mim, o jardim inteiro vai parecer uma figura de Nazca. Se cortar grama te faz feliz, vá em frente. Eu vou ficar fora do seu caminho.

Havia uma deixa, talvez, em que eu poderia ter perguntado o que ele estava fazendo na noite anterior. Eu poderia ter abordado de forma muito casual, como, "*A propósito, ouvi um estrondo ontem à noite na sua garagem... aconteceu alguma coisa?*" ou "*Há algum disque-denúncia a que se possa ligar para pedir ajuda?*". Mas ele já estava colocando os fones de ouvido de volta e me dando uma pequena saudação, e tudo o que eu podia fazer era entrar em casa.

♡ ♡ ♡

Agora que eu tinha o livro que estava procurando na noite anterior, eu deveria sentar o meu traseiro na cadeira e escrever três mil palavras de análise do papel de Bugliosi como o promotor do caso da família Manson. Mas, em vez disso, larguei os livros na mesa da cozinha e voltei para o meu quarto.

Abri as portas do meu armário e fiquei na ponta dos pés até encontrá-la. A caixa de sapatos Converse All Stars que guardei com um monte de bilhetes que eu e Alison trocamos na oitava série, todos dobrados em pequenos retângulos intrincados com uma aba de puxar para abri-los para leitura. Sua caligrafia feminina, quase sempre em caneta de gel rosa, roxa ou azul-petróleo, era imediatamente familiar.

O primeiro que peguei apresentava um rabisco da lasanha que eles haviam servido no almoço naquele dia na escola. Lembrei que havia ficado estranhamente obcecada com aquela lasanha. Eu costumava pagar mais para pegar um segundo prato e então levava para casa para reaquecer para o jantar. Naquele ano, eu estava fazendo muitos sanduíches de queijo e atum para mim e Conner. É engraçado como você esquece tudo sobre esse tipo de coisa, até que vê um rabisco rosa brilhante de um quadrado fumegante de lasanha, e tudo volta numa torrente.

Você TEM QUE perguntar à sua mãe se pode ir ao cinema na sexta-feira à noite. Stephen vai estar lá. Eu sei que você disse que não gostava mais dele, mas...

Desdobrei outro, que apresentava grandes letras em bolha ocupando seis linhas inteiras, coloridas em listras de arco-íris. *ESTOU ENTEDIADA!!!*

E outro: *Você faz as mais mórbidas perguntas de "O que você prefere" rsrs. Acho que eu escolheria o afogamento também. Eu acho que é mais rápido que o fogo.*

E mais outro: *Desculpe não ter te ligado de volta. Minha mãe queria assistir Friends juntas de novo. Você já viu aquele em que Joey veste todas as roupas do Chandler? Tão engraçado!*

Enfiei os bilhetes de novo na caixa sem me preocupar em voltar a dobrá-los. Alison e eu tivemos a mesma aula de Ciências, que foi quando fizemos a maioria da nossa correspondência clandestina. Apenas lidar com o papel me levou de volta para aquela sala de aula — as mesas pretas de fórmica em que nos sentávamos em grupos de quatro, o cheiro químico que nunca ia embora, o brilho das luzes fluorescentes na cabeça careca do sr. Ford. Nos primeiros anos depois que minha mãe e eu nos mudamos, não tínhamos ido muito longe. Nós permanecemos no condado, apenas em um apartamento mais a leste. Quando era o final de semana do meu pai, levávamos apenas vinte e cinco minutos para chegar.

Mesmo assim, vinte e cinco minutos podem ser a diferença entre melhores amigas para sempre e desconhecidas, quando você ainda não aprendeu a dirigir. Alison e eu fizemos o nosso melhor para manter contato, em especial por mensagens de texto ou pelo telefone, e tentei vê-la pessoalmente quando pude. Mas não era a mesma coisa.

Também sempre tive a sensação de que os pais de Alison não gostavam que ela andasse comigo depois do divórcio dos meus pais. Os pais dela a mimavam demais — não sei se era uma coisa de filha única, ou uma coisa de filha adotiva, ou simplesmente a combinação certa de pais neuróticos com uma criança que nunca lhes deu nenhum problema real. Mas eles eram muito protetores. Não gostavam que Alison assistisse aos programas do Disney Channel porque diziam que não mostravam figuras parentais suficientemente fortes.

E então houve o "incidente".

Eu estava passando o fim de semana na casa do meu pai. Praticamente, isso significava ficar escondida no meu quarto, alternando entre as abas de *fanfic* e Murderpedia[12] enquanto eu trocava mensagens com Alison. Nem sabia como o assunto havia surgido, mas acabei fazendo uma piada sobre como eu ia engolir um frasco de comprimidos.

Agora eu sei, é claro, que é realmente insensível e uma merda brincar sobre algo assim. Mas, na época, eu fiz aquele comentário como uma maneira dramática de dizer que estava entediada, ou inquieta, ou cansada de alguma coisa. Definitivamente não tinha sido um *plano* real.

Mas eu acho que algo fez Alison pensar que havia sido. Ela ligou para minha mãe, que ligou para meu pai e, não muito tempo depois disso, convenci minha mãe de que talvez eu não precisasse ir à casa do meu pai duas vezes por mês, ou nunca mais.

Não deveria ter feito a piada. Eu sabia disso. E Alison estava tentando ser uma boa amiga. Mas não pude deixar de ficar com raiva da maneira como ela reagiu — a maneira como ela reagiu *exageradamente*, na minha mente — e da sequência de eventos que ela colocou em movimento. Talvez isso não tenha sido justo. Não mudou como eu me sentia naquela época.

Fechei a caixa e a recoloquei na prateleira do armário. Eu daria uma olhada melhor depois, quando fosse limpar o quarto para a mudança. Por enquanto, eu não tinha energia para escavar mais nada do passado.

---

[12] Dicionário enciclopédico on-line e gratuito sobre assassinos e o maior banco de dados sobre serial killers e assassinos em massa de todo o mundo.

CINCO

Minha orientadora queria fazer uma reunião antes que eu entregasse o capítulo seguinte, então, após conseguir enfiar algumas referências e exemplos no texto, enviei um e-mail para agendar um horário. Para minha surpresa, ela respondeu na mesma hora com "Pode ser agora".

A doutora Nilsson era intimidante. Ela ministrou aquela aula obrigatória de Bibliografia do primeiro ano, e tinha a reputação de não aceitar desaforo. Eu tinha visto como ela olhava para o relógio toda vez que alguém divagava em torno de um ponto. Tinha visto também alguns dos estudiosos mais articulados que eu conhecia — pessoas que me faziam sentir como uma impostora, como se eu fosse o Billy Madison[13] da pós-graduação — começarem a ficar vermelhos quando perdiam o fio de sua argumentação sob o seu olhar frio. A sua especialidade era em Virginia Woolf e nosso projeto final tinha sido uma caça ao tesouro ao redor da biblioteca universitária para encontrar respostas a todas as perguntas esotéricas nos textos de Woolf, por exemplo, quantas cópias de um texto existiam no mundo ou em que edição tinha certa anotação ou onde estavam as cartas originais que ela escrevera para tal pessoa.

No final, mal consegui o B menos que eu precisava para manter minha média, mas ela uma vez escreveu em minha redação que eu "fazia o que dava na cabeça" de uma maneira que pareceu um elogio. Então, quando eu estava procurando no departamento por alguém — qualquer um — que pudesse estar disposto a me deixar estudar *true crime* para a minha tese, ela me veio à mente.

— Oi, doutora Nilsson — disse, ajustando os fones para garantir que o microfone estivesse perto da boca. Quanto mais tempo eu conhecia a doutora Nilsson, mais eu suspeitava de que

---

[13] Personagem de um filme americano em que o protagonista é um rapaz de 27 anos, infantil e ignorante, que precisa voltar para a escola.

algumas de suas expressões, como "O que você está falando?", eram devido a problemas de audição. — É a Phoebe Walsh.

— Phoebe — ela disse em seu tom brusco e frio. — Eu entendo que você tem outro capítulo para mim. O que você queria discutir?

Era a abordagem que ela adotava em todas as ocasiões, sem falha. Ela me pedia uma ligação e imediatamente me colocava debaixo dos holofotes, como se *eu* tivesse pedido por ela. Isso fazia com que eu, inevitavelmente, a decepcionasse com minhas perguntas incompreensíveis e mal pensadas. Quase pude ouvi-la pensando: *Por que ela pediu por uma reunião se não estava preparada?*

— Bem — disse, procurando por algo que soasse razoavelmente inteligente. — Eu foco bastante no livro de Bugliosi neste capítulo. Não sei se você se lembra, mas ele foi o promotor no julgamento de Manson. Pensei em intercalar aqui a minha análise do livro de Gacy, aquele escrito por seu advogado de defesa, para contrastar suas abordagens. Posso também incluir mais do livro do promotor no caso Avery. Nele tem muito mais, é uma loucura, mas acredito que é o que acontece quando Nance Grace escreve o seu prefácio...

— Eu terei que ler — a doutora Nilsson disse, me cortando. — E então poderei dar minha opinião sobre a sua abordagem.

Antes de mais nada, precisei de todas as minhas forças para não dizer que era exatamente por isso que eu não precisava dessa reunião. Em vez disso, acabei clicando em "enviar" no e-mail com o rascunho do capítulo anexado. — Ok — eu disse.

— Beleza. Você deve receber o rascunho na sua caixa de entrada.

— Excelente — ela disse, mas já soava distraída. — Agora vamos falar sobre o que você tem para se candidatar a vagas de emprego. O que você tem pronto — seu currículo, sua filosofia de ensino, exemplos de programas de estudos e tarefas...?

O que eu tinha *pronto*? Nada disso. Eu tinha uma matriosca[14] de pastas no meu computador para as aulas que havia

---

14 Matriosca, também conhecida como "boneca russa", é um brinquedo tradicional da Rússia. Constitui-se de uma série de bonecas, colocadas umas dentro das outras, da maior (exterior) até a menor (a única que não é oca).

ministrado, e poderia vasculhá-las atrás de meus melhores programas e tarefas, na esperança de que elas eram as menos plagiadas de outras pessoas que deram o curso antes de mim. Eu tinha um currículo que usava quando precisava enviar para conferências, mas que precisava de mais detalhes para que estivesse adequado para o mercado de trabalho. Eu nem queria pensar em escrever uma filosofia de ensino. Só a ideia já me aterrorizava.

Lá fora, ouvi o barulho do caminhão de Sam. Eu havia acabado de me mudar, mas o som de suas idas e vindas já soavam familiares, embora imprevisíveis. Olhei através das persianas para vê-lo transportando uma quantidade realmente desnecessária de gelo ensacado para dentro de sua casa. Interessante.

Devo ter ficado em silêncio por um bom tempo, porque a doutora Nilsson interrompeu impacientemente. — Você *está* planejando entrar no mercado no próximo ano, não está?

— Sim — disse, deixando as persianas caírem. — Quero dizer, sim. Espero que sim. Um trabalho é sempre bom, certo?

Por um momento havia me esquecido de que, dentre todas as brilhantes qualidades da doutora Nilsson, senso de humor não era uma delas.

— Você tem limitações geográficas?

Essas eram todas as perguntas que eu sabia que viriam no final dos meus seis anos no casulo acadêmico. Eu tinha tido todo esse tempo para pensar nelas, tecnicamente. Mas agora minha mente estava em branco — meu único irmão estava na Flórida, minha mãe e seu novo marido se mudaram para a Geórgia, eu estava morando na Carolina do Norte nos últimos cinco anos para ir à pós-graduação. Eu tinha apego a algum desses lugares?

— Na verdade, não — eu disse. — Não.

Algo sobre o questionamento da doutora Nilsson me deixou inquieta, e eu fui verificar a caixa de correio apenas para ter algo a fazer enquanto conversávamos. A umidade opressiva me agrediu no momento em que saí de casa. Sam já estava de volta à casa dele, provavelmente colocando todo aquele gelo em refrigeradores. Tentei não pensar em Jeffrey Dahmer, mas, nessa altura do campeonato, já era natural.

O gato da minha outra vizinha — ou o que presumi que era o gato dela, já que estava na sua garagem na noite em que cheguei — agora estava deitado no meu degrau da frente, como se estivesse tentando se refrescar. Eu quase parei para dizer "olá" antes de lembrar que ainda estava ao celular, e provavelmente soaria insana. Ainda assim, tentei dar a ela um pequeno "oi" de reconhecimento, transpondo o gato e fechando a porta atrás de mim para que não entrasse. — Lembre-me — a doutora Nilsson continuou: — Você tem alguém na sua vida?

Considerando que um gato foi a primeira criatura estranha que inspirou a verdadeira amizade desde que cheguei ali, eu estava inclinada a dizer *não*. E então percebi que a doutora Nilsson quis dizer se eu tinha alguém de maneira *romântica* na minha vida, o que era mais um *nem fodendo*.

— Não no momento.

— Bom. — Foi a primeira vez que a ouvi realmente satisfeita durante toda a chamada. — Mantenha suas opções abertas. É a melhor maneira de ter certeza de que você tem uma grande chance de conseguir algum emprego.

— Claro — falei um pouco distraída. Tudo na caixa de correio do meu pai era lixo. Cupons, um aviso urgente sobre seu seguro de carro, que eu poderia dizer se tratar apenas de um anúncio, e uma circular local que apresentava uma história de primeira página sobre uma criança premiada num concurso estadual de composição.

— Então você está passando para a próxima seção? — a doutora Nilsson perguntou. — É aqui que você discutirá mais Capote, se eu me lembro bem da sua proposta. — O gato ainda estava esticado no degrau da frente e foi quando vi que era uma gata. Ela inclinou a cabeça para trás e piscou lentamente para mim quando me aproximei da porta, quase como se quisesse alguma atenção.

— Isso mesmo — eu disse, ajoelhando-me para dar a ela um carinho sob o queixo. Eu não tinha como saber o quão selvagem era aquela gata — se tratava-se de um animal de rua, domesticado ou um mascote do bairro. Ela era pequena, não bem um filhote, mas talvez uma gata adolescente, e preta com patas brancas e o peito branco, como um pequeno *tuxedo*.[15] — Haverá um capítulo inteiro sobre *A sangue frio* e como Capote se aproximou de Perry e Dick, como esse relacionamento influenciou sua narrativa e o *true crime* como um gênero. Então vou ter um capítulo sobre o livro de Ann Rule a respeito de Ted Bundy, *Um estranho ao meu lado*, onde ela descreve o tempo que trabalhou com Bundy em uma clínica de prevenção ao suicídio de Seattle. É interessante, na verdade, porque...

— Fico feliz em saber que você tem um plano — a doutora Nilsson disse. — Eu recebi o seu último capítulo na minha caixa de e-mail, e você pode esperar minhas anotações até a semana que vem. E se você quiser me enviar o rascunho das suas candidaturas, eu ficarei feliz em dar uma olhada.

— Oh — eu disse. — Ok.

Era uma oferta generosa. Eu tinha vários amigos cujos orientadores estavam analisando seus materiais de trabalho, mas geralmente era porque haviam trabalhado juntos por anos. Em muitos casos, porque sua pesquisa estava ligada — eles foram coautores de um artigo, ou se apresentaram em uma conferência, ou o professor os apresentou a algum contato profissional ou outro.

No meu caso, apesar de trabalhar com a doutora Nilsson sobre o que era sem dúvida o maior projeto da minha vida até hoje, nós realmente não nos conhecíamos bem. Eu não pensei que a doutora Nilsson me considerava uma protegida ou algo assim.

— Nos falamos mais tarde — ela disse, e desligou.

A gata ainda me deixava acarinhá-la, ronronando um pouco. Ela não tinha uma coleira, mas definitivamente não era selvagem. — *Você* está interessada em ouvir mais sobre Ted Bundy? — murmurei para a gata. — Depois que a Ann o visitou na prisão pela primeira vez, ela teve um sonho em que precisou salvar um bebê, mas o bebê acabou sendo um demônio que mordeu sua mão. Muito parecido com *O Bebê de Rosemary*, se

---

15 *Tuxedo* é a palavra inglesa para smoking. Esses gatos parecem ter vestido um elegante smoking preto.

você me perguntar. Que de quebra se conecta a Roman Polanski, depois a Sharon Tate e de volta a Manson...

Numa atitude cética, os bigodes da gata chegaram a tremer.

— Eu sei — eu disse. — Estou procurando conexões demais.

♡ ♡ ♡

Conner e Shani me surpreenderam à noite ao aparecerem em casa com *burritos* para o jantar. Eu não quis admitir, mas estava muito grata não só pela comida como também pela companhia. Alguns dias nessa casa estavam me aproximando perigosamente do território REDRUM,[16] tal qual Danny no hotel em *O Iluminado*.

O único problema de sair com eles como um casal (além dos níveis às vezes repugnantes de afeto em público) era que eu estava morrendo de medo de dizer algo sobre o casamento. Eu queria que Conner nunca tivesse me contado, porque agora eu ficava pensando nisso em todas as entrelinhas das nossas conversas. Eles estavam falando sobre ir a outro jogo de beisebol, e eu quase fiz um comentário como: *por favor, me diga que você não vai pedi-la em casamento por um telão de estádio*. Shani fez uma observação sobre não estar ansiosa para alguma tarefa que ela tinha que terminar, e eu pensei em lhe dizer que pelo menos ela tinha *algo* para ficar ansiosa, com uma piscadela. Eu nunca pisquei. Esse segredo estava me comendo viva.

— Pheebs? — Claramente, Conner estava tentando chamar minha atenção havia um tempo.

— Hum?

— Perguntei se você achava que deveríamos pegar uma lixeira — ele disse. — Você sabe, para ajudar com essa... — ele olhou em volta, como se nenhum termo em nosso idioma pudesse abranger o que ele estava vendo ali. Finalmente, ele se decidiu por um anticlimático — ...tralha.

---

16 *Murder* ao contrário, referência à obra *O Iluminado*, de Stephen King.

— Quanto isso vai custar? — Um dos efeitos de falar com a doutora Nilsson mais cedo tinha sido me remeter a outra espiral quanto à minha situação financeira, a pensar em quanto até mesmo o processo de me *candidatar* a empregos me custaria. Os sites que cobravam para eu cadastrar meus documentos, o custo de quaisquer entrevistas que não cobriam o valor da viagem, sem falar que eu provavelmente precisaria de um bom blazer...

— Eu devo receber meu primeiro salário nesta sexta-feira — Conner disse. — Eu posso pagar por isso.

— Pelo menos vamos dividir — eu disse. Havia aquela parte em mim de ser a irmã mais velha que ainda achava difícil deixar meu irmão mais novo assumir tudo sozinho, mesmo que fosse um alívio não me preocupar com isso.

Ele deu de ombros.

— Ele está indo tão bem em seu trabalho — Shani me contou, como se essa fosse uma reunião de pais e mestres. — Você faz suas ligações em quanto tempo, oito minutos?

— Sete e meio — ele disse, enquanto dava uma mordida no seu *burrito* —, e isso não é *bom*. Eu ainda tenho um longo caminho a percorrer.

— Você não pode jogar um pouco de conversa fora — eu disse —, enfiar uns segundos em cada ligação? Você sempre foi bom nisso, apenas conversando com estranhos.

Conner engoliu, revirando os olhos para nós duas. — As ligações deveriam ser mais *curtas* — ele explicou. — Você é classificado em eficiência, e a cada hora eles querem que você faça nove chamadas com uma média de seis minutos e quinze segundos cada. Isso deixa quase quatro minutos por hora de descanso, mas você acumula todos de uma vez para ter um intervalo de quinze minutos a cada quatro horas.

Olhei para Shani, que estava sorrindo de maneira encorajadora para Conner.

— Isso é... muitos números — eu disse.

Conner deu de ombros.

— Eles me deram uma folha que contém as informações para manter na minha estação — ele contou. — Assim eu não tenho que fazer as contas sozinho.

— Você está gostando?

— É ótimo — ele disse. — Eles me deram uma garrafa de água com o logotipo da empresa. Se você trabalha lá por um ano, você recebe uma camiseta.

— Bom — eu disse. — Continue se esforçando.

— É o que mais faço — Conner respondeu. — Lembra de quando jogamos Heavy Machinery repetidamente, apenas para ter vidas suficientes para enfrentar os níveis mais difíceis no final?

Precisei de um segundo para descobrir do que ele estava falando. Então ele apontou para a tatuagem de Crash Bandicoot em sua panturrilha, um sorriso pateta em seu rosto, e eu fechei meus olhos. Claro.

— Foi principalmente em Slippery Climb — eu disse. — Demoramos um bilhão de anos antes que eles lhe dessem um ponto de verificação.

— Mas teve High Road também — Conner disse. — Esse nível foi uma sacanagem.

Shani olhou para nós dois. — Presumo que isso seja um videogame.

— Isso é *o* videogame — Conner explicou — que iniciou tudo.

Pela expressão de Shani, eu não tinha certeza se a explicação teve o impacto esperado por Conner.

— Ah! — disse, saltando de seu assento no sofá. — Eu trouxe o livro que comentei com você.

Ela vasculhou sua bolsa enorme, tirando um livro fino com uma capa em preto e branco e uma fonte que você encontraria em uma brochura de igreja. Obviamente era destinado a um público ainda mais jovem do que a princípio havia imaginado, mais pré-adolescente do que adolescente. Parecia inapropriado para a minha situação por várias razões, e eu tive uma reação negativa visceral ao que, em uma inspeção mais próxima, revelou ser a fonte Brush Script MT com um efeito de sombra. Mas Shani tinha sido gentil em pensar em mim, e ela estava prestes a entrar na família. Eu aceitei com um sorriso.

— Eu li algumas páginas no caminho e é realmente poderoso — Shani disse, olhando para Conner em busca de encorajamento. — Eu acho que você vai se identificar bastante com ele.

Aquele olhar me disse tudo o que eu precisava saber. Que haviam discutido a respeito, que eles haviam discutido sobre *mim*, e eu só podia imaginar a quais conclusões tinham chegado. Conner tinha apenas seis anos quando nossos pais se divorciaram, apenas oito quando eu parei de voltar para a casa do meu pai a cada dois finais de semana. Então, se ele achava que tinha alguma ideia de como eu poderia me sentir sobre perder meu pai, já perdido para mim havia anos, eu adoraria ouvir.

Shani me deu um sorriso triste, e toda a minha raiva se desvaneceu. Realmente tinha sido atencioso da parte dela pensar em mim, mesmo que eu não gostasse da ideia de que ela e Conner estivessem de alguma forma conspirando para me oferecer "ajuda". Eu folheei as páginas como se estivesse interessada no que elas poderiam ter a dizer.

— Vou colocá-lo na minha pilha de leitura — eu disse.

— Logo após o livro de memórias da filha do Sunrise Slayer. Você se lembra desse, Conner? Ele estava ligado a pelo menos oito assassinatos em torno do centro da Flórida nos anos 1980.

Conner balançou a cabeça.

— Isso não é da minha época — ele respondeu. — E eu não assisto TV preto e branco.

Revirei os olhos.

— Não é da minha época também, idiota — eu revidei. — Mas aconteceu perto daqui, pouco mais de uma hora ao norte. Você poderia ter ouvido falar do homem.

— Eu coleciono cartas de Pokémon como uma pessoa normal — ele respondeu. — Falando em pessoas normais, o vizinho está dando uma festa ou algo assim? Havia um monte de carros ali na frente.

Pulei para checar a janela. E, assim como ele disse, havia três carros estacionados em sua garagem e vários outros estacionados na calçada até a rotatória. Mesmo com toda a minha vigília, eu perdi completamente esse movimento.

— Bem, isso explica o gelo — murmurei.

Eu me virei bem a tempo de ver Conner trocando um olhar com Shani. O olhar de *fala você*. Primeiro, a opinião sobre o livro de ajuda, agora isso. Não ia deixar passar.

— O quê?

— Nada — ele respondeu, com olhos arregalados.

— Conner acha que você está hiperfixada no vizinho como uma forma de lidar com toda a mudança na sua vida — Shani respondeu na mesma hora.

Conner deu a ela um olhar sarcástico do tipo *Valeu, valeu mesmo* e que teria sido mais eficaz se ele ainda não tivesse molho de *taco* espalhado pela boca. — Eu nunca disse isso. Eu disse que meu terapeuta sugeriu que isso poderia ser uma explicação para o foco de Phoebe, mas...

Eu levantei as mãos, como se para afastar toda a conversa. Agora ele estava discutindo sobre mim com o seu *terapeuta*? Jesus!

— Você e o doutor Freud estão tomando isso como algo muito maior do que realmente é — eu disse. — Tivemos algumas interações estranhas, ok? É natural que eu queira cuidar de mim mesma. Eu sou uma mulher solteira, morando sozinha.

— Tudo bem, mas... — Conner franziu o nariz com um olhar extremamente irritante e duvidoso de irmão mais novo. — Estranhas porque *ele* foi estranho ou porque você foi?

— Ei, ele é o único que... — Percebi que não tinha como terminar a frase de uma maneira que ficasse bom para o meu lado. Ele havia carregado a escrivaninha para mim, aceitado de maneira educada um pacote entregue incorretamente, cortado o gramado. Estava longe de ser a tríade de Macdonald.[17]

Ainda havia aquela noite em que ele estava fazendo algo em sua garagem. Um líquido misterioso em suas mãos. O saco plástico no seu veículo. Nada disso o colocava como o assassino mais cuidadoso do mundo, mas o Ford Bronco de O.J. tinha sangue por toda parte e mesmo assim ele conseguiu escapar.

---

17 Tríade de eventos que precedem ou estão associados a tendências violentas.

— Não importa — disse. — Não vou precisar pegar uma xícara de açúcar emprestada tão cedo, e, se eu precisar, sempre há a dona da gata do outro lado.

— Pat continua lá? — Conner perguntou. — Ela sempre me lembrou da avó em *Napoleon Dynamite*.[18] Ela ficava no quintal jogando pão para os pássaros, tipo, *estou fazendo isso para o seu próprio bem! Comam, seus merdinhas!*

— Se você pensar sobre isso — disse —, ela tem todos aqueles gatos do lado de fora e ainda incentiva os pássaros a virem. Muito sádico.

— Eu não tinha pensado nisso dessa maneira — Conner disse, fazendo uma careta. — Mas ouça. A questão é que sabemos que você está isolada aqui. Nós odiamos a ideia de que você está preocupada ou se sentindo insegura.

Ele estendeu a mão para agarrar a mão de Shani, e isso foi honestamente a primeira pista que me disse que o "*nós*" de sua frase se referia a ele e à namorada, e não a ele e seu terapeuta. Isso me livrou de ter outra conversa séria sobre limites.

— E é por isso que decidimos — Shani disse, olhando para ele como em busca de apoio — que vamos nos mudar para cá também. Assim, você não ficará tão sozinha.

Eu não tinha ideia do que meu rosto estava expressando. Na minha mente, meus olhos estavam arregalados de descrença, minha boca abrindo e fechando como a de um peixe, minhas narinas queimando com uma exasperação mal contida. Mas, externamente, eu devo ter mantido alguma aparência de controle, porque meu irmão estava sorrindo para mim como se tivesse acabado de me brindar com o maior dos presentes.

E, objetivamente, era bem-intencionado da parte deles. Muito gentil. Era verdade que eu havia acabado de me mudar para um lugar onde não conhecia ninguém — exceto Alison, cuja amizade seria melhor deixar esquecida nas páginas de alguma revista adolescente. E era verdade que havia muito trabalho pela frente com a casa, trabalho com o qual eu às vezes desejava que Conner estivesse mais próximo para ajudar.

---

18 Filme de comédia de 2004.

Mas também era verdade que, se eu tivesse que morar com Conner e Shani, iria enlouquecer...

— Bem — eu disse, escolhendo as palavras com cuidado. — Aprecio essa oferta, mas...

— Seria por alguns meses, enquanto estivéssemos preparando a casa para vender — Conner disse para me tranquilizar. — Só temos de cumprir mais um mês de aluguel do nosso apartamento, e podemos colocar nossas coisas em um armazém antes de assinarmos um novo contrato.

— Exceto pela cama, é claro — apontou Shani.

— Sim, não iremos dormir no *chão* — Conner disse. — E precisamos do Xbox e do PlayStation. — Ele olhou para mim esperançoso. — A menos que você tenha trazido o seu?

Esfreguei minhas têmporas, balançando a cabeça minimamente.

— Não tem problema — ele disse. — Eu tenho todas as coisas legais carregadas no meu. E Shani tem essa estátua de um Buda que é realmente importante para ela...

— Eu não sou budista — Shani disse timidamente. — Mas minha treinadora de *cross country* no ensino médio me deu, e ela disse...

— Não é *enorme* — Conner disse. — Do tipo que poderia caber facilmente no canto da sala de estar se mudássemos aquelas lixeiras. Ah, e vamos trazer Hank, é claro, mas ele quase não ocupa espaço, apenas qualquer superfície plana que possa suportar dez quilos...

— Dez *galões* — Shani corrigiu. — O que significa que é por volta de trinta e oito quilos. Mas, amor, a gente pode trazer a mesa que ele está ocupando agora...

As coisas estavam saindo de controle.

— Quem é Hank?

A sala caiu em silêncio enquanto Conner e Shani olhavam para mim, quase como se tivessem sido... traídos. Como se eles não pudessem acreditar no que eu tinha acabado de perguntar.

— Hank é o nosso peixe dourado — Conner explicou. — Nós o ganhamos em uma feira no interior ano passado.

— As pessoas dizem que eles nunca duram muito — Shani comentou. — Mas o Hank é um lutador.

— E nós cuidamos bem dele — Conner disse. — A maioria das pessoas só alimenta seus peixes com flocos velhos, mas nós estamos encomendando essa…

— Ok, pare — eu disse. — Hank não vai se mudar para cá. — Isso soou duro e injustamente preconceituoso contra os peixes. Na verdade, Hank é quem tinha mais chance de se mudar para cá dentre os três. Eu comecei de novo. — Não é que eu não aprecie a oferta. Eu aprecio. Vou precisar da sua ajuda com a casa com certeza, e estou realmente… — Eca! A próxima parte era o máximo de sensibilidade que conseguia alcançar e senti as palavras se alojarem na minha garganta. — …adorando ter a chance de passar mais tempo com vocês dois. Mas eu tenho essa tese para trabalhar, e realmente preciso de muita paz e tranquilidade para isso, e…

Conner franziu a testa.

— Mas é disso que estou falando. Você está escondida aqui, lendo sobre assassinatos terríveis e depois ficando paranoica sobre seu vizinho…

— Não sou paranoica! — eu disse. — E não é sobre o vizinho. A propósito, o nome dele é Sam.

— Eu me lembro — Conner disse. — Acredito que suas palavras exatas naquele dia foram "Sam, vírgula, Filho de".[19]

— Foi uma *piada* — falei. — Óbvio que eu não acho que meu vizinho é um *serial killer*. Primeiro, não há nenhum caso de assassinato não resolvido na região. E segundo…

---

[19] No texto original, "*Sam, comma, Son of.*" Referência a David Richard Berkowitz, também conhecido como "Filho de Sam" (*Son of Sam*), um assassino em série que praticava crimes em Nova York na década de 1970. Ele usava uma arma calibre 44 para matar suas vítimas. Em uma carta encontrada pela polícia, o criminoso se identificava com a alcunha: "…Sou um monstro. Eu sou o 'filho de Sam'. […] Sam adora beber sangue. 'Saia e mate', ordena o pai Sam".

Conner levantou as sobrancelhas, aguardando. Ele não parecia impressionado com o meu argumento, mas deveria. Eu havia feito uma boa pesquisa para descobrir isso. E talvez eu ainda estivesse desesperada atrás de algo que pudesse convencer Conner a desistir da ideia de vir *morar* aqui, porque eu disse:

— Bem, eu iria a uma festa de um *serial killer*?

SEIS

Cinco minutos depois, nós três estávamos de pé na porta de Sam, eu na frente e Shani e Conner atrás. Nós já havíamos apertado a campainha uma vez, mas, pelas batidas da música, percebi que Sam não deveria ter ouvido.

— Esta é uma festa temática? — Conner perguntou. — Deveríamos ter nos arrumado?

— Eu não sei — respondi, trocando de mão a sacola de KitKat que estava segurando para poder tocar a campainha de novo, e agora realmente apertando o botão por alguns segundos antes de soltar.

— Bem, o que ele disse quando te convidou?

De dentro, eu pude ouvir que gritavam que alguém tocara a campainha.

— Shiu! — disse para Conner.

— Oh, meu Deus, estamos de penetra em uma festa — Conner falou assim que a porta se abriu.

Os olhos de Sam se arregalaram no momento em que viu nós três, mas eu entreguei os KitKat antes que ele pudesse dizer alguma coisa.

— Oi — disse, me sentindo nervosa de repente. — Nós ouvimos a música lá de casa e...

Deixei a frase morrer. *Era* uma festa temática. Todos estavam vestidos com camisas estampadas coloridas e bebendo em abacaxis de plástico. A camisa de Sam era rosa brilhante com flores brancas, que, com a barba rala em seu rosto, dava a ele o ar um pouco de *Miami Vice*, mas eu não me aborreci com aquilo.

— Você quer que eu abaixe o som? — ele perguntou.

— Oh — eu disse. — Não. Está tudo bem. Nós, na verdade... — Para minha surpresa, Sam saiu para a varanda da frente, fechando a porta atrás de si. Eu tive que recuar para manter meu espaço pessoal, e acabei pisando no pé de Conner, o que o fez gritar num tom melodramático. Sem dizer outra palavra, Sam andou até a minha garagem, onde ficou por um minuto, com a cabeça inclinada, como se estivesse ouvindo.

— Ai! — Conner falou em voz alta, como se estivesse insatisfeito com a minha reação à sua dor.

— Pode parar — eu respondi, ainda olhando para Sam. — Eu mal pisei no seu pé.

— Você está usando botas de combate.

Olhei para os pés dele.

— E você está usando chinelos, o que deve lhe ensinar a cobrir melhor os dedos dos pés. Ninguém precisa ver isso.

— Pelo menos estou no tema — ele resmungou. — O que ele está fazendo?

Para ser honesta, eu não fazia ideia. Sam se aproximou da minha casa, de pé em frente à porta, enquanto continuávamos parados na frente da dele. E por fim ele voltou até nós.

— Você deve ter uma audição muito boa — ele disse, mas franziu a testa para os chocolates, como se houvesse algo estranho com eles. Então olhou para Conner e Shani antes de voltar a atenção para mim. — Desculpe. Eu deixei a garagem à prova de som, então pensei que isso amorteceria a música o suficiente. Vocês gostariam de entrar, tomar uma bebida?

Ele entrou, deixando a porta aberta para o seguirmos, mas Conner me parou com uma mão no braço.

— Phoebe — disse. — Cara. *À prova de som*?

— Eu te disse — falei e então entramos na casa.

♡ ♡ ♡

A primeira coisa que notei foi que Sam tinha um piano em um cantinho da sala de estar que parecia ter sido feito para o instrumento. Aposto que ele nem tocava piano, apenas gostava de passar a impressão de ser o tipo de cara que toca. Mas havia um grande *banner* pendurado na parede acima dele — NÓS SENTIREMOS SUA FALTA, BARBARA! — e isso foi um pouco mais difícil de entender.

— Aonde você acha que a Barbara está indo? — Shani perguntou.

— Para o porão? — eu sugeri, e Conner e eu demos risada.

Ainda estávamos rindo quando Sam apareceu, fazendo malabarismos com algumas latas de LaCroix[20] antes de entregá-las.

— Desculpe, não temos nenhum refrigerante — ele disse. — Mas... — Ele gesticulou vagamente indicando as decorações tropicais, que, após uma inspeção mais detalhada, pareciam ser principalmente uma borda de papelão ondulado com pequenas palmeiras que haviam sido penduradas ao redor da sala. — As bebidas alcoólicas estão na cozinha. Achei que você gostaria de preparar sua própria bebida.

Ele relanceou o olhar para mim ao dizer isso, e depois se afastou. Do outro lado da sala, alguém o chamou, e eu esperei que ele estivesse longe o suficiente para me virar para Conner e fazer uma careta.

— Eu acho que ele viu.

— E daí? — Conner trocou de latinha com Shani, para que ela ficasse com a de morango e ele com a de laranja, antes de abrir a sua com um alto *pop!*.

Mordi o lábio inferior enquanto observava Sam se mover em meio àquele aglomerado de pessoas, parando para falar com um casal antes de desaparecer na cozinha. Apesar do que Conner dissera, eu senti uma culpa agitada e ansiosa em meu estômago com a ideia de estar sendo babaca de novo. Dessa vez: invadindo sua festa e imediatamente falando merda. Entreguei a Conner a minha latinha de LaCroix ainda fechada, porque ele era capaz de virar duas no período que eu levaria para me convencer a beber aquilo que parecia spray de cabelo com sabor, e fui para a cozinha.

Sam estava tentando alcançar uma tigela no gabinete superior, o movimento revelando uma tira de pele entre o jeans e a parte inferior da camisa, uma linha fina de pelos levando ao seu umbigo. No momento em que colocou a tigela no balcão e tirou

---

20 Marca americana de água com gás, cujos sabores incluem diversas frutas e misturas de frutas, originária de La Crosse, Wisconsin.

o cabelo dos olhos, ele teve um pequeno sobressalto ao me ver ali; eu senti todo o meu rosto esquentar e receei que minha pele pálida estivesse me traindo e ficando corada. Ergui os olhos e avistei pela janela da cozinha uma piscina no quintal. Algumas pessoas estavam reunidas em torno dela, outras sentadas na borda com os pés balançando na água.

— Você tem uma piscina — disse estupidamente. O que eu quis dizer foi *posso mergulhar e só subir quando todos tiverem saído, incluindo você?*

Ele acompanhou meu olhar.

— Sim — ele disse. Então abriu o saco de KitKat com os dentes e jogou as barras de chocolate embaladas individualmente na tigela que tinha acabado de pegar. Chacoalhou a tigela, para dar uma ajustada na apresentação dos chocolates, e colocou no balcão ao lado dos salgadinhos e dos molhos.

— Você realmente não deveria fazer isso — falei antes que pudesse me conter, e suas sobrancelhas se uniram, sua mão permanecendo na tigela como se ainda estivesse decidindo se os chocolates estavam devidamente expostos. Eu balancei a cabeça, me perguntando pela oitava milionésima vez qual era o meu problema específico. — Quero dizer, abrir coisas com os dentes... não é bom para a sua saúde bucal. Eu lhe contaria uma história angustiante sobre uma garota na segunda série envolvendo uma bala de frutas, mas não é realmente uma boa piada de festa.

Ele apenas olhou para mim, o que de alguma forma foi a minha deixa para continuar.

— Para ser justa, o dente dela já estava mole de qualquer maneira. Sendo assim... — Peguei um KitKat da tigela, só para fazer algo com as mãos. Após ter criticado seu método, torci e puxei a embalagem, mas não consegui abrir aquele chocolate estúpido. Finalmente, eu desisti. — Na verdade, acho que essa é a história toda. Não há muito a acrescentar.

Seus lábios se separaram um pouco, como se ele fosse dizer algo. Em vez disso, ele pegou um KitKat, abrindo-o facilmente antes de colocar o chocolate inteiro na boca. O infeliz!

Acontece que é quase desagradável ver alguém mastigar. No entanto, por algum motivo, eu não conseguia desviar o olhar, então ficamos paralisados naquele momento na cozinha. Seus olhos azuis varreram meu rosto desde a testa muito alta até o queixo pontiagudo, permanecendo na minha boca por uma fração de segundo, o que me fez pensar se não teria sido apenas minha imaginação. Ao fundo, o som de *Don't Worry Baby* dos Beach Boys. Eu percebi que estava prendendo a respiração.

Ele engoliu.

— Como vai a escrivaninha?

Agora era a minha vez de o encarar, sua pergunta por algum motivo falhando em ser processada pelo meu cérebro. Ele levantou uma sobrancelha.

— Pesada? De madeira? Estilo *O coração delator*?[21]

— Ah! — eu disse. — Aquela escrivaninha. Está... inerte.

Não tinha percebido que ele abrira outro KitKat enquanto estávamos conversando, mas ele me entregou um, ainda em sua embalagem, só que cortada em uma extremidade. Eu o peguei, me sentindo tão inerte quanto a mobília de que estávamos falando, e seus olhos se enrugaram nos cantos, divertidos.

— Bom — ele disse. — Vamos torcer para continuar assim.

♡ ♡ ♡

Encontrei Conner e Shani em um canto, conversando com um barbudo de camiseta laranja. Laranja ao ponto de te fazer chorar de tão vibrante. Conner acenou quando me viu.

— Pheebs! — ele disse. — Você não vai acreditar! Eu jogo *League of Legends* com ele há três anos! Ele é um amigo do Dan, que me adicionou no servidor dele, e aí, quando o Dan saiu, eu continuei lá porque os rapazes jogam *de verdade*. — Shani pigarreou de propósito e Conner se apressou em acrescentar:

— E as garotas! Não tem nenhuma garota naquele time — *que*

---

[21] Conto clássico de Edgar Allan Poe, também traduzido como *O Coração Revelador*.

eu saiba, claro —, mas as meninas sabem jogar também, eu não estou querendo espalhar essa toxicidade do mundo *gamer*.

— Shani deu uma cotovelada em Conner, e ele continuou: — Qualquer um pode jogar, onde quer que esteja no espectro de gênero! E não precisa ser binário também! Camiseta Laranja deu risada e esticou a mão para me cumprimentar.

— Josué — ele disse. — Vocês conhecem a Barbara?

— Não exatamente... — eu falei. Lembrei que minha motivação de ter ido atrás de Sam havia sido para pedir desculpa por entrar de penetra na festa dele, mas em vez disso eu comentei sobre sua piscina e contei histórias de horror dentárias.

— Sam é o vizinho dela — Conner respondeu.

— Tecnicamente — senti a necessidade de esclarecer. — É a casa do nosso pai. Ele morreu, e nós estamos dando uma ajeitada nela para vender, então... — E ok, depois das três primeiras palavras percebi que não tinha motivo algum para Josué se importar com as explicações.

— Sinto muito pelo seu pai — Josué disse, conseguindo soar sincero e logo mudando de assunto e indo para um tópico mais emocionalmente estável. Foi tão sutil e bem-feito que eu queria aplaudir. — Quando você está pensando em colocar a casa à venda?

— Espero que em breve — eu disse, ao mesmo tempo que Conner emendou:

— Em um mês, se Phoebe aceitar nossa ajuda.

Eu revirei os olhos para isso — não tinha nenhum problema em aceitar a ajuda de meu irmão, se isso significasse que ele apareceria nos finais de semana preparado para reciclar todas as revistas publicadas antes do surgimento da franquia *CSI*. Eu só não precisava dele e Shani no meu espaço.

— Bem, eu adoraria dar uma olhada — Josué disse. — Me mande uma mensagem quando estiver tudo pronto.

— Sério? — Conner perguntou, olhando para mim com uma expressão triunfante, como se ele tivesse vendido sozinho a casa naquele instante.

— *Sério?* — eu repeti. — É uma casa que precisa de manutenção, você sabe.

Josué deu de ombros.

— Sam é um cara legal, e eu não me importaria de ser seu vizinho. Além disso, é o sonho dele, morar tão perto da escola.

— Da escola? — Shani perguntou com curiosidade. Fiquei agradecida por ela fazer a pergunta, porque no seu lugar eu teria certamente soado muito mais acusatória.

— Sim — Josué disse, pegando uma cerveja. — Sam ensina música na escola no final da rua. Eu ensino alunos da quarta série: Matemática, Ciências e alguma higiene básica, quando sou corajoso o suficiente para tentar. A maioria das pessoas aqui na festa trabalha lá, e estamos aqui por causa da aposentadoria de Barbara.

Ok. Isso explicava muita coisa, embora eu ainda estivesse um pouco tonta com a ideia de que Sam era um professor de ensino fundamental. Eu não tinha previsto isso. E só então, *Wouldn't It Be Nice* começou a tocar, e eu percebi que desde que chegamos a única coisa que tocava era Beach Boys. Aí a ficha caiu.

— Deixa eu adivinhar — eu disse. — Barbara Ann.

— Sim! — Josué disse, genuinamente encantado. — Ela vai adorar que você tenha feito essa conexão. Espere, deixe-me encontrá-la. Barb!

Antes que eu pudesse protestar, ele já estava no meio da sala, chamando a atenção de uma mulher mais velha em um vestido havaiano florido longo que parecia superconfortável.

— Aí — Conner disse. — Você está fazendo amigos.

— Pelo menos ela está na casa dos sessenta anos — eu murmurei. — O que é muito mais a minha turma.

— Você também ficou conversando com Sam por um tempo — Conner apontou. — Sobre o que vocês falaram?

Eu me arrependi de não ter pegado uma bebida quando estava na cozinha. Até a LaCroix estava começando a parecer boa para mim. — Dentes.

Os lábios da Shani automaticamente se curvaram em uma expressão involuntária de *você é uma causa perdida*. Conner quase cuspiu a sua água sanitária com gás.

— Não me diga que você mostrou a evidência da marca de dentição de Ted Bundy — ele implorou. — Por favor, me diga que você não tirou seu celular para mostrar a ele as fotos do teste.

— Não sou completamente selvagem — disse irritada. — Eu sei como me comportar em uma festa. Na minha próxima vida, vou voltar como especialista forense. Deus sabe que eu ganharia mais dinheiro.

Conner revirou os olhos para meu comentário.

— Então, Sam é professor, hein? O que isso faz com a sua teoria de *serial killer*?

— Nada — eu respondi. — Equiparar o etos social projetado de uma profissão com a moralidade pessoal de um indivíduo é umas das razões por que a força policial é tão fodida neste país.

— Então, em outras palavras, a ameaça não foi neutralizada.

Dei de ombros. Pelo canto do olho, eu estava ciente de Sam em pé, de frente para nós, mas não me atrevi a virar a cabeça. Não sabia por que isso importava para mim, saber se ele estava prestando atenção, se ele estava tão sintonizado com onde eu estava na sala quanto eu estava em relação a ele.

— Mas tudo bem — disse a contragosto. — Talvez ele realmente toque aquele piano.

♡ ♡ ♡

Barbara, no final das contas, era a professora de artes da quinta série que eu sempre sonhei ter, e, assim que Josué nos apresentou, nós passamos uns vinte minutos em uma conversa amigável sobre os livros de *Harry Potter* e como era uma pena que a autora fosse transfóbica. Eu cumprimentei Barbara por sua aposentadoria, e ela me mostrou fotos dos netos. Ela estava se mudando para Indiana para ficar mais perto deles.

Estávamos no meio de uma conversa energizada sobre um ensaio de três parágrafos quando, de repente, os intermináveis Beach Boys foram finalmente vencidos. Olhei ao redor para encontrar Sam de pé, no centro da sala, batendo um garfo de plástico inutilmente contra o lado de sua garrafa de cerveja.

— Uh — ele disse, e alguém na multidão o encorajou a subir em uma cadeira para fazer um discurso. Para minha surpresa, ele o fez. Não havia nenhuma chance de eu confiar todo o meu peso e equilíbrio em uma cadeira velha de jantar, muito menos na frente de uma sala cheia de pessoas.

E agora eu tinha que erguer o pescoço para ver Sam, mas gostei desse arranjo — assim poderia ficar à vontade para observar tão livremente quanto eu quisesse, porque a atenção de todos estava focada nele. Ele não deveria ser tão atraente, objetivamente falando. Seu nariz era um pouco torto e um tanto grande para o rosto, seu cabelo trilhava a linha tênue entre *acabei de acordar* e *bagunçado pelo vento*. E o rosa-choque de sua camiseta queimava minhas córneas.

Porém, havia algo nele que me fazia querer desvendá-lo.

— Obrigado a todos por terem vindo — ele estava dizendo. — E obrigado, Terry, por agendar a nova reforma da sua casa bem a tempo de forçar a festa a acontecer aqui.

Algumas risadas e comentários dos convidados, e um homem mais velho, que eu presumi ser o Terry, levantou seu copo de abacaxi de plástico em reconhecimento. Barbara se inclinou em minha direção.

— Foi melhor — ela disse. — A única razão pela qual o Terry dá festa é para mostrar o último projeto de reforma. Nós tivemos sorte que o atual impede qualquer um de entrar lá.

— De qualquer forma — continuou Sam —, estamos todos aqui, é claro, para celebrar nossa campeã favorita de caneta vermelha, uma leitora talentosa cujo sotaque britânico está *quase* pronto para a BBC, a única de nós que poderia fazer com que os oitenta alunos da quinta série ficassem parados para uma foto de grupo, a guardiã das Coca-Colas Diet da sala dos professores. — Sam apontou para alguém na audiência — Abandone toda sua fé aquele que bebe algo que claramente tem o nome de outra pessoa marcado com uma Sharpie.[22] Uma salva de palmas para uma pessoa adorável e uma colega que fará falta... Barbara!

E eu não tinha pensado nisso, porque estava bem ao lado de Barbara, o que significava que Sam agora estava gesticulando diretamente para mim. Não para *mim*, é claro, mas me senti visível quando todos os olhos se voltaram na minha direção. Tentei me afastar sutilmente de Barbara, fora dos holofotes metafóricos, enquanto aplaudia junto com os demais.

Quando olhei para Sam, ele havia pulado da cadeira, seu peito movimentando-se de maneira ritmada. Ele foi tomar um gole de sua cerveja, e só então pareceu perceber que estava vazia. Mal tinha colocado a cerveja na mesa quando Barbara o alcançou e o apertou em um grande abraço.

— Foi uma homenagem maravilhosa — ela disse. — Vou sentir falta de trabalhar com todos vocês.

De onde eu estava, podia ver os braços dele envolvendo-a, podia ver como as pontas das orelhas dele ficaram rosa enquanto ela lhe dizia mais coisas que eu não conseguia ouvir. Ele apertou os ombros dela, olhando ao redor da sala até que seu olhar pousou em mim. Eu me assustei, girando nos calcanhares para descobrir onde Conner e Shani tinham ido.

De repente, eu estava desesperada para ir embora.

---

22 Tipo de caneta de marcador permanente, que pode ser usada em diversas superfícies.

SETE

Conner trouxe as lixeiras e as caixas durante o final de semana, o que foi uma pena. Eu estava quase torcendo para que ele esquecesse, e assim teria a desculpa para passar o tempo todo debruçada sobre minha escrivaninha estilo Edgar Allan Poe, digitando minha análise de *A sangue frio*.

Isso foi basicamente tudo o que fiz desde a festa de Sam no início da semana. Apesar de normalmente ter uma constituição forte para essas coisas, tive que admitir que era difícil ler o clássico do *true crime* de Capote tarde da noite estando sozinha em casa. Mudei meu horário de trabalho para produzir mais durante o dia, deixando minhas noites livres para vagar de quarto em quarto e pensar — indiscutivelmente, minha cabeça era um lugar mais assustador para se estar do que com Dick e Perry a caminho da casa dos Clutters em Holcomb, Kansas.

Meu pai nunca foi um cara muito afetuoso, e mesmo quando éramos jovens não havia muitas evidências pela casa de que ele tivesse filhos. Não havia fotos de escola nas paredes, ou desenhos na geladeira; também não havia marcações nas paredes indicando o nosso crescimento ao longo dos anos. Minha mãe era mais sensível, mas as aparências também eram importantes para ela, assim ela cultivou um visual muito chique e sofisticado em nossos cômodos após o divórcio, o que não permitia desenhos ou decorações destoantes do esquema de cor. Todo Natal, agora que ela e Bill, meu padrasto, estavam juntos, minha mãe decorava sua árvore prateada artificial apenas com enfeites em branco e prata, e uma estrela de cristal Waterford no topo. Eu nem sabia onde coisas como o enfeite de impressão de mão de argila de Conner do jardim de infância estariam neste momento.

Também não me considerava uma pessoa muito sentimental ou afetuosa. Como naquele episódio do *The Office*, onde

Jim organizou uma versão boba das Olimpíadas e fez medalhas com tampas de iogurte para todos. No final, Ryan joga a dele fora e dá um discurso sobre como ele poderia se desfazer da medalha naquela hora ou esperar dois meses, mas, de qualquer forma, o que ele deveria fazer com uma medalha feita de lixo? Ryan era claramente péssimo, mas, naquele momento, eu me senti representada.

Lá na Carolina do Norte, o pequeno escritório no departamento de inglês que eu compartilhava com outro estudante de pós-graduação, para nossas tarefas de estudo, parecia uma versão de *O médico e o monstro* para designers de interiores, em que Jekyll amava *Stranger Things*, Funko Pops e fotos de casamento artísticas em tons dessaturados, e Hyde amava paredes de blocos de concreto do corredor da morte. Nunca me preocupei em colocar nada, porque sempre pensei que o trabalho era temporário; afinal, terminaria com a minha formatura. Exceto que eu estava ensinando lá nos últimos quatro anos, há mais tempo do que havia passado em qualquer outro emprego.

Então para mim não era nenhuma dificuldade começar a jogar coisas fora. Conner, por outro lado, estava sofrendo.

— Cara — ele disse. — Olha isso. Meu *sobresaliente* prêmio de espanhol da oitava série. Eu tenho que ficar com isso. Que doido...

Eu joguei outra caixa de peças de eletrodomésticos antigos na lixeira — quem saberia a quais aparelhos podiam pertencer? Nós só estávamos nisso há uma hora e eu já estava encharcada de suor. Deus, eu odiava a Flórida.

— Diga *doido* em espanhol — eu disse.

— Uh... — Ele virou o troféu na mão, como se a resposta pudesse estar gravada em algum lugar na parte inferior.

— Coloque no seu carro para levar para a sua casa, se quiser — eu disse. — Mas não vai ficar nesta casa.

Ele o jogou para cima, deixando-o girar no ar antes de pegá-lo novamente. O canto da estatueta o atingiu na palma da mão.

— Nossa! — ele disse, e, como se estivesse mortalmente ofendido agora pela própria existência do troféu, jogou-o na lixeira.

Da casa ao lado, Sam saiu vestido mais uma vez com seu *look* casual de negócios sem graça, parecendo uma daquelas fotos de banco de imagens baixadas de um site de alguma cooperativa de crédito. Calça cáqui, camisa branca, óculos de sol no alto da cabeça. Ele acenou com a cabeça minimamente na minha direção e de Conner, deslizando os óculos de sol sobre os olhos antes de entrar em sua caminhonete.

— Bem, *isso* foi estranho — Conner disse.

Olhei para baixo para ver se eu parecia tão suada e nojenta quanto me sentia. Meu jeans da Torrid era preto, graças a Deus, então ele não mostrava nenhuma mancha. Provavelmente era uma das razões pelas quais eu estava superaquecida, mas já havia mais de uma década que eu não usava um shorts. Como uma concessão ao sol que nos castigava, minha camiseta era cinza ao invés de preta, com os dizeres MORTE + TEXAS escritos no meu peito em letras craqueladas. Eu tinha adquirido a camiseta em uma das edições do Festival de Cultura Pop e Literatura em Austin, à qual ia todos os anos, e era uma das minhas favoritas. Meu coque estava mais bagunçado do que o normal, fios de cabelo caindo e grudando no meu pescoço e rosto. Parei para soltar meu cabelo e prendê-lo de novo, enrolando o elástico em torno dele e esperando que ficasse firme.

— Não é? — eu disse. — Não tente descobrir o que ele está fazendo.

— Não — Conner disse. — Quero dizer estranho que você nem tenha dito "olá". Estávamos na *casa* dele há alguns dias.

E eu tinha esquecido de tentar abrir a porta da garagem para ver se estava trancada. Verdadeiramente uma oportunidade perdida. — Ã-hã.

Conner me deu um olhar exasperado que eu não consegui decifrar. Havia ficado um pouco surpreso quando decidi ir embora da festa de repente, mas Shani o lembrou que ambos tinham que acordar cedo para o trabalho, e ele deu de ombros e ignorou o resto. Nós nem tínhamos nos despedido. Isso fora rude? Eu tinha um pressentimento de que havia sido rude.

— Josué me contou algumas coisas muito interessantes sobre o seu vizinho Sam — Conner disse, remexendo as sobrancelhas.

— Ele te deu uma amostra de caligrafia? — eu perguntei, começando a vasculhar uma caixa de correspondência antiga antes de jogar a coisa toda na lixeira. — Sam usa muita pressão na caneta e deixa um espaçamento estranho entre as letras individuais?

— Você atua tão bem — Conner disse. — Mas eu sei que quando você menciona a análise de caligrafia é porque está morrendo por dentro atrás de respostas.

— Só por causa da falta de conclusão em torno da nota de resgate de JonBenét[23] — eu retruquei irritada. — Apenas me diga o que você ficou sabendo, Conner. Você obviamente não vai trocar de assunto até me contar.

— Bem — Conner disse. — De início. Ele é solteiro.

Uma vibração traiçoeira, na região do meu umbigo.

— E?

— Aparentemente, ele tinha uma namorada — Conner disse. — Eles estavam juntos havia muito tempo. Josué me disse o nome dela, algo com um A? De qualquer forma, ela terminou com Sam logo antes do Natal. Ele ficou arrasado.

Nós realmente deveríamos voltar para dentro e carregar mais caixas para classificar e jogar fora. Já tínhamos acabado a carga que havíamos trazido de casa e estávamos conversando de pé na garagem. Mas por alguma razão eu não queria cortar o assunto. Ainda.

— Por que o Josué te contou tudo isso?

— Ah... — Conner disse. — Eu perguntei.

---

[23] JonBenét Patricia Ramsey foi uma miss infantil estadunidense de seis anos assassinada sob circunstâncias suspeitas, na casa de sua família em Boulder, Colorado, em 26 de dezembro de 1996. O caso continua sem solução até hoje e é considerado um dos mais notórios dos Estados Unidos.

Eu tentei não reagir a essa resposta. Conhecendo Conner, isso significava que ele havia dito algo realmente embaraçoso, como "minha irmã é paranoica" ou, pior, "minha irmã está solteira e cada dia mais desesperada".

— Amanda! — Conner disse, como uma exclamação de *Eureka!* — Esse era o nome da namorada. Ex-namorada.

Estava muito quente para ter essa conversa do lado de fora. Eu finalmente me virei para a porta da frente, já temendo que da próxima vez teríamos que trazer mais coisas para descarregar ali.

— Deixe-me adivinhar — eu disse. — Ela é magra e sofisticada e divide o cabelo no meio.

— Veja, esse é o problema com você. — Conner me seguiu até a casa, chutando uma caixa perto da porta para ver se estava vazia. Claro que não estava. — Eu nunca sei se você está dizendo coisas típicas de garotas ciumentas ou mais coisas sobre assassinos em série.

— *Eu* não estou com ciúmes — disse enfaticamente. — Em primeiro lugar, não tenho nenhum direito ao Sam, e nem quero ter. Em segundo lugar, você sabe que o maior ardil que o patriarcado já usou foi colocar as mulheres umas contra as outras.

Eu estava sendo honesta em cada palavra. Ao mesmo tempo, isso me deu uma sensação engraçada, conhecendo mais sobre o Sam. Eu não sabia por quê. Talvez parecesse estranho ter que admitir que ele era uma pessoa real com passado, presente e uma vida que continha mais do que os pequenos momentos que eu havia observado e sobre os quais tentara tirar minhas próprias conclusões.

Foi assim que me senti quando o vi abraçar Barbara na festa. Tinha ficado tão claro naquele momento que todas aquelas pessoas tinham relacionamentos umas com as outras, piadas internas, histórias e sentimentos reais. E se eu normalmente me sentia como um peixe fora d'água na maioria das festas, de repente me senti como o maior peixe do fundo do mar que se afastava de qualquer exposição à luz do dia. Sam parecia dar ótimos abraços, e eu queria tanto um.

Nojento.

— Alguma ideia sobre seu pedido de casamento? — perguntei, porque eu aceitaria qualquer mudança de assunto naquele momento. Havia as coisas mais aleatórias empilhadas em uma cadeira encostada na parede: roupas, uma pasta com notas fiscais e fones de ouvido sem fio ainda nas caixinhas. Separei os fones de ouvido e comecei a enfiar o resto em uma cesta de roupa suja.

O rosto dele se iluminou.

— Eu estava pensando em um grafite... — ele disse. — Um mural gigante onde peço que ela se case comigo, e podemos dar um passeio e, tipo, tropeçar nele, assim por acaso. Mas você sabe que minhas habilidades artísticas foram aproveitadas até a primeira série, e eu não tenho ideia de como acho alguém para fazer isso ou se não é ilegal. Então tecnicamente estamos na estaca zero.

Eu levantei a cesta de roupa suja, apoiando-a contra o meu quadril para poder carregá-la para fora e colocar seu conteúdo na lixeira. Conner me seguiu, de mãos vazias e alheio à minha luta para abrir a porta enquanto eu carregava a cesta.

— Eu pensei em fazer algo no hospital — ele disse. — Durante um de seus turnos. Tipo, ver se eles me deixariam dizer isso pelo interfone ou algo assim. Mas eu não sei. Isso provavelmente é contra algumas regras, não é? Você ficaria brava se alguém te pedisse em casamento no seu trabalho?

— Sim — eu disse. Então, vendo a expressão desanimada de Conner e me sentindo um pouco culpada pela minha resposta tão concisa, eu suspirei. — Mas Shani também é muito diferente de mim! Você a conhece melhor. Em geral, porém, no seu lugar eu me certificaria de que iria fazer o pedido em um momento que não fosse extremamente inconveniente para ela, ou que pudesse deixá-la desconfortável. Por exemplo, imagine se ela estivesse tendo um dia terrível, e sob muito estresse, e ainda estivesse coberta de líquidos duvidosos de um de seus pacientes ou algo assim. Um pedido de casamento pode parecer apenas mais um aborrecimento para lidar, quando deveria ser o momento mais feliz de sua vida.

Meu olhar deslizou para Conner, que estava olhando para mim com uma expressão atípica no rosto. Ele estava pensando.

— Supostamente — eu murmurei. — Você sabe o que quero dizer.

— Não, isso é um bom conselho — ele disse. — Obrigado. Eu não quero parecer um idiota.

— Esse é o espírito.

A gata da vizinha estava de volta, dessa vez deitada na garagem sob um raio de sol brilhando através dos galhos de carvalhos no alto. Ela estava expondo sua barriga para nós, mas eu ainda não me sentia confiante o suficiente para assumir que era um convite para um carinho. Pelo que eu sabia, ela só queria um bronzeado uniforme.

No entanto, Conner não teve tal controle. Ele se agachou, dando a ela um leve carinho na barriga. A gata tolerou por um minuto, seus olhos em fendas satisfeitas, até que estendeu uma pata para empurrar a mão dele. Ela se virou, ficando de pé e indo embora, encontrando um lugar na sombra debaixo do carro.

— Como você gostaria de ser pedida em casamento? — Conner perguntou abruptamente.

— Você está planejando tirar o anel de novo, tigrão?

Ele suspirou, revirando os olhos.

— Estou falando sério. Eu sei que você é muito diferente de Shani, e sei que vivemos em uma era moderna e você poderia pedir alguém em casamento, blá-blá-blá. Mas isso pode me ajudar, apenas para obter sua perspectiva a respeito.

Tentei imaginar ficar com alguém por anos, assim como Conner e Shani. Tomando todo tipo de decisões em conjunto, como se devem ir direto para o canal Discovery Investigação ou passar por todos, e qual desculpa usar para não ir a um chá de bebê de um colega de trabalho. Tentei imaginar ter tanta certeza sobre uma pessoa que eu iria querer legalmente fazer uma promessa de amá-la para sempre. Tentei esquecer o quão pouco *para sempre* realmente significava, quão pouco isso significava para pessoas como nossos pais que talvez nunca devessem ter se casado.

Mas Conner estava olhando para mim, seu rosto, um livro completamente aberto. Como foi que ele, sendo produto da mesma história que eu, ainda assim conseguiu manter esse otimismo honesto?

Eu não sabia, mas não iria destruir a sua ideia.

— Acho que não me importaria — eu disse. — Contanto que eu pudesse sentir que a pessoa realmente me amava.

No final do dia, Conner e eu tínhamos limpado toda a sala de estar, com exceção da minha escrivaninha e algumas caixas contendo objetos, empilhadas em um canto. Nós só discutimos uma vez — sobre colocar a TV enorme na beira da estrada ou não. Conner disse que deveríamos, porque era um desperdício jogá-la fora quando ainda funcionava perfeitamente bem. Eu disse que não tinha intenção de mover aquela coisa deplorável duas vezes, uma vez para o meio-fio e depois uma segunda vez para a lixeira, depois de ela ter permanecido lá fora durante a noite e ter ficado úmida por conta do relento. Conner me prometeu que alguém pegaria. Entramos por cinco minutos para tomar um pouco de água e, para minha intensa irritação e alívio, a TV tinha desaparecido quando voltamos.

— Não se preocupe — Conner disse. — Se Shani e eu nos mudássemos agora, traríamos uma TV.

— Não vai acontecer — eu disse.

Conner parou para pegar o livro na minha mesa, o livro de memórias escrito pela filha do Sunrise Slayer.[24] Eu o estava lendo em vez de *A sangue frio*, o que era um absurdo tanto por *A sangue frio* ser muito mais bem escrito quanto porque era o que eu precisava analisar no meu próximo capítulo. Mesmo que eu quisesse incluir as memórias da filha — e eu não tinha certeza se o faria em mais do que uma referência passageira —, a doutora Nilsson não iria deixar de jeito nenhum. Era muito "sensacionalista" e "tabloide", dois adjetivos que eram o equi-

---

24 Assassino do nascer do sol, em tradução literal.

valente a pilhas fumegantes de merda de cachorro deixadas na varanda no vocabulário dela. Eu poderia discutir a importância cultural de todo o gênero dos relatos reais de crimes, e dar alguns exemplos, mas qualquer coisa a mais levaria um escritor picareta a passar o primeiro capítulo de seu livro barato descrevendo como o *meu* corpo foi encontrado.

Contudo, havia algo convincente nas memórias da filha que chamou minha atenção. Talvez fosse o quão compartimentada ela ainda parecia em relação ao pai, o assassino, e ao pai, o homem com quem ela cresceu e a quem amava. A desconexão era compreensível, dada a escuridão insondável de viver com o conhecimento do que ele havia feito. Mas também parecia que a questão que o livro levantava era exatamente aquela para a qual você queria uma resposta, e então você continuava lendo, na esperança de encontrar uma.

Conner começou a folhear e então foi para as fotos. Só pelo que ele disse a seguir, eu soube a imagem exata na qual ele havia parado — uma da autora e seu pai na frente de um rio, parecendo qualquer outra família com seus ridículos chapéus de pescadores e sorrisos cansados.

— Você se lembra daquela viagem de acampamento?

Ele não precisava especificar qual. Fomos acampar algumas vezes quando crianças, mas o momento mais memorável foi o último, o verão antes do divórcio. Eu tinha doze anos; Conner, cinco.

— O que o fez explodir daquela vez? — eu perguntei.

— Marshmallows — respondeu Conner. — Nós passamos o dia comendo-os e não havia o suficiente para assar no fogo.

Eu fechei os olhos. Houve outras brigas e confusões durante o fim de semana, é claro — ninguém o estava ajudando a montar a barraca, ninguém sabia como arrumar a barraca, ele estava convencido de que o acampamento estava tentando roubar cinco dólares dele com uma cobrança oculta. Teve aqueles vinte minutos em que ele não conseguiu achar as chaves do carro. Mas os marshmallows é que haviam levado a culpa.

— Ainda tinham sobrado *alguns* — Conner disse. — De qualquer forma, mamãe disse que estava cheia por causa do jantar, e eu provavelmente já tinha comido meu peso em açúcar àquela altura. Papai simplesmente poderia ter me dito que eu ficaria sem sobremesa e assado alguns para si e para você e acabado com a discussão.

Mas Conner teria ficado chateado, e começado a chorar, e papai teria olhado para a mamãe como se fosse culpa dela que o filho estivesse tão fora de controle, e teria sido o mesmo problema com um rótulo diferente. Da maneira que foi, ele acabou declarando que ia até o supermercado comprar mais marshmallows e simplesmente... não retornou. Eu ainda conseguia me lembrar de como tentamos reunir todas as coisas no acampamento, do jeito que tivemos que colocar tudo num canto e ficar lá, meio sem jeito, enquanto um novo casal vinha se preparar para o dia seguinte. A maneira como o casal ficou olhando para nós, do tipo *Por que eles não vão embora?*, enquanto nossa mãe mantinha um sorriso e tentava ligar para o nosso pai repetidas vezes.

Obviamente, por fim, ele acabou vindo. E nós arrumamos o carro e nunca dissemos uma palavra sobre o assunto.

— Você jogou Pedra, Papel e Tesoura comigo — Conner disse. — Enquanto esperávamos. Eu me lembro disso porque não acreditava em você quando dizia que o papel ganhava da pedra.

— Você disse que a pedra rasgaria o papel em pedaços.

— Eu estava errado? — Conner perguntou. — A pedra é superpoderosa. Pode esmagar algumas tesouras, mas não pode fazer nada no papel? Por favor.

Ele olhou para o livro em suas mãos. De uma maneira estranha, fiquei aliviada que aquele olhar o tenha feito pensar assim sobre nossa infância. Isso significava que eu não estava sozinha.

Ao lê-lo, percebi que uma das principais razões que me fizeram sentir atraída pela narrativa foi por conta de todas as maneiras pelas quais ela me fez pensar no meu próprio pai. Não porque eu pensei que meu pai poderia ser o Sunrise Slayer, ou o que quer que seja equivalente, mas porque havia partes da infância da autora que pareciam familiares demais para serem ignoradas. Como eles pisavam em ovos perto do pai dela, quando ele estava de "mau humor". Como todos sabiam que não deviam tocar em suas coisas nem fazer perguntas. Como houve esses momentos de afeto e felicidade reais, mas eles sempre se sentiriam distantes e duvidaram mais tarde, sob o peso de outras memórias.

— Eu não sei como você dorme, lendo esse tipo de coisa — Conner disse.

— É melhor que melatonina.

— Sério?

Eu dei uma risadinha.

— Não — eu disse. — Na verdade, não. Atualmente, não durmo muito. Mas isso é de se esperar com a tese e com... — Eu gesticulei pela sala de estar.

— Suas atividades de vigilância noturna?

Eu fiz uma careta, arrancando o livro dele.

— A maioria dessas atividades parou, muito obrigada — eu respondi. Ou, pelo menos, Sam não tinha feito nada interessante ultimamente. Sem mais barulhos suspeitos ou itens misteriosos removidos de sua caminhonete para a garagem tarde da noite. Na verdade, estava bastante quieto na casa ao lado desde a festa, com exceção de um único som de chapinhar que ouvi na outra noite por volta das onze, como se Sam estivesse dando um mergulho noturno em sua piscina.

Conner reuniu numa caixa coisas que queria levar para seu apartamento, parando brevemente mais uma vez na porta antes de sair.

— Tudo o que estou dizendo é que talvez seja hora de fazer uma ligação anônima, se você acha que seu vizinho está fazendo algo errado.

Era tão tentador jogar o livro em Conner, mas era da biblioteca e eu queria devolvê-lo inteiro.

— Eu não... — eu disse. — Eu estava apenas cedendo momentaneamente à paranoia que é o meu direito evolutivo de sobrevivência. Você já pode deixar isso pra lá. Eu superei.

— Humm — Conner disse. — Isso é uma pena.
— Por quê?
Conner me deu um sorriso irritante. — Porque... — ele disse — Acontece que eu sei por Josué que Sam também acha você muito interessante.

OITO

Na segunda vez em que fui à biblioteca, Alison estava lá novamente, atrás do balcão. Por sorte, ela estava ocupada ajudando outro cliente, então eu coloquei o livro da filha do *serial killer* na caixa de devolução e fui para o andar de cima antes que ela me visse.

Eu não estava procurando nada em particular na seção de *true crime* — apenas procurando uma inspiração. Eu deveria estar escrevendo sobre *A sangue frio* agora, mas não tinha a mínima ideia do motivo pelo qual estava adiando. Era sem dúvida o livro que me deixou mais animada para escrever sobre o gênero, embora talvez esse fosse o problema. Talvez eu estivesse começando a sentir a pressão.

Havia outro livro na prateleira sobre o Sunrise Slayer. Era mais do tipo padrão *true crime*, uma capa preta com o título escrito em letras vermelhas foscas, uma grade de oito fotos na parte de baixo. Parecia um cruzamento entre um romance de Stephen King dos anos 1980 e um anuário horrível. Eu o peguei e voltei para o andar de baixo, indo em direção aos quiosques de autoatendimento que ficavam no meio do piso.

FORA DE SERVIÇO
Por favor, traga seus itens para o caixa principal.

Fiquei em pé por um minuto, apenas olhando para o papel colado na frente de cada uma das máquinas, a mensagem digitada em Times New Roman. Eu olhei para o balcão da frente para verificar o que eu já sabia com uma sensação de azedume no estômago. No momento, Alison era a única funcionária atrás do computador principal, o que significava que não haveria como evitá-la se eu pegasse o livro.

Eu queria ler o livro. Eu não queria ter que falar com Alison. Parecia um enigma impossível. Então, naturalmente, voltei para cima, me dirigi a uma mesa de estudo e abri o livro para começar a ler.

Era estranho que, mesmo com todo o meu interesse em *true crime*, eu nunca tivesse lido muito sobre esse *serial killer* que havia agido tão perto de casa. Ele ganhou seu apelido por atacar principalmente mulheres em suas corridas matinais — o que, *obviamente*, era a razão pela qual você nunca me pegaria correndo na calçada, com Paramore[25] tocando nos meus fones de ouvido tão alto que eu não ouviria o som da ameaça inevitável. Além disso, correr era uma merda.

A verdadeira surpresa no livro foi a maneira como ele foi pego. Suspeitaram dele por uma década, até meados dos anos 1990, porque ele morava na região e havia sido parado por um policial uma vez por espiar nas janelas. Mas, na verdade, havia sido sua própria filha que, no final das contas, acabou sem querer entregando evidências cruciais que fizeram com que a polícia ligasse todos os pontos.

Sua casa havia sido assaltada, e ela preencheu um relatório listando todos os itens roubados. Dentre eles estava uma joia simples — uma fina corrente de ouro com um pingente de pássaro. Ela descreveu o pássaro mais como andorinha do que pomba, suas asas abertas. Havia um membro da equipe que recatalogara recentemente arquivos de casos arquivados, e a descrição chamou sua atenção. Um colar com uma descrição semelhante havia sido um dos itens que a polícia acreditava ter sido removido de uma das vítimas do Sunrise Slayer, quase quinze anos antes.

Tive que me sentar após ler toda aquela passagem. Em todas as suas memórias sobre seu pai, o *serial killer*, a filha nunca havia mencionado esse detalhe. Parecia uma grande omissão. Ela recebeu o presente mais macabro possível, e então sua descrição desse presente foi o que, de forma indireta, levou o pai à prisão.

---

25 Banda de rock, que tem como destaque a vocalista Hayley Williams.

Eu já tinha lido o artigo da Wikipedia sobre o Sunrise Slayer, e sabia que ele havia morrido havia alguns anos, aos sessenta. Mas me perguntei se a filha ainda morava naquela área.

Coloquei o livro de volta na prateleira quando terminei, certificando-me de deslizá-lo para seu lugar alfabeticamente correto. Então saí para o sol, grata novamente por conseguir não interagir com Alison. Não era que eu estivesse planejando evitá-la durante o resto do verão... Mas, pensando bem, esse plano não parecia tão ruim.

Entrei no meu Camry e virei a chave. Nada. Eu girei o volante, garantindo que não estava travado — o carro era velho, e às vezes coisas estranhas aconteciam. Eu virei a chave de novo.

Nada.

— Merda — eu disse.

Tinha chovido a caminho da biblioteca. Uma daquelas chuvas de verão rápidas da Flórida que fazia você ligar seus limpadores e luzes para dirigir alguns quilômetros, só para desaparecerem com a mesma rapidez. Só que eu não tinha me lembrado de apagar as luzes quando entrei no estacionamento da biblioteca.

Era uma segunda-feira, o que significava que Conner estava no trabalho. Não que eu quisesse incomodá-lo. Shani também estava trabalhando em uma de suas aulas on-line ou no hospital, e percebi que nunca havia salvado o número dela no meu celular.

Eu considerei minhas opções. Tinha deixado o seguro do carro vencer, então estava fora de cogitação. Eu poderia usar meu celular para procurar uma loja de automóveis próxima, e esperar que uma estivesse perto o suficiente para eu ir a pé. Mas o que eu deveria fazer — comprar uma bateria totalmente nova e colocá-la eu mesma? Eu precisaria de pelo menos meia hora no YouTube para descobrir como fazer isso, e então eu provavelmente acabaria com a bateria do meu celular.

Pensei em Sam de repente, de maneira inexplicável. Desde que Conner me disse que Sam me achou *interessante*, minha mente não conseguia parar de voltar para o meu vizinho.

E dessa vez foi *"o que ele quer dizer com interessante?"* em vez de *"deveria me preocupar ou não?"*. Se eu tivesse o número de Sam, ficaria tentada a ligar para ele agora. Minha dignidade agradecia.

Havia apenas outra coisa em que conseguia pensar, e eu, de verdade, não queria fazer isso.

Alison não estava atrás do balcão quando voltei, então fiquei parada na frente, tentando fingir que estava interessada nos panfletos coloridos que mostravam os serviços da biblioteca. No espaço para devoluções, ainda podia ver meu livro. Agora que havia lido mais sobre o Sunrise Slayer — incluindo a revelação surpreendente sobre o papel de sua filha em sua captura —, eu realmente queria revisitar o pesadelo gramatical coberto de gordura. A caixa era grande o suficiente para encaixar minha mão até o pulso, e eu estendi, tentando ver se conseguia virar o livro com os dedos o suficiente para puxá-lo de volta.

— Esse é para ser um sistema de mão única — Alison disse por cima do meu ombro, sua voz com um tom de brincadeira.

Eu puxei minha mão de volta tão rápido que raspei a parte superior do meu pulso. — Deixei cair meu livro por acidente — eu disse. — Eu só estava tentando ver se conseguia tirá-lo de volta.

— Nós realmente não devemos fazer isso — Alison disse, mas ela recuperou meu livro e o entregou para mim. — Posso ver que sua preferência de leitura não mudou.

Ela sorriu para mim, como se eu não tivesse sido uma completa babaca a última vez que estive ali — e dessa vez também, embora torcesse para que ela não tivesse me visto mais cedo. Seu batom vermelho e sua camisa de botão pontilhada de pinguins a fizeram parecer uma mistura entre Taylor Swift e uma professora de jardim de infância.

— Desculpe — ela disse, fazendo uma careta. — Eu normalmente tento não comentar sobre os itens dos clientes de uma maneira que possa parecer que estou julgando. Eu não quis dizer isso. Só que eu me lembro de você lendo muitas coisas de crime no ensino médio.

— Meu pai morreu — eu desabafei.

Não era minha intenção falar dessa forma, tão repentinamente e do nada. Mas mesmo soltando a notícia, só então, dessa forma, me sentia aliviada, pois agora ela não podia descobrir por outra pessoa. Descobrir que eu não tinha contado para ela. A expressão em seu rosto tomou forma, simpatia e tristeza, e eu corri para preencher com mais contexto.

— Foi um ataque cardíaco — eu disse. — No início deste ano. Então foi bem repentino... Estou ajeitando a casa dele para vender e cuidando de algumas coisas.

— Oh, meu Deus — Alison disse. — Sinto muito. Eu não fazia ideia.

— Não tem problema.

Um silêncio estranho se instalou. Eu estava tentando transmitir o *"não tem problema que você não sabia"*. Mas agora eu me preocupei que a minha resposta foi mais *"não tem problema que ele morreu"*. E certamente não era o que queria passar, mas também queria deixar claro que *"estou bem, não preciso de simpatia ou pena"*, e, em geral, era cansativo precisar de palavras para transmitir mais do que eu estava disposta a colocar nelas.

Alison olhou para o seu relógio de pulso, elegante até que você notava o Mickey Mouse no centro dele, suas luvas brancas apontando a hora. — Eu posso tirar um intervalo de quinze minutos — ela disse. — Se você quiser conversar.

Eu já sabia que não ia pedir a ela para me ajudar com meu carro.

— Ok — eu disse. Essa palavra de novo.

♡ ♡ ♡

A biblioteca tinha vista para um pequeno lago artificial, com uma ponte que dava para um coreto de madeira. Alison e eu acabamos andando até lá durante seu intervalo, já que não havia tempo suficiente para sair do local.

— Se eu ficar dentro do prédio, eles vão achar alguma coisa para eu fazer — ela disse. — Então normalmente venho para cá quando preciso de um ar.

— Isso estava aqui quando éramos crianças? — Se sim, eu não me lembrava.

— Acho que eles construíram o coreto logo depois que você se mudou. Durante o ensino médio costumava ser *o* lugar para ficar chapado ou dar uns amassos. — Ela me deu um sorriso tímido. — Não que eu tenha feito muito de qualquer uma dessas coisas.

Nem eu. Passei meus dois primeiros anos do ensino médio em uma *vibe* sombria de não fazer lição de casa e depois mentir, meu horário de sono tão bagunçado que tentei convencer minha mãe a me deixar cochilar logo após a escola e depois acordar às duas da manhã, como um vampiro. "*Eu nunca vou te ver!*", ela me disse, durante uma das discussões particularmente terríveis. "*É essa a ideia!*", foi o que gritei de volta.

Em algum momento durante o meu segundo ano, após o "incidente", eu tinha dado uma pausa. Percebi que estava gastando tanta energia fingindo fazer lição ou adiando trabalhos quanto gastaria se apenas, sabe?, eu fizesse as coisas. Eu reverti minhas notas, me candidatei a bolsas de estudo e fui para uma faculdade a vários estados de distância, onde poderia começar a viver minha vida em meus próprios termos.

Mas, agora, eu estava muito mais interessada na vida de Alison.

— Vejo que você se casou — eu disse delicadamente. — Parabéns.

Ela olhou para a aliança e depois se voltou para mim, sorrindo.

— Obrigada — ela disse. — Na verdade, nosso terceiro aniversário está chegando em setembro. Planejamos um grande fim de semana na Disney. — Ela ergueu o relógio agora, revirando os olhos de modo um pouco autodepreciativo enquanto as mãos do Mickey giravam. — Eu sei, eu sei. Minha esposa Maritza é uma daquelas pessoas da Disney, e ela me converteu.

Muitos dos nossos bilhetes da oitava série eram a gente tirando sarro daqueles colegas de classe que pareciam ir ao parque de diversões todo fim de semana, e que sempre voltavam se gabando de alguma sobremesa nova no Epcot ou comparando atrações favoritas. Toda semana tinha alguma opção nova considerada a resposta "certa", e uma vez uma menina havia se sentado na minha mesa durante o almoço e simplesmente perguntado:

— Mansão Mal-Assombrada ou *Space Mountain*?

— Quê? — eu havia respondido. Minha boca estava provavelmente cheia de sanduíche de frango com muita maionese. A oitava série era um buraco negro.

A garota repetiu sua pergunta mais rápido ainda, se é que era possível, como se eu estivesse perdendo um tempo precioso. Eu tinha ouvido falar de ambas as atrações, obviamente — afinal, eu não morava debaixo de uma pedra. Para mim, a resposta era óbvia.

— Mansão Mal-Assombrada — eu disse.

Ela revirou os olhos.

— Eca! — ela disse, e depois passou para a mesa ao lado.

Pensando agora, pelo menos algumas daquelas crianças tinham que estar mentindo, desesperadas para se encaixar na popular multidão de portadores de passaporte anual. Mas às vezes parecia que Alison e eu éramos as únicas duas pessoas no universo que não tinham visitado a Disney e, mais importante, as únicas duas pessoas que não fingiam a visita.

Eu sabia que Alison não seria a mesma pessoa que vi pela última vez há quase quinze anos. Eu não era a mesma pessoa que era naquela época. Mas, por alguma razão, esse lembrete de quanto tudo havia mudado, como nossas vidas eram diferentes, me deprimiu.

— E você? — Alison perguntou agora. — Você está saindo com alguém?

— Não... — eu deixei a frase morrer, me inclinando um pouco para a frente no corrimão do coreto para ter certeza de que meus olhos estavam funcionando bem. Porque, a menos que eu estivesse alucinando, parecia que Sam estava andando pelo estacionamento da biblioteca, um livro escondido debaixo do braço. Ele desapareceu do lado de dentro.

— ...exatamente — eu finalizei.

Alison aguardou, como se esperasse que eu dissesse mais, mas eu simplesmente não podia acreditar naquele acontecimento. Eu o conjurei de alguma forma?

Ou ele estava me seguindo?

Mas não, isso foi insano. Na verdade, meu irmão teria apontado, *eu* era a única que deveria estar cantando *Creep* na próxima noite de karaokê.

— Bem — Alison disse, olhando por cima do ombro, como se estivesse tentando descobrir para onde minha atenção tinha ido. — Olha. Eu sei que as coisas não terminaram nos melhores termos todos esses anos atrás. Mas estou muito feliz em vê-la, e adoraria sair se você tiver tempo enquanto estiver na cidade. O que você acha?

Há alguns dias, a simples ideia teria feito minhas entranhas torcerem. Mas, por algum motivo, agora a ideia quase parecia... legal. Possível, pelo menos.

Pegamos nossos celulares e trocamos contato, ficamos mais alguns minutos de conversa fiada sobre mudanças na área na última década e nos despedimos antes que Alison tivesse que voltar ao trabalho. Por um segundo horrível, pensei que ela fosse me abraçar, mas, em vez disso, ela apenas levantou a mão em um pequeno aceno. Um minuto depois que ela saiu, uma mensagem chegou. "Aqui é a Alison!", dizia.

"Mas que surpresa", comecei a digitar na minha tela rachada, mas apaguei. Por algum motivo, meu sarcasmo normal parecia errado aqui, como se eu estivesse tirando sarro de uma foto fofa de gatinho na internet. Então, em vez disso, eu digitei: "Aqui é Phoebe!". E, no último minuto, uma carinha feliz.

Ergui os olhos e avistei Sam saindo da biblioteca, e coloquei meu celular no bolso novamente. E aqui vamos nós.

NOVE

Eu pensei em seis diferentes formas de chamar a atenção dele nos vinte passos que nos separavam, mas acabei decidindo pela primeira que surgiu na minha cabeça quando parei na sua frente.

— Oi — eu disse.

Ele se assustou, derrubando dois dos livros que estava segurando, e um pedaço de papel saiu voando para a calçada. Não vou mentir: foi ótimo retribuir o susto depois do que ele fez no dia em que nos conhecemos. E o celular *dele* permaneceu intacto. Eu era amarga, mas não vingativa.

Eu me abaixei para ajudá-lo a pegar os livros. Um era um romance que teve grande repercussão há alguns anos, sobre um irmão e uma irmã e a casa de sua família, abrangendo cinco décadas enquanto navegavam pela vida, pelo amor e pela perda. Ou qualquer coisa assim. Honestamente, mesmo que qualquer história descrita como "épica" ou "avassaladora" normalmente me interessasse, o enredo daquela parecia um pouco comum demais.

O segundo era apenas um texto de referência com uma capa verde-grama, a palavra *Solda* impressa no topo em fonte azul-royal. Havia uma foto na capa, que parecia, à primeira vista, um padrão geométrico dos anos 1980, mas em uma inspeção mais detalhada se revelou um par de brincos.

— Confeccionando algumas joias? — perguntei, antes que eu pudesse me conter. Alison disse que ela tentava não comentar sobre as escolhas dos clientes de uma maneira que soasse crítica, mas era por isso que *eu* não trabalhava em uma biblioteca.

— Não exatamente — ele disse.

Bem, *isso* não fez meu cérebro pular para atividades mais nefastas. Não, de forma alguma. Ele estava de volta com sua camisa branca e calça cáqui, como se estivesse fazendo *cosplay* de Um Cara Comum. Por um instante pensei que talvez não devesse pedir ajuda a ele com o meu carro; talvez Alison tivesse sido minha melhor aposta, ou até mesmo Conner, assim que ele saísse do trabalho. Mas eu estava cansada de andar pela biblioteca. Para piorar, estava morrendo de fome.

— Então — eu disse. — Estou com um pequeno problema. Meu carro... — apontei vagamente para o meu pobre e incapacitado Camry. — Não está ligando. Acho que provavelmente é a bateria, mas não tenho nenhum cabo de transmissão. Queria saber se você...

Deixei a frase morrer, como se não completar minha frase significasse que *realmente* não tinha feito o pedido. Se ele recusasse, ou dissesse que não poderia ajudar, eu teria deixado uma margem de manobra para uma negação plausível. Tipo, acalme-se, psicopata, eu só ia perguntar se você talvez pudesse me ajudar com a bateria! Obviamente, eu posso cuidar disso sozinha!

Mas ele apenas tirou sua franja do olho e, sem desviar sua atenção de mim, disse:

— Claro.

♡ ♡ ♡

O único problema era que Sam não tinha estacionado na biblioteca. Ele tinha outra tarefa para fazer por perto, então se ofereceu para pegar sua caminhonete e trazê-la de volta para ligar ao meu pobre veículo. A ideia de caminhar meio quilômetro no calor opressivo da Flórida não era atraente, mas eu queria um vislumbre de qualquer outra tarefa de Sam, então, me ofereci para voltar com ele.

A calçada era estreita o suficiente para ser difícil ficar lado a lado sem ocasionalmente nos tocarmos, mas eu não queria ir à frente porque não sabia para onde estávamos indo, e certamente não estava disposta a ficar para trás como um cachorrinho. Tentei diminuir meu tamanho, mas meus quadris continuavam ali. Sam esfregou a palma das mãos nas calças antes de estender ambas para segurar seus livros, como se eles fossem tão pesados que ele precisava de apoio extra.

O silêncio entre nós ficou tão espesso quanto a umidade, mas Sam não parecia com pressa de quebrá-lo. Eu me perguntava, não pela primeira vez, se Conner de alguma forma errou no jogo do telefone sem fio com Josué. Se Sam me achava interessante, por que ele não disse nada?

Não é como se nunca tivéssemos conversado. Ele tinha formado frases completas sobre cortar a grama. Se aquele foi um tópico tão estimulante, imagine o quão estimulante seria falar sobre problemas com o carro.

— Você não fala muito — eu disse finalmente. Em momentos de dúvida, eu gostava de começar com o óbvio.

— Enquanto você fala com gatos sobre *serial killers* — ele respondeu. Foi tão natural que tive que virar a cabeça para perceber o leve sorriso aparecendo no canto da sua boca.

— Eu estava ao celular com a minha orientadora! — eu disse, embora soubesse que ela já tinha desligado quando comecei a procurar a opinião de um gato sobre Ann Rule. Mas Sam não precisava saber disso. — De quem é esse gato, afinal?

— Não é realmente de ninguém, eu acho — Sam respondeu. — Temos muitos gatos de rua no bairro, se você não percebeu ainda. A mulher na esquina tem alguns e eles ficam dando cria.

— Aquela foi castrada — eu disse. — Ela tem uma marca.

— A gata fica na casa de Pat porque ela alimenta todos os animais — Sam disse. — Você tem sorte de não ser primavera, porque há um cardeal que fica em torno do comedouro de pássaros de Pat e depois se lança contra suas janelas, tentando atacar a grande ameaça que é o seu reflexo.

Isso havia sido possivelmente a maior quantidade de palavras que ouvi de Sam, e foi sobre um cardeal. Ele não tinha dito nada para indicar que tinha invocado Betty Draper[26] no pássaro com um rifle, então parecia que eu poderia tirar *crueldade contra os animais* da lista de sinais de alerta.

---

26 Personagem fictícia interpretada por January Jones na série de televisão *Mad Men,* conhecida no Brasil como *Mad Men: Inventando Verdades,* ambientada em Nova York nos anos 1960.

Sam se virou na direção do estacionamento, mas eu não estava prestando atenção, e então o ombro dele bateu no meu, me fazendo tropeçar na calçada. Ele estendeu a mão para me segurar.

— Me desculpe — ele disse.

— Não foi sua culpa — eu tentei dar um sorriso, porque ele parecia chateado pela possibilidade de ter me machucado, mas tinha certeza de que pareceu mais Wandinha Adams tentando apaziguar os Conselheiros do Acampamento Chippewa. Eu estava muito consciente do calor da mão dele, que ainda permanecia em torno do meu braço.

Ele suspirou.

— Normalmente não sou tão desajeitado — ele disse.

— Sério. Não é um problema. O celular de ninguém rachou, ninguém deixou cair nenhum livro. — Olhando para cima, percebi que estávamos em frente a um grande prédio com uma placa onde se lia JOCELYN'S MUSIC, o caminhão de Sam parado no canto mais distante do estacionamento.

— Esta foi a sua parada?

Sam tirou a mão do meu braço para passá-la pelo cabelo, e fiquei surpresa com o quão desamparada eu me senti ao perder aquele breve contato.

— Eu dou aulas aqui — ele explicou. — Durante o verão. Não é muito, talvez quatro ou cinco por semana, dependendo de quem se inscreveu, mas é um bom trabalho secundário para ganhar um dinheiro extra.

Algumas coisas fizeram sentido — suas idas e vindas aparentemente aleatórias no meio do dia, a detestável calça cáqui. Eu fiz um gesto para a roupa dele.

— Esse visual casual de negócios é o seu uniforme?

Ele olhou para baixo, verificando sua roupa.

— Na verdade, eles chamam de *profissional neutro*. Supostamente é para ser uma camisa lisa de cor neutra, sem estampa, e calças cáqui. Azul-marinho ou preto é muito forte, aparentemente. Eu comprei algumas unidades deste mesmo *look* para facilitar.

— Então, se eu abrisse seu armário, seria parecido com o de Doug Funnie,[27] uma fileira de camisas brancas e calças cáqui, todas alinhadas? — Eu balancei a cabeça, querendo me livrar de qualquer imagem do armário dele ou por que eu estaria no quarto dele, em primeiro lugar. Comecei a caminhar em direção à loja de música.

— Vamos entrar por um segundo — eu disse. — Eu poderia... Bem, nada em particular, na verdade. Mas estou com calor e o ar-condicionado é uma ótima ideia.

Sério, eu só queria dar uma olhada. Agora que pelo menos um dos mistérios de Sam havia sido resolvido, eu estava curiosa sobre esse lugar onde ele passava parte de seu tempo. Eu não me lembrava de ter estado lá quando criança, mas, também, nunca fui muito musical. Tentei aprender violão no ensino médio, pois parecia legal, mas devia ter desistido depois das aulas obrigatórias de flauta doce na quarta série.

Visto de dentro, o lugar era brilhante e cheio de instrumentos musicais: violinos e violas pendurados em uma caixa de vidro perto da porta, teclados dispostos para formar uma passarela pela loja e alguns conjuntos de bateria que deviam ser a desgraça de todos os funcionários que tinham que ouvir crianças pequenas batendo neles todos os dias. Naquele momento, havia um garoto na frente de uma bateria, maltratando alegremente o instrumento com uma batida alta enquanto sua mãe conversava com um dos funcionários.

— Então, o que você ensina? — Eu me inclinei para espreitar dentro de outra caixa de vidro pelo balcão da frente, mostrando vários itens caros que pareciam peças de reposição para instrumentos que eu mal conseguiria nomear. Outra funcionária apareceu por trás do balcão, me cumprimentando com o tom empolgado de alguém que pensou que poderia estar prestes a fazer uma venda. Eu me levantei rapidamente.

— Oh, oi, Sam — ela disse, aparentemente vendo-o atrás de mim. Era só minha impressão, ou ela parecia um pouco

---

[27] Série animada americana do canal Nickelodeon, protagonizada por um garoto de 12 anos chamado Douglas "Doug" Funnie. Estreou no Brasil em 1994.

sem fôlego quando disse o nome dele? *Você não tem nenhum direito sobre ele*, eu me lembrei. *Você não está com ciúmes.*

— Oi, Jewel — ele disse. — Estamos apenas olhando.

Jewel? Agora eu estava com ciúmes, porque aquele era um nome bonito pra caralho. Eu queria que meu nome fosse Jewel. Ela arqueou as sobrancelhas. Eu poderia dizer que ela estava curiosa sobre quem eu era, mas sabia que ela não ia perguntar. Ela fez algum comentário geral sobre avisá-la caso precisássemos de alguma coisa, e se virou para ajudar outro cliente que vinha atrás de nós.

Mais duas pessoas pararam para cumprimentar Sam enquanto caminhávamos pela loja, o que foi minha culpa por querer entrar no lugar onde ele passava de quatro a cinco horas por semana, dependendo de quem se inscrevia. Percebi que ele ainda não havia respondido à minha pergunta sobre o que ensinava, então tornei a perguntar.

— Guitarra, principalmente — ele disse. — Às vezes piano.

— Quantos instrumentos você toca?

Ele parecia envergonhado, como se soubesse que o número era muito alto e estivesse desconfortável por ter que revelá-lo. — Profissionalmente? — ele perguntou. — Não muitos. Instrumentos de sopro não são minha especialidade, por exemplo, então só consigo tocar saxofone no mesmo nível que um aluno de banda de ensino médio.

— Então, quantos você toca bem?

Ele correu os dedos pelas teclas de mármore de um teclado quando passamos, apertando uma, mas, como o instrumento não estava ligado, não fez som. — Nove, talvez? Eu acho que posso considerar o tamborim. Eu faço sucesso no tamborim.

Acabamos em uma pequena sala montada na parte de trás, instrumentos de corda alinhados em fileiras penduradas nas paredes — violões de um lado e guitarras do outro, com alguns amplificadores conectados ao lado de bancos claramente colocados ali para as pessoas que desejassem tocar alguma coisa.

— Toque algo — eu disse.

— Ah, qual é! — ele respondeu. — Não.

— Por que não? Eu já sei que você é bom. — Eu arregalei meus olhos. — Ou esse é o problema? Como se eu casualmente estivesse perguntando para o... quem é um ótimo guitarrista?

— De que era? Que estilo de... não importa. De pronto, eu diria John Frusciante.

Eu fiz uma careta.

— Red Hot Chili Peppers? Ok, vamos discutir isso mais tarde. Então é como se eu estivesse casualmente pedindo ao John Frusciante para dar uma palinha, como se ele não pegasse numa guitarra por menos de dez mil dólares.

Sam riu, mas percebi que ele estava envergonhado novamente.

— Não — ele disse. — Nada disso.

— Você está preocupado de que eu fique tão impressionada que, sei lá, possa abaixar minhas calças de emoção? — eu perguntei. — Que não serei capaz de me controlar, porque afinal sua música é tão magnética? Vai ser como um show de John Mayer, ou o que eu imagino que um show dele seja, se eu tivesse estômago para ir?

Eu peguei uma das guitarras elétricas, embora houvesse vários avisos que diziam para pedir ajuda a um funcionário. Sam estava ali, ainda vestido com seu uniforme de profissional neutro. Perto o suficiente.

— Toque a coisa mais idiota que se possa imaginar, então — eu disse. — E eu prometo que vou ficar de calças.

Ele tirou a guitarra das minhas mãos, me dando uma inclinação seca de cabeça, tipo, *sério?* Para o que fiz um gesto exagerado para ele se sentar em um dos bancos, tipo, *sim, sério*. Ele alcançou o cabo para conectar a guitarra, diminuindo o volume antes de afinar o instrumento. O que obviamente ele podia fazer de ouvido. Uma das principais razões pelas quais parei de tentar aprender a tocar foi porque perdi o sintonizador digital que minha mãe tinha comprado para mim em um Natal.

Ele ficou de pé e usou o banquinho para colocar os livros da biblioteca. Então olhou para o teto, como se estivesse considerando o que tocar, antes de começar a escolher uma música lenta e profunda nas cordas. Parecia vagamente familiar, mas eu não conseguia reconhecer o que era, até que ele passou a tocar cada vez mais rápido, observando meu rosto à espera de reconhecimento. Quando finalmente me dei conta, comecei a sorrir.

— *Farmer in the Dell*? — eu perguntei. — Putz, cara não vai dar. Essa música mexe comigo em um nível espiritual. O queijo sempre esteve sozinho.[28]

— É bem popular com a turma do jardim de infância — Sam disse.

— Então, há quanto tempo você ensina música no ensino fundamental?

— Cinco anos.

— Você gosta?

— Sim — ele disse sem hesitar. — Eu sei que isso parece óbvio, mas as crianças adoram música. E não porque é legal, ou porque as letras são profundas, ou qualquer coisa assim. Elas gostam de bater em um xilofone com um martelo e ouvir qualquer som que saia.

Ele ainda estava tocando enquanto conversávamos, com os dedos tirando notas aleatórias do instrumento sem nenhuma atenção especial. Foi o mais à vontade que eu já o tinha visto, e isso incluiu quando ele estava na minha frente descalço ou usando roupas de praia. Eu nem tinha percebido até então, mas havia uma tensão em torno de Sam, uma vontade de "ficar na dele", que pareceu desaparecer quando ele pegou a guitarra.

— Eu fiz uma audição para o coral da quinta série — eu disse. — Só por causa da minha amiga Alison, ela estava participando e pensei, por que não? Eu sempre ouvi dizer que qualquer um poderia estar no coral no ensino fundamental. Se você não tivesse uma ótima voz, eles simplesmente te enfiavam nos fundos e te diziam para mexer a boca junto. Mas você nunca vai adivinhar o que aconteceu.

---

28 Na música infantil *The Farmer in the Dell*, o último trecho enfatiza que *The cheese stands alone* ("O queijo fica sozinho").

Ele sorriu, com os olhos enrugando da maneira mais agradável possível.

— Você não passou.

— O coral da sua escola é assim tão rígido?

— Não muito — ele respondeu.

Eu sorri.

— No entanto, havia uma professora de música na sétima série — eu disse. — Na verdade, eu nunca tive nenhuma aula com ela porque... bem, por causa da minha reprovação no coral. Mas Alison...

Eu parei de falar quando me toquei de que todas as minhas histórias de infância pareciam envolver Alison, e que essa história estava longe de ser um clássico. Havia sido meu primeiro ano indo para uma escola de ensino fundamental que tinha armários como nas escolas da TV, e eu tinha colocado no meu cérebro rebelde de doze anos que precisávamos de mais do que sete minutos de intervalo para passar de uma sala a outra. Eu tinha elaborado uma petição apaixonada, com diagramas e uma rota exemplificando o trajeto de uma classe para o armário e de lá para outra classe. Eu a distribuí aos meus colegas e os convenci a assinar, e aparentemente o fato de ser da turma dos perdedores da escola poderia ser ignorado em nome de uma luta coletiva. Alison estava passando para outra criança em sua aula de orquestra quando seu professor a pegou, confiscou a petição e disse a ela que eu teria que vir buscá-la pessoalmente se a quisesse de volta.

Eu esperava que a professora ficasse brava, mas ela não ficou. Em vez disso, ela parecia um pouco divertida. Perguntou se alguma vez eu já havia considerado participar de uma aula de música ou de coral. Eu sabia que ela não estava impressionada com a minha habilidade musical — em primeiro lugar, porque eu não tinha nenhuma, e em segundo lugar, porque ela não teria como concluir isso a partir um pedaço de papel com os nomes de algumas crianças. Mas ela disse que estava impressionada com a minha *ousadia*. Eu contei minha história triste de ter sido rejeitada na quinta série, e ela apenas riu e disse:

— Qualquer um pode ser ensinado.

Quando se tratava de música, eu enfaticamente não acreditava nisso. Meus pais, meu irmão e eu éramos todos completamente surdos musicais. Estava praticamente no brasão da nossa família — uma oitava nota atravessada por uma barra gigante ou algo assim.

Eu nunca me preocupei em continuar. E a petição acabou sendo um fracasso, porque se descobriu que coisas como horários de sinos escolares eram fortemente determinadas pelo distrito e pelo sindicato dos professores e não havia muito o que um ativista iniciante pudesse fazer. Mas as palavras daquela professora ficaram comigo, por algum motivo. O ensino fundamental era um diagrama de todos os sete círculos do inferno, mas aquele momento tinha sido algo para mim. Era a sensação de ser reconhecida, vista como tendo potencial. Eu não tinha percebido quão faminta eu estava por isso.

Sam estava me observando, como se entendesse que eu tinha ido a algum lugar no meio dessa história e estivesse esperando pacientemente pela minha volta. Eu limpei a garganta.

— De qualquer forma — eu disse. — Desculpe. Devemos sair? Você concordou em me ajudar com meu carro e eu só estou fazendo você perder o seu tempo.

O olhar dele baixou para a minha boca, e por um momento selvagem eu pensei que ele poderia me beijar. Eu culpei a nossa proximidade e o espaço pequeno, tão pequeno que eu podia sentir o cheiro do amaciante de roupa branca, certeza que tinha *montanha* no nome do produto. Podia jurar que ainda sentia a marca onde ele me tocara mais cedo, um esboço de giz dos dez segundos em que a corrente elétrica do desejo parecia ter passado por nós. Aqui estava, novamente, uma pitada de consciência que fez minha respiração falhar.

E tudo bem, todas as piadas à parte, havia um efeito de guitarra muito real que o tornou cerca de dez vezes mais gostoso. Eu me aproximei um pouco dele.

Felizmente, Sam recuou a tempo para me salvar de mim mesma. Ele desplugou a guitarra, removendo a corda de seus ombros e devolvendo-a à parede. Ele desconectou o amplificador e o clique anticlimático do aparelho sendo desligado não foi uma metáfora.

— Não é perda de tempo — ele disse. — Mas claro. Vamos.

♡ ♡ ♡

Eu afivelei o cinto de segurança no banco do passageiro da caminhonete de Sam, olhando-o de relance enquanto ele virava a cabeça para observar o trânsito e sair da vaga de estacionamento. Ali mesmo, eu já podia ver novamente aquela mesma tensão na linha de sua mandíbula que indicava que ele estava retendo algo para si mesmo.

Enquanto isso, eu oficialmente me sentia perdida. Eu cheguei realmente a pensar que ele me beijaria aleatoriamente no meio da loja de música? Após termos passado, tipo, meia hora juntos? O que havia de errado comigo?

Eu tive que me lembrar de todas as maneiras pelas quais ele *poderia* ser Buffalo Bill, e aquele momento erótico que tivemos poderia ser o seu *"coloca loção na pele"*. Ele poderia me levar a qualquer lugar. Ele parecia o tipo de cara com experiência em qual saída da rodovia tinha a melhor área arborizada para despejar um corpo. Talvez fosse por isso que ele dirigia uma caminhonete. Na qual eu estava sentada no momento.

Qual dessas opções honestamente me assustou mais — que ele poderia fazer algum ato insano ou que eu tinha uma queda por ele? Talvez minha leitura de *true crime* tivesse me dessensibilizado, porque eu sabia qual opção fez meu coração acelerar.

— Estamos aqui — Sam disse. Poderíamos estar parados no estacionamento da biblioteca nos últimos cinco minutos, do jeito que minha cabeça estava.

Felizmente, Sam conseguiu estacionar bem ao lado do meu carro. Eu desci da caminhonete, abrindo a porta do lado do motorista para erguer o capô. Torci para que Sam não precisasse de mais ajuda minha, porque minhas habilidades acabavam ali. Mas ele já havia pegado uma caixa de ferramentas na parte de trás de sua caminhonete, removido os cabos e aberto o seu próprio capô para fazer a chupeta.

— Por que você saiu tão de repente na outra noite?

A cabeça de Sam ainda estava curvada sobre o motor do meu carro quando ele fez a pergunta, assim eu quase não o ouvi com precisão. E então eu desejei que houvesse alguma maneira de fingir plausivelmente que não tinha escutado, porque eu não conseguia pensar em como responder de uma maneira que não me fizesse parecer uma idiota ou uma mentirosa.

— Eu apenas... — eu hesitei, antes de decidir que algo próximo à verdade funcionaria. — ...não sou muito boa em festas.

Ele mexeu uma das conexões no terminal da bateria antes de limpar as mãos nas calças, preto manchando o cáqui. A Jocelyn, da Jocelyn's Music, não ia gostar disso. Ele ligou sua caminhonete e veio ficar ao meu lado na grama junto às vagas de estacionamento.

— O que você quer dizer com *não é boa em festas*?

Eu revirei os olhos.

— Ok. Desculpe ter entrado de penetra. Eu não sabia que era algo do trabalho. Conner, meu irmão, você lembra dele?, e a namorada, Shani, tiveram a ideia de levar um presente pelo menos, mesmo que fosse apenas uns KitKat. Mesmo assim, foi indelicado pra caramba. E, se eu tivesse ficado muito mais tempo, provavelmente teria acabado falando muito sobre a conexão entre Charles Manson e os Beach Boys ou o que quer que seja, e isso teria sido deprimente.

— Não necessariamente — ele respondeu.

Ele não tinha nem ideia. Foi necessário muito esforço da minha parte para não tocar no assunto, e foi só porque de alguma forma eu não achava que era a vibração que Barbara Ann esperava na sua despedida de aposentadoria.

— Eu apreciei os KitKat — ele disse. — Eu ia fazer um comentário, sobre como estava errado, eu abrindo a porta fantasiado e você com um saco de doces.

Eu sorri.

— Você com certeza deveria ter feito — eu disse. — Foi o Dia das Bruxas ao contrário.

Ele coçou a testa, e eu reparei que ele tinha deixado uma mancha preta lá também.

— Bem, eu só pensei nisso mais tarde — ele disse. — E aí o momento já tinha passado.

Seu olhar deslizou para mim brevemente, depois para longe.

— Eu também não sou bom em festas — ele disse.

Isso me fez pensar no discurso que ele fez para Barbara, como tinha sido caloroso e brincalhão, o quanto ela parecia apreciá-lo. Mas eu também me lembrei do jeito que ele parecia depois — agitado, sua pele corada. Eu tinha sido surpreendida porque *ele* se aproximou de *mim* primeiro, naquela noite ao lado do meu carro, e sabia o quão difícil poderia ser o primeiro contato. Mas agora eu tinha desbloqueado pelo menos mais um mistério por trás de Sam.

Ele era tímido.

Eu ainda pensava em como responder, quando ele balançou a cabeça em direção ao meu carro.

— Tente ligar agora — ele disse. — Vamos ver se já foi o suficiente para fazer funcionar.

Deslizei para o lado do motorista, quase esperando não ouvir o carro ligar. Obviamente eu queria que funcionasse de novo, mas não teria nenhum problema se levasse mais cinco ou dez minutos para carregar. Sobretudo agora que senti que estava chegando a algum lugar com Sam.

Mas, é claro, porque eu tinha a pior sorte do mundo, quando virei a chave, o motor se engasgou e depois ganhou vida. Através do para-brisa dianteiro, vi Sam me dar um polegar para cima.

— Parece bom — ele disse, já começando a soltar os cabos. — Você provavelmente vai querer deixar o motor ligado por pelo menos quinze minutos antes de desligá-lo de novo, para garantir que a bateria tenha carga suficiente.

— Não parece muito movimentado aqui hoje. Tenho certeza de que eles não se importariam se ficássemos um pouco mais no estacionamento.

— Ah, você pode dirigir — Sam disse. — Só quis dizer para talvez pegar o trajeto mais longo para casa, dar algumas voltas pelo bairro.

Foi o suficiente para me fazer pensar se alguma conexão que tivéssemos estava sendo transmitida através desses cabos, e, agora que nossos carros estavam separados novamente, voltaríamos a ficar separados também. Eu tive a ideia de convidá-lo para almoçar, como uma forma de agradecimento por ajudar com meu carro. Mas, obviamente, isso seria estúpido, já que eu correria o risco de meu carro morrer de novo em qualquer outro local, e ele parecia ansioso para se livrar de mim.

Essa era a razão pela qual eu preferia manter as pessoas distantes. As coisas ficavam muito mais complicadas quando você realmente se importava se alguém lhe enviasse uma mensagem de texto, aceitasse um convite ou quisesse sair.

Eu fechei a porta do motorista, abaixando a janela para dar tchau para Sam.

— Valeu pela ajuda — eu disse. — Te vejo por aí, então.

— Acho difícil não ver — ele respondeu.

Eu recuei cuidadosamente para fora do espaço, verificando minha visão traseira quando cheguei à saída do estacionamento da biblioteca. Sam ainda estava parado lá, os cabos desconectados em suas mãos, o capô de sua caminhonete ainda aberto. Quase pensei em abrir a porta e chamar a atenção dele novamente, ver se talvez ele quisesse aceitar um almoço, se nos encontrássemos em nossas casas primeiro. Então eu me lembrei que deveria trabalhar na minha tese, que qualquer convite levaria a uma série de logísticas irritantes sobre para onde devemos ir e no carro de quem, e Deus me livre de ele pensar que era um encontro. Deus me livre de *eu* pensar.

Eu liguei a minha seta e fiz a curva para sair.

DEZ

O problema com procrastinar é que as palavras não aparecem magicamente quanto mais você deixa o computador ligado. Na verdade, o cursor piscante no meu documento parecia estar me julgando mais do que nunca, como se estivesse dizendo: "Tá enrolando por quê, vadia? Se você ama *A Sangue Frio* tanto assim, que tal escrever sobre ele, hein?".

A voz do meu computador era aparentemente bem mal-educada.

Quando estava realmente determinada a trabalhar, eu desligava meu Wi-Fi para me forçar a parar de navegar na internet. Claro, a única coisa que me impedia de ligá-lo novamente era um clique duplo e minha própria força de vontade frágil. Então eu disse a mim mesma que estava fazendo uma pausa rápida e procurei o nome da filha do Sunrise Slayer.

A maior parte era o material esperado — resenhas de seu livro, uma entrevista que ela deu para uma afiliada local da CBS. Na terceira página de resultados, encontrei uma publicação que ela fez um ano antes em um site de estofados, em que ela perguntava se alguém tinha um determinado tecido fora de linha de que ela precisava. Em um de seus comentários, ela mencionou sua loja de tecidos local, e eu pesquisei o nome.

Estava a cerca de uma hora da casa do meu pai. Então, aparentemente, ela ainda morava na área. E que coragem a dela, porque meu pai nem sequer matou um monte de pessoas e eu ainda me sentia ansiosa só de estar de volta a esse lugar onde eu poderia encontrar seus conhecidos.

Meu celular tocou na mesa ao lado, e eu atendi sem desviar o olhar dos resultados da pesquisa.

— Alô?
— Phoebe. Como você está?

De todas as vozes que pensei que ouviria, eu não esperava a da doutora Nilsson. Ela nunca me ligou sem primeiro agendar por e-mail. Fechei minha pesquisa na internet e puxei meu documento de volta, como se ela pudesse ver minha tela pelo celular e soubesse que eu estava enrolando.

— Ótima — eu disse, e minha voz soou um pouco mais alta do que o normal. — Apenas trabalhando no meu capítulo do Capote.

Eu me perguntei se era sobre o último capítulo que eu havia entregado. Estava tão ruim que ela teve que me ligar? Eu usei vírgulas demais e fiz com que seus globos oculares sangrassem? E então ela precisou me ligar para lutar contra o sono profundo que minha escrita havia causado?

Merda, eu tinha usado *independentemente* de novo? Por um descuido eu usei a palavra uma vez em um trabalho de cinco páginas em sua aula, e ela sublinhou duas vezes e escreveu NÃO na margem. As únicas coisas que poderiam me assustar eram a breve imagem da garota no armário em *Invocação do Mal* e aquelas três letras escritas em sua caligrafia maligna.

— Eu estava conversando com alguém do Stiles College — ela disse. — Acredito que fica na sua vizinhança, não é?

Eu tinha ouvido falar da escola. Era uma pequena faculdade de artes liberais a cerca de quarenta e cinco minutos ao sul, em Sarasota, conhecida principalmente por ser um pouco excêntrica. O único garoto que eu conhecia do ensino médio que tinha ido para lá era um campeão estadual de monociclo, por exemplo. Ele queria mostrar suas habilidades no show de talentos da escola, mas o vice-diretor vetou, citando questões de responsabilidade. Entretanto, permitiram que duas garotas fizessem uma coreografia de ginástica muito peculiar para *Toxic* de Britney Spears, mas tudo bem.

— É — eu disse. — Quero dizer, sim. É por perto.

— Blake ensina literatura afro-americana — a doutora Nilsson disse. — A bolsa Octavia Butler de estudos é impecável. E elu concordou em te conhecer em uma entrevista sem compromisso antes de as aulas recomeçarem, se você entrar em contato para informar sobre a sua disponibilidade.

Ah! Por essa eu não esperava. Tanto que eu nem sabia como me sentir a respeito. Fiquei grata à doutora Nilsson por pensar em mim, por ela claramente ainda estar tão comprometida em me ajudar com minhas futuras perspectivas de carreira. Ao mesmo tempo, tudo isso parecia um pouco rápido. Eu ainda não tinha escrito aquela filosofia de ensino — eu nem conseguia terminar esse maldito *capítulo* — e ela queria que eu fizesse entrevistas?

— Você está disponível? — ela perguntou, sua inflexão apenas minimamente fazendo com que soasse como uma pergunta educada.

— Claro — eu disse. — Obrigada.

— Acho que será bom para você ter alguém fora do departamento avaliando sua empregabilidade — a doutora Nilsson disse. — Todos sabem que puxamos a sardinha para o lado dos nossos alunos favoritos. Mas Blake não vai segurar a pancada, então eu aconselharia você a marcar a entrevista para pelo menos daqui a um mês. Para te dar tempo de se preparar. Você deveria ir com um blazer. Você tem um?

Eu não sabia o quanto gostava do fato de que Blake não *segurava a pancada*. Eu preferia não apanhar, se fosse possível.

— Não — eu disse, mas aí rapidamente adicionei: — Mas eu compro um, sem problemas.

— Ótimo — a doutora Nilsson disse. — Com um mínimo de iniciativa você pode encontrar o *e-mail* na internet, mas, só para garantir, eu vou te passar.

Eu escrevi, sabendo que o comentário da doutora Nilsson fora a maneira de ela me lembrar que eu deveria fazer minha pesquisa sobre Blake antes da entrevista. Eu precisava ler alguns artigos no EBSCO,[29] procurar alguma palestra no YouTube, esse tipo de coisa. No mínimo, seria um buraco mais saudável para descer do que a minha atual fixação no Sunrise Slayer.

---

29 A EBSCO é uma empresa que fornece produtos e serviços para bibliotecas em todo o mundo.

— Vou enviar amanhã meus comentários sobre o seu último capítulo — ela disse. — Considere adicionar algumas das minhas sugestões mais genéricas no seu capítulo atual. Então, o que acha... início da próxima semana para outro check-in?

Outra pergunta que não era realmente uma pergunta.

— Pode ser — eu respondi com a confiança que não estava sentindo.

— Excelente. Conversamos mais tarde.

E então ela desligou, me deixando tão confusa que levei um minuto para entender uma coisa que ela tinha dito antes. Eu tinha certeza de que ela tinha insinuado que eu era uma de suas alunas favoritas.

♡ ♡ ♡

Na minha imaginação, a conversa com a doutora Nilsson teria me feito acelerar e escrever. Mas, ao invés disso, eu gastei outra hora digitando parágrafos e então os cortando e colando em um rascunho de e-mail que criativamente nomeei *notas*, um cemitério de coisas que prometi a mim mesma que iria colocar no texto uma hora ou outra.

No passado, minha técnica de procrastinação tinha sido limpar. Meu apartamento nunca foi tão impecável quanto no ano em que eu estava me preparando para meus exames. Mas ultimamente parecia que tudo o que eu estava fazendo na casa do meu pai era juntar coisas para arrumar, jogar coisas fora, limpar superfícies. Era exaustivo e nada divertido.

Considerei fazer um bolo para procrastinar, mas, eu era uma vergonha na cozinha. A única coisa que eu realmente sabia fazer era uma torta de Nutella sem cozimento, que, pensando bem, soava como uma ótima ideia.

Porém, em algum momento entre eu dirigir até o supermercado mais distante — aquele onde meu pai *não* morreu — e chegar em casa com uma crosta de biscoito Oreo, meu plano mudou. A caminhonete de Sam estava na sua garagem. Na verdade, eu nunca tinha agradecido a ele por me ajudar quando meu carro morreu. Eu poderia fazer uma torta para ele, certo? Isso não era estranho.

Em momentos assim, eu gostaria realmente de ter uma melhor amiga de verdade a quem pudesse enviar mensagens de texto sobre esse tipo de coisa. Eu cheguei a ter uma relação amigável com várias pessoas no meu programa de pós-graduação, mas a maioria delas era quinze ou vinte anos mais velha, algumas casadas com filhos e hipotecas e vidas que pareciam muito mais adultas do que a minha, mesmo que eu já votasse havia uma década. Eu não tinha ideia de como qualquer um deles responderia se eu enviasse uma mensagem de texto do nada com algo como *Ei, é uma longa história, mas tem um vizinho meu, bem aqui ao lado, você acha que seria um sinal de desespero se eu levasse um pedaço de torta para ele?*

Expressado assim, isso me fez enfaticamente *não* querer fazer a torta. Então isso pareceu cruel, como se de alguma forma o universo soubesse que eu já havia me comprometido a dar a torta e agora tinha renegado minha promessa. Conner me diria para ir em frente. Ele gostaria que eu fizesse uma para ele também. Alison diria...

Bem, quem poderia saber? Não éramos esse tipo de amigas havia muito tempo.

Quando a torta estava pronta, eu me comprometi a cortá-la em duas, colocando metade em um prato na geladeira com um filme plástico por cima. A outra metade eu levaria para Sam, mas de uma maneira casual. Tipo, eu ainda estou usando essa velha camiseta do *Batman Forever* e uma calça *legging* com um buraco em um joelho, eu não me preocupei em aplicar nenhuma maquiagem, isso *não* é uma torta de desespero, é uma torta casual.

Casual não era historicamente algo que eu fizesse bem.

Mas eu controlei minhas expressões para que parecessem neutras enquanto aguardava diante da porta de Sam que ele atendesse. Eu não ia tocar a campainha duas vezes. Isso seria me rebaixar.

Quando finalmente atendeu, ele parecia estar com olhos lacrimejantes e mais desgrenhado do que o habitual, como se tivesse acordado de um cochilo. Eu pensei que ele ficaria feliz em ver a torta, não importa o que acontecesse, mas eu não tinha contado com o formidável oponente que era o sono do meio-dia. Bem jogado.

— Desculpe dar uma de *Judgment Ridge*[30] com você — eu disse. — Mas eu fiz isto, e pensei... bem, eu realmente agradeço sua ajuda com o carro. Então... — Eu empurrei a torta para ele, e ele pegou, ainda parecendo um pouco confuso.

— Metade disso se foi — ele disse.

— Bem, sim — respondi. — Eu quis ficar com um pouco da torta também. Mas eu usei uma faca para cortar ao meio, quer dizer, não rasguei com as minhas garras ou coisa do tipo. Fui bem Salomão.

Ele se inclinou contra o batente da porta, parecendo que finalmente estava entrando na conversa.

— Então, isso significa que, se eu não quisesse que a torta fosse cortada em duas, eu teria ficado com tudo?

— Eu posso tirar o resto da minha geladeira e podemos colocar de volta na panela, se isso significar muito para você.

— Não, não — ele disse, com a testa enrugada, como se estivesse genuinamente com medo de me ofender. — Obrigado por fazer isso para mim. Ninguém nunca me fez uma torta antes, nem mesmo meia torta. Foi realmente muito doce.

Putz. Ninguém, e repito, mesmo sem poderes telepáticos, ninguém jamais me descreveu como *doce*. *Afiada* eu recebia bastante. *Desconectada*. Talvez *intimidante*, esse eu não me importava.

— Cara, não precisei nem assar — eu disse. — Essa torta é dama, não xadrez.

Eu me virei para sair, mas ele me chamou pelo nome.

---

30 Referência ao livro de mesmo nome que conta a história de como dois professores de Dartmouth, nos Estados Unidos, foram assassinados dentro de suas casas por dois alunos.

— Por que você não entra para uma fatia? — ele perguntou. — Podemos compartilhar uma fatia sua mais tarde, se você se importar muito em estarmos quites.

Comer com ele agora, com uma autorização para comermos juntos novamente, era muito compromisso. Mas havia algo sobre sua expressão aberta, algo sobre a memória dele dizendo que *eu também não sou bom em festas*. Eu dei de ombros e o segui para o interior da casa.

— Então, o que exatamente significa *Judgment Ridge*? — ele perguntou enquanto pegava dois pratos de um armário e dois garfos de uma gaveta.

Às vezes eu não ouvia metade das merdas que saíam da minha boca.

— É sobre um livro de *true crime* que li quando adolescente — expliquei. — Sobre os assassinatos de Dartmouth. Basicamente, aquelas duas crianças fingiram que estavam fazendo uma pesquisa ambiental para a aula e bateram na porta de dois professores. Calhou que o homem ensinava Geologia e Ciências da Terra, e ele achou que seria uma ótima oportunidade para educar alguns adolescentes, assim ele os convidou para entrar. E então... bem, você sabe.

Sam fez uma pausa no meio de servir um pedaço da torta de Nutella.

— Jesus! — ele disse. — Isso é muito triste.

— Sim — eu disse. — E a razão pela qual eu tenho sobressaltos quando alguém aparece na minha porta sem ser convidado. Isso nunca termina bem nesses tipos de livros.

— E ainda assim você veio à minha porta três vezes até agora — Sam disse. — Primeira vez, para o pacote, segunda vez, para a festa, terceira vez...

— Ok, ok — eu disse, interrompendo-o. — Não há necessidade de mandar uma *terceira vez* para mim. Por que você não me fatia em vez disso?

Eu estiquei minha mão para o prato de torta que ele estava segurando, antes de perceber como isso tinha soado.

— Oh, Deus — eu disse. — Eu quis dizer *fatie a torta*. Não me ataque com a faca. Era para ser como quando as pessoas dizem *mais um copo*, no caso de cerveja, mas, pensando bem... eu nunca disse isso na minha vida...

Eu precisava parar de falar. Dei uma mordida rápida e gananciosa, mais como uma maneira de me calar do que qualquer outra coisa. É incrível. Eu ainda sabia fazer essa torta. Eu não me importava se a torta tinha cinco ingredientes e levava o mesmo número de neurônios para criar, estava deliciosa.

— Não acredito que vou falar isso — eu disse. — Eu definitivamente achava que você era um *serial killer* quando me mudei, sabia?

Sam estava dando sua primeira mordida, mas se engasgou com a minha declaração. Ele continuou tossindo até ter que colocar o prato na mesa e encher um copo com água do dispensador da porta da geladeira. Ele bebeu por um longo tempo, seu pomo de adão visivelmente em movimento.

— O quê? — ele disse finalmente. Ou a garganta dele ainda estava muito sensível para terminar a pergunta, ou essa *era* a pergunta, porque ele apenas olhou para mim.

— Não *literalmente* — eu disse. — Ou não muito mais do que a maneira geral que eu acredito que todos são capazes de fazer algo muito sombrio. Mas naquela primeira noite, você veio do nada!

— Eu vim daqui — ele disse. — Minha casa. Onde eu moro.

— Bem, eu não sabia disso — eu disse. — E você sempre faz coisas misteriosas. Dar batidas em sua garagem à prova de som — você tem que admitir que parece assustador — e ir e vir nos horários mais aleatórios...

Eu realmente deveria parar. Nunca tive a intenção de contar nada disso ao Sam, e certamente não dessa maneira de fluxo de consciência ininterrupto que me fez parecer completamente desequilibrada.

— Então, em uma escala de um a dez — ele disse —, um sendo sua avó e dez sendo H. H. Holmes,[31] quanto você realmente achou que eu era um *serial killer*?

Eu apontei meu garfo para ele.

— Esse é um mau exemplo. Minha avó tinha em si uma viúva negra, de verdade. Mas naquela primeira noite, eu diria... seis?

— Puta merda! — Foi quase fofo, o jeito como ele ficou chocado com a minha resposta.

— Essa escala não funciona — eu disse. — Ser um *serial killer* é uma situação binária. Ou você é, ou não é.

— Quando você veio à minha festa...

Eu não fingi não ter entendido o que ele estava perguntando.

— Diminuiu talvez para quatro?

— Quando você pediu minha ajuda com o seu carro?

— Três ponto seis.

Ele levantou as sobrancelhas.

— Vivendo no limite, aceitando uma carona de alguém que você achava que era um três ponto seis. E agora?

Eu olhei para ele. Realmente olhei para ele. Meu olhar o rastreou do topo de seu cabelo bagunçado — dessa vez de verdade por causa da cama, eu suspeitava — até seus olhos azuis, brilhando com diversão e algo mais. Sua camiseta parecia fina e macia e se agarrava aos braços e ao peito de uma maneira que não me desgostava, e ele estava usando jeans de verdade em vez daquele traje profissional neutro com o qual eu o tinha visto tanto ultimamente. Ele estava inclinado sobre a pia, segurando seu prato de torta, que já estava na metade.

Havia algo inebriante em poder observá-lo tão abertamente. O que tinha na sua cozinha que parecia trazer à tona esse calor?

— Dois — eu disse finalmente, deslizando outro pedaço de torta na minha boca.

---

[31] Primeiro *serial killer* dos EUA.

— O que faria você me colocar no um? — ele perguntou.

— Essa casa não tem um porão, você sabe.

— Mas você tem uma garagem — eu apontei.

— Você acha que estou escondendo algo na minha garagem?

Eu dei de ombros. Não iria contar a ele sobre a única noite em que o observei, o líquido suspeito em suas mãos, o pano, a ligação paranoica que fiz imediatamente para Conner.

— É outro mistério — eu disse. — Resolver isso pode reduzir seu número, só estou dizendo.

Ele se virou para enxaguar o prato, colocando-o na pia e depois limpando as mãos em um pano.

— Então vamos.

— Eu nem terminei — eu disse com a boca cheia de torta.

— Traga com você — ele disse.

— Se alguma coisa lá dentro me fizer perder o apetite, vou ficar muito chateada — eu disse, mas o segui pela sala de estar, passando pelo piano. Agora que a faixa SENTIREMOS SUA FALTA, BARBARA se foi, notei que havia algumas fotos de família penduradas, mostrando Sam com um número verdadeiramente incompreensível de pessoas. Ele pertencia a uma daquelas famílias que tinham um bate-papo em grupo e usavam camisas combinando em reuniões de família? Porque isso não ajudaria minha capacidade de confiar nele. Eu não tive tempo de olhar mais de perto para as fotos antes de estarmos na porta da garagem.

Sam parou tão de repente que eu quase esbarrei nele. Ele se virou para trás, com a mão na maçaneta da porta.

— Eu faço as pessoas assinarem um contrato de confidencialidade primeiro.

— O Assassino Corporativo — eu disse. — *Ele os enterra debaixo da papelada*. O episódio *Dateline*[32] se escreve sozinho.

Ele abriu a porta e acendeu a luz. Claro, à primeira vista, tudo parecia normal. Decepcionantemente normal. Havia uma lavadora e secadora em um canto, um rack de metal contendo

---

[32] Revista eletrônica estadunidense exibida semanalmente pela National Broadcasting Company, a NBC.

várias caixas de ferramentas, latas de tinta velhas e outras coisas de garagem. Nas paredes, pude ver onde ele afixara vários painéis grandes de material revestido, e presumi que eles tinham algo a ver com a insonorização que ele havia mencionado.

Havia também uma bateria, apoiada em cima de restos de tapetes antigos, e uma guitarra encostada em uma parede. A guitarra parecia ter visto dias melhores, a tinta havia desaparecido, coberta de adesivos que estavam descascando.

Na frente da garagem, havia outra guitarra em pedaços, disposta sobre algumas tábuas de madeira apoiadas sobre cavaletes. As tábuas estavam cobertas com saco plástico, o que eu acho que explicou pelo menos uma coisa que eu tinha visto. Mas também havia um pouco de líquido nas mãos dele. Eu não tinha imaginado aquilo. Olhei para o chão de concreto, tentando ver qualquer remanescente de mancha suspeita. Sam ficou perto da porta, com as mãos enfiadas nos bolsos, enquanto eu caminhava pelo espaço como se estivesse conduzindo uma análise forense.

— Na outra noite — eu disse finalmente, não consegui me conter — eu pensei ter ouvido um estrondo?

Eu poderia ter nomeado a data e a hora exatas, já que tinha anotado no meu caderno. Mas provavelmente seria melhor se eu não passasse de cativantemente neurótica para obsessivamente estranha (tarde demais?).

— Humm — ele disse. — Outro mistério.

— Eu pensei que você estava cooperando com a investigação.

Ele levantou as sobrancelhas.

— É isso que é? Dificilmente parece justo, eu entregando todos os meus segredos e você não entregando nenhum.

Eu coloquei meu prato em cima da máquina de lavar. Não pude deixar de notar que havia acertado o tipo de amaciante que ele usava. *Frescor da montanha.*

— Ok — eu disse, meu pulso acelerando. — O que você quer saber?

Ele me estudou, como se estivesse realmente considerando sua pergunta. Eu esperava que fosse algo fácil como *Por que Batman Forever?*, e eu poderia argumentar que, com vilões como Pinguim e Duas-Caras, era melhor quando as adaptações dos quadrinhos se inclinavam para o brega. Eu torcia para não ser nada sobre o meu pai.

— Qual é o tema da sua tese? — ele finalmente perguntou.

Eu me perguntei como ele sabia que eu estava trabalhando nisso, até que lembrei que contei a ele que estava conversando com a minha orientadora no outro dia.

— *True crime* — eu respondi, fazendo uma careta que indicava que eu sabia o quanto o tópico tinha a ver comigo.

— Provavelmente eu deveria ter adivinhado — ele disse.

— E o que, especificamente?

Eu tinha respostas rápidas e concisas para essa pergunta inevitável, já que os olhos das pessoas tendiam a perder o brilho quando começava a falar sobre *retórica* e *teoria de gênero* em vez de apenas falar sobre *Conversando com um Serial Killer: Ted Bundy*, na Netflix, como eles realmente queriam. Mas por algum motivo eu queria explicar isso a Sam, queria que ele entendesse o que eu estava fazendo com a minha vida nos últimos cinco anos. Por que isso era importante para mim?, eu não me importei em analisar muito.

— O *true crime* é especialmente interessante — eu disse — porque tende a refletir e moldar nossas atitudes culturais em relação ao crime em geral. Você observa como o gênero se transformou nos últimos sessenta anos, desde a maneira como Truman Capote o tornou mais literário em *A sangue frio* para as narrativas mais sensacionalistas e duras escritas nos anos 1980 e 1990, até o quão pessoal e sutil Michelle McNamara se mostra em *Eu terei sumido na escuridão*. E então é, tipo, quem está escrevendo esses livros? Que relação eles têm com o assunto, ou que relação eles formam quando descem por esse buraco escuro? Como eles escolhem apresentar as informações e como isso afeta a maneira como um leitor pode se sentir sobre o assunto? Isso realmente muda o quão "verdadeiros" os livros são? Ou...

Eu me interrompi, percebendo que estava um pouco sem fôlego.

— Desculpe — eu disse. — Eu poderia continuar por cerca de oh, cento e oitenta páginas ou mais. Mas vou parar por aqui.

— Me dê um exemplo — Sam disse. — Como quando você disse que alguma coisa pode mudar o quão "verdadeiro" é o livro.

— Ok, bem — eu disse, me aquecendo para o meu assunto. Na verdade, isso era um ponto importante de análise no capítulo que eu deveria estar em casa escrevendo nesse exato momento. Talvez eu pudesse até considerar essa conversa como tempo de *brainstorming* e não me sentir culpada por estar enrolando meu trabalho.

— Você já leu *A sangue frio*?

Sam balançou a cabeça.

— Eu sei que você vai debochar de mim por isso — ele disse —, mas geralmente não consigo lidar com esses livros.

Isso fez com que um calor florescesse em meu peito, a ideia de que tínhamos um relacionamento suficiente o bastante nesse momento para que eu tivesse coisas para debochar dele, e que ele me conhecia bem o suficiente para saber que eu poderia fazer isso. E, por outro lado, o fato de ele ter assumido que eu debocharia dele por não ter estômago para *true crime* só tornava muito menos provável que eu o fizesse.

Expliquei brevemente a essência básica do livro, como Capote se aproximou dos dois assassinos e conduziu muitas entrevistas com eles na prisão para criar a narrativa do crime.

— O que houve de inovador na maneira como ele escreveu — eu disse — foi que era como se você estivesse lendo um romance. Ele usou todas essas técnicas ficcionais de caracterização, usando justaposição no corte de cena para construir suspense e drama... e descreveu todas as cenas como se estivesse lá. Faz você se sentir como se estivesse ali naquele momento, como se fosse um *voyeur* olhando para o que realmente aconteceu. E, de certa forma, ele parece mais credível pelo fato de nunca se inserir na narrativa, como se fosse apenas esse escritor objetivo de toda a ação. Mas é como... Você já assistiu ao *America's Next Top Model*?

— Hum — Sam disse, piscando para a aparente mudança de assunto. — Acho que não um episódio inteiro.

— Ok, eu *vou* te zoar sobre isso mais tarde, mas havia uma concorrente que foi para Yale, certo? E, em suas entrevistas, ela sempre estava dizendo *Yale isso* e *Yale aquilo*, e isso a fez parecer uma idiota pretensiosa, como se ela não pudesse deixar de mencionar sua educação na Ivy League[33] a cada quinze segundos. Mas eu li uma entrevista com ela mais tarde — não olhe para mim assim, era *Murderpedia* ou *Television Without Pity* naqueles dias, então você deveria ser grato por eu ser bem versátil — e ela falou sobre como os profissionais sempre *perguntavam* a ela sobre Yale nos segmentos. E você deveria ler a pergunta de volta em sua resposta, então a impressão era que ela estava apenas blá-blá-blá sobre a porra de Yale, quando, na verdade, eram os produtores moldando as perguntas e depois editando as filmagens para fazer parecer que ela estava falando sobre Yale o tempo todo.

Sam estava olhando para mim como se não pudesse acreditar que eu era real. Eu não conseguia dizer se era de um jeito bom ou ruim, mas de repente me deixou constrangida.

— Eu não posso colocar essa parte em um artigo acadêmico, obviamente — eu disse. — Mas eu só estou dizendo, é a mesma ideia com Capote. É interessante pensar sobre as perguntas que ele fez, as coisas que ele escolheu enfatizar, quais partes da narrativa são factualmente verdadeiras ou emocionalmente verdadeiras, ou se isso importa.

— Acho que esta rodada de Mistérios Resolvidos vai para você — Sam disse. — Isso foi muito minucioso.

Quando se tratava de *true crime*, eu sabia que poderia ser um pouco... Apaixonada. Mas eu resisti ao desejo de me desculpar novamente. Por um lado, Sam não parecia precisar disso.

---

33 Grupo de instituições de ensino superior de excelência nos Estados Unidos, do qual Yale faz parte.

— Então, o que foi o estrondo?

— Ah... — Ele esfregou a parte de trás do pescoço, gesticulando em direção ao rack de metal. — Eu estava tentando pegar uma chave de fenda na caixa de ferramentas sem soltar o resto que estava carregando. Derrubei tudo e derramei ainda um monte de coisas, incluindo uma lata de tinta em mim... foi a maior bagunça. Não é um mistério muito emocionante.

Tinta. Tinha sido tinta.

Nós olhamos um para o outro. Havia sido ridículo da minha parte, realmente, trazer a torta, ficar para comê-la com ele, e ainda forçá-lo a me mostrar sua garagem bastante inofensiva.

— Acho que você tem direito a mais um — eu disse. — Você me trouxe aqui e me contou sobre a origem dos misteriosos sons noturnos. Eu só te contei sobre a minha tese.

— Para ser justo, há camadas.

— Mesmo assim.

Em algum momento nos últimos minutos, Sam se aproximou de mim, ou eu me aproximei dele, porque agora nós dois estávamos de pé perto das partes de guitarra desmontadas. Meus dedos coçavam para tocar em algo, e a guitarra estava bem ali, então eu corri meu dedo ao longo de sua madeira lisa e sem pintura.

— Mais um mistério — Sam disse, quase mais para si mesmo do que para mim. — Tenho a sensação de que você tem muitos deles. Você é uma pessoa difícil de ler, Phoebe Walsh.

Eu poderia dizer o mesmo sobre ele. Era eu quem vomitava palavras das maneiras mais aleatórias toda vez que estávamos juntos. Ele era o único que tendia a manter seu próprio conselho.

O olhar dele encontrou o meu, antes de subir para o topo da minha cabeça.

— Qual é o comprimento do seu cabelo?

Eu pisquei. Era isso que ele queria saber?

— Longo demais — eu disse. — Eu não corto há... Não consigo nem lembrar. As pontas talvez seis meses atrás.

— Posso ver?

Por que parecia que ele estava me pedindo para me despir na frente dele? E por que essa ideia parecia... assustadora, com certeza, mas também emocionante?

— Faz dois dias que não lavo o cabelo — avisei, porque eu era uma idiota e a rainha da autossabotagem. Uma vez, na sexta série, uma garota elogiou o colar com nome que eu estava usando, *Phoebe* em escrita dourada em uma fina corrente de ouro. Eu disse a ela que custava menos de cinco dólares e quebrei pela metade, só para provar o quão barato era. Esse era o tipo de merda que eu fazia quando me sentia encurralada em um canto, e elogios, gentileza ou atenção eram infelizmente coisas que mais me faziam sentir dessa forma.

Eu estendi a mão para remover o elástico de cabelo, desenrolando meu coque-padrão até que meu cabelo caísse ao redor dos ombros em ondas escuras. Apertei as mãos no meu couro cabeludo, sacudindo-o para tentar fazer com que ele perdesse as dobras por ficar enrolado por tanto tempo. Eu ainda tinha aquela sensação engraçada e meio dolorida ao redor das têmporas de meu cabelo sendo puxado para trás. Talvez eu *devesse* soltá-lo mais. Eu posso estar me causando dores de cabeça com esse penteado.

— Então vai até... — Comecei a fazer um gesto, e percebi que estava prestes a apontar para logo abaixo dos meus seios. — De qualquer forma, você ia saber.

Sam ainda estava olhando para o meu cabelo, seu olhar indo até as pontas antes que ele também parecesse perceber que estava basicamente olhando para os meus seios. Ele focou então em um ponto no meu couro cabeludo, limpando sua garganta.

— É bonito — ele disse. — Você tem um cabelo muito bonito.

Por baixo da camiseta, meus mamilos estavam tensos e quase doloridos contra o tecido fino do meu sutiã. Eu nunca tinha sido tão grata pela imagem grossa impressa do Coringa de Jim Carrey, porque espero que tenha feito um bom trabalho ao esconder essa reação.

— Obrigada — eu disse, o que mais eu poderia dizer? Peguei meu cabelo para começar a enrolá-lo de volta em seu coque, quando ouvi algumas batidas altas vindo de algum lugar do lado de fora da garagem. Eu compartilhei um olhar com Sam, em que ele parecia tão confuso quanto eu, até que o som voltou. Batidas. Alguém estava batendo na porta da frente.

— *Judgment Ridge* — Sam sussurrou.

Eu bati no braço dele.

— Não diga isso.

— Você é quem trouxe isso para a minha vida — Sam disse. — Agora nunca mais serei capaz de atender a porta da mesma maneira.

Brincadeiras à parte, eu senti um pouco de receio quando nós dois fomos juntos até a porta da frente. Meus ombros estavam erguidos quase à altura das orelhas enquanto eu ficava atrás de Sam, tentando ver ao seu redor quando ele abriu a porta para...

— *Conner*?

♥♥

ONZE

Dez minutos depois eu estava no carro de Conner, tentando chutar as embalagens de fast-food para longe dos meus pés enquanto ele acelerava para algum destino do qual eu ainda não havia sido informada. Ele apenas disse que "precisava de ajuda", que vindo dele poderia ser tanto uma emergência real quanto ajuda para roubar mais um papelão de Mountain Dew do posto de gasolina.

— Você não precisava ter ido até a casa dele — eu resmunguei. — Mais cinco minutos e eu estaria em casa.

— Veja pelo meu ângulo — Conner disse. — Eu te mandei mensagem, você não respondeu. Eu te liguei, você não atendeu.

— É porque...

Conner balançou a cabeça, aparentemente não interessado em ouvir mais uma vez que eu tinha deixado meu celular em casa.

— E aí, quando eu chego, a porta da casa está *destrancada* — ele disse. — Não foi você que disse que todos os episódios de *Dateline* começam com uma porta destrancada?

— Não — eu respondi. — Tecnicamente, eu te disse que todos os episódios começam com uma família que estava prestes a realizar o Sonho Americano. De qualquer forma, eu só fui lá por alguns minutos...

Deveria ter levado apenas alguns minutos. Eu acabei passando meia hora na casa de Sam, e quem sabe quanto tempo mais eu teria ficado.

— Não estou bravo — Conner disse, sorrindo para mim. — Você não tem toque de recolher ou algo assim. Na verdade, foi bom ver você soltar um pouco o cabelo.

Eca! Eu sabia que Conner ia dar atenção a esse detalhe no minuto em que abrimos a porta, meu cabelo ainda estava solto, o elástico esquecido na minha mão.

Isso era o que tornava os irmãos mais novos tão irritantes. Se dissesse a Conner que, na verdade, eu estava brava, porque ele não precisava se meter na minha vida pessoal, ele faria algum comentário sobre como ele nem sabia que eu *tinha* uma vida pessoal. Se dissesse a Conner que estava frustrada porque ele tinha nos interrompido, ele remexeria as sobrancelhas, como se tivesse interrompido algo particularmente picante, quando, na verdade...

Bem, eu não sabia qual tinha sido aquele momento entre mim e Sam. Ou o que poderia ter sido. Mas eu sabia que não seria capaz nem de pensar a respeito sem ficar confusa e agir toda esquisita, e então seria um caso de Phoebe *reclama demais*, e então ele só me provocaria mais. A melhor abordagem era apenas ignorá-lo e mudar de assunto.

— Então, onde estamos indo? — eu perguntei. — Eu tenho muita coisa para escrever hoje.

— Talvez você devesse ter trabalhado nisso em vez de sair com o vizinho — Conner disse. Passamos por um antigo local de troca de óleo que parecia familiar, em seguida por uma lanchonete que me surpreendeu por ainda estar ali, e por um pequeno escritório de advocacia que sempre colocava mensagens de incentivo para as equipes esportivas locais em sua marquise. Eu reconheci essa unidade. De repente, eu sabia exatamente para onde estávamos indo.

— Não me diga que você está me trazendo para o Skate Space — eu disse, me posicionando tão abruptamente no banco do carro que esmaguei algumas latas de refrigerante vazias no chão.

Mas nós já estávamos entrando no estacionamento do prédio rosa-choque mais que berrante.

— Aqui estamos nós! — Conner anunciou. — O possível local do meu pedido de casamento.

Eu tinha tantas perguntas, mas não tive a chance de fazer nenhuma delas até depois que terminamos de pagar e estávamos esperando no balcão dos fundos para pegar nossos patins de aluguel.

— Por que *aqui*? — eu perguntei, olhando ao redor. A decoração era com tema espacial, naturalmente, o que significava muita luz negra e tinta brilhante. Um mural — de um rato gigante em um traje espacial voando pela galáxia — era particularmente perturbador, já que eu tinha certeza de que esse lugar realmente tinha ratos de verdade. O tapete era aquele padrão geométrico multicolorido que havia sido claramente projetado para esconder a sujeira, mas em vez disso conseguia parecer sujo o tempo todo. O lugar todo cheirava a pés.

— Foi aqui que Shani e eu tivemos nosso primeiro encontro — ele disse, gritando para ser ouvido acima da música de Halsey que eles estavam estourando através dos alto-falantes.

— Você tinha quantos anos? Doze?

— Dezessete! E foi a noite dos patins! Você sabe que eu mando muito bem nos patins!

Eu não sabia disso, na verdade, assim como eu não tinha me dado conta de quanto tempo fazia que ele e Shani estavam juntos.

Conner aparentemente também trouxera os seus próprios patins, porque, em vez de esperar comigo no balcão, ele se sentou em um banco próximo e pegou um patim com rodas verde-limão de uma bolsa que eu nem tinha notado que ele estava carregando. Ele o amarrou no pé com tantas fivelas que parecia um *snowboarder* olímpico, antes de remover o outro da bolsa.

— Que tamanho? — o adolescente de cabelos oleosos atrás do balcão me perguntou, e eu relutantemente deslizei meus sapatos para aceitar um par de patins duvidosos. Eles tinham cadarços marrons e rodas laranja, trazidos diretamente para você de 1982.

— Por que *eu* estou aqui? — perguntei ao me sentar ao lado de Conner para colocar meus patins. Eu esperava me lembrar o suficiente para não me envergonhar completamente. Se eu caísse de bunda usando essa velharia, ficaria muito chateada.

— Você me deu muitos conselhos bons — ele disse. — Eu imaginei que poderia usar a ajuda da minha irmã mais velha para avaliar a ideia.

Bem, isso era impossível de refutar. Eu deixei que ele me ajudasse com os patins, só porque qualquer perda de dignidade resultante desse movimento foi mitigada pelo potencial muito maior de dignidade perdida se eu caísse de boca naquele tapete sujo. Fizemos o nosso caminho cautelosamente até o piso de madeira polida.

— Então, qual é exatamente o plano? — eu perguntei. Todo mundo estava indo tão rápido.

— Você tem que patinar em sentido horário — Conner disse, apontando para um cara patinando com uma camiseta de árbitro listrada em preto e branco. — Caso contrário, eles dirão para você se virar. Você pode segurar na parede se precisar, mas eu pretendo pegar um pouco de velocidade.

— Eu quis dizer o plano para o seu *pedido de casamento*. Conner entrou na arena, então eu o segui, mas ele foi realmente mais rápido do que eu esperava. Eu quase perdi o controle dos pés, mas me agarrei à parede bem a tempo.

— Estou pensando em uma música significativa, então eles poderiam fazer um anúncio especial enquanto eu me ajoelho no meio da pista, o que acha?

Isso realmente parecia fofo. Nada original, mas fofo.

— Que música? — eu perguntei. — Por favor, não pegue uma daquelas sobre como ela não sabe que é bonita.

Conner começou a patinar mais lentamente, o que tornou mais fácil para mim acompanhá-lo, já que eu ainda estava agarrada à parede. Uma criança de quatro anos deu duas voltas por mim e oficialmente minha dignidade se foi, indo descansar com meus sapatos lá fora. Eu não a veria novamente enquanto estivesse usando esses trecos com rodas.

— Como assim?

— Você sabe — eu disse. — Tipo, *você não sabe que é bonita, e é por isso que você é*. Porque é muito feio para uma garota ter sua própria autoestima, aparentemente. Ou aquelas em que o cara diz, tipo, *Garota, você não sabe quão bonita você é, mas eu sei*. Como se ele fosse o guardião da beleza dela ou outra besteira qualquer.

— Shani ama esse tipo de música! — Conner disse.

— Claro! Eles fazem essas músicas serem viciantes! — eu disse. — Você pode se odiar por cantarolar *Blurred Lines*, mas vai fazer isso de qualquer maneira. Esse é o poder da música.

— Talvez eu use essa música — ele disse, apontando para o teto para indicar a música tocando no momento. Demorei um minuto para reconhecê-la e, quando consegui, fiz uma careta para Conner.

— Você não vai usar *Whoomp! (There it is)* como sua música de pedido de casamento! — eu disse. — Não importa quão autêntica seja para a experiência geral da pista de patinação.

— Tenho certeza de que eles tocaram isso no nosso primeiro encontro.

— Tenho certeza de que eles tocam isso desde os anos 1990 — respondi.

Conner apenas sorriu para mim e começou a pegar velocidade, até que ele ficou muito à minha frente na pista. Eu me senti confiante o suficiente para me soltar da parede, mas ainda avançando meio vacilante de um lado para o outro. A criança de quatro anos passou por mim novamente como Usain Bolt, o vento que soprava dela tão intenso que me fez balançar.

— Filha da mãe — eu resmunguei, indo para uma área com carpete do outro lado da pista, onde havia bancos onde eu poderia me sentar. Esse era o plano do Conner, não tinha por que eu me torturar por ele.

Meu cabelo já estava se desmanchando por causa da atividade e eu tornei a arrumar o coque. A verdade era que eu podia tirar sarro daquelas músicas bregas o quanto quisesse, mas eu tinha ficado igualmente suscetível quando Sam me elogiou mais cedo. Eu me orgulhava de poder me avaliar de uma maneira bastante direta — eu sabia que era gorda, uma palavra que não me incomodava, desde que a pessoa que a usava não estivesse fazendo isso de forma pejorativa. Minha testa era grande, mas toda vez que tentei escondê-la atrás da franja tinha sido um erro. Meus dentes inferiores estavam tortos, o que você só notava se eu sorrisse muito. Felizmente, essa não era uma expressão que eu estava acostumada a usar com muita frequência.

Mas eu sabia que meu cabelo era saudável e tinha uma cor bonita, castanho-escuro que sob a luz refletia um tom de ruivo. Eu sempre gostei dos meus olhos, grandes e emoldurados por cílios naturalmente longos, e, se antes queria que eles fossem violeta em vez de castanhos, agora eu já tinha superado isso. Havia sido um efeito colateral da leitura de muitos romances, eu sabia, em que os olhos da heroína eram sempre esmeralda cintilante ou índigo aveludado.

Eu ainda odiava aquela mensagem de que *ela não sabe que é bonita e é por isso que ela é*, mas não pude negar que tinha sido bom ter outra pessoa me notando, apreciando algo em mim. Só de pensar nisso me dava uma sensação quente e arrepiante, que começava nos dedos dos pés e ia até a coluna.

Embora talvez fossem apenas aqueles patins, que estavam muito apertados.

Conner passou patinando por mim e gritando:

— Olha isso!

Eu olhei como boa irmã mais velha enquanto ele patinava de costas, sorrindo para mim e indo até um canto antes de rodopiar e voltar de frente. Era tão irritante a maneira como ele estava se mostrando, mas não pude reprimir um sorriso. Eu me lembrei do jeito que ele era quando criança, sempre desesperado por atenção, querendo que eu o visse escalar a árvore mais alta ou bater um nível em um jogo, ou executar um truque de cartas que ele inevitavelmente estragaria.

— Você está olhando? — Ele perguntou enquanto passava por mim.

— Sim! — eu disse, mesmo duvidando que ele me ouvisse. Ele já estava a metros de distância, girando para patinar de costas novamente.

Eu vi acontecer cerca de uma fração de segundo antes, e me levantei de um salto, como se pudesse fazer algo para pará-lo. Mas é claro que ele estava do outro lado da pista, seu impulso já muito forte. Ele esbarrou em outro patinador, que tropeçou, mas acabou conseguindo se segurar, enquanto Conner voou, caindo e amortecendo a queda com as mãos.

— Conner!

Patinadores desviavam dele, mas Conner não se levantou de imediato. Ele tentou se erguer, mas permaneceu no chão enquanto o rapaz de camisa de árbitro patinava até ele.

Comecei a caminhar rápido na área de carpete em direção ao outro lado da pista, mas isso levaria uma eternidade, então, por fim, voltei para o chão escorregadio, patinando diagonalmente pela pista para alcançá-lo mais depressa de uma maneira que definitivamente não era sancionada pelas regras rígidas de *apenas sentido horário*.

— Ei — eu disse assim que entrei em contato com ele. — Você está bem?

O árbitro já havia ajudado Conner a se levantar e tinha patinado para outro lugar. Eu entendi que, afinal, Conner era um adulto que não estava inconsciente e nem sangrando, e que as exigências para um único adolescente tomando conta de toda a pista de patinação deviam ser altas, mas eu ainda assim fiquei irritada com o tratamento medíocre.

— Ah — ele disse, segurando o pulso esquerdo com a outra mão. — Eu acho que quebrei alguma coisa.

Estendi a mão, com a intenção de ajudá-lo a sair da pista, mas parei quando quase perdi meu próprio equilíbrio. A chance de eu derrubá-lo comigo era maior do que a chance de eu realmente ajudar, especialmente porque, agora que ele estava de pé, Conner parecia estar se saindo muito bem ao retornar para a parte acarpetada. Finalmente chegamos aos bancos e desabamos sobre um deles, Conner ainda segurando o pulso.

— Você consegue mexer os dedos? — eu perguntei.

Ele começou a sacudi-los, mas logo retraiu a mão.

— Dói — ele disse.

—Ok — eu disse, desamarrando meus patins e descalçando-os. — Você consegue tirar seus patins ou precisa de ajuda?

— Eu acho que consigo.

Eu me levantei de meias, segurando os patins pelos cadarços para encostar o mínimo possível neles. — Vou trocar esses tijolos feios pelos meus próprios sapatos — eu disse. — E então podemos ir até um atendimento de urgência. Shani está trabalhando ou você quer ligar para ela?

— Ela saiu com amigos esta noite — Conner disse. — Eu prefiro não incomodá-la. E você acha que eu ganho dinheiro suficiente para ir a um atendimento de urgência?

Eu revirei os olhos.

— Tudo bem — eu disse. — Se você não conseguir tirar esses patins estúpidos sem se machucar ainda mais, espere por mim. Eu volto logo.

— Nós nem comemos uma fatia de pizza! — Conner gritou, enquanto eu me dirigia ao balcão dos fundos.

Pensei na comida morna e gordurosa que costumavam servir em lugares como aquele. Literalmente, esse podia ser o único lado positivo de o idiota do meu irmão ter provavelmente quebrado o pulso.

♡ ♡ ♡

— Sim — o médico disse, uma vez que reuniu todos os exames, olhando o raio-x do pulso de Conner. — É uma fratura bem aqui.

— Posso ficar com isso? — Conner perguntou, gesticulando em direção às imagens.

Eu me virei para o médico, que estava tocando na tela de um tablet com a energia de alguém jogando *Candy Crush*. Tivemos a sorte de encontrar uma clínica de atendimento de urgência que fazia raios-x depois das seis, apesar de que a atenção no tratamento deixava um pouco a desejar.

— Então, o que exatamente você faz para um pulso fraturado? — eu perguntei. — Ele vai precisar de gesso?

O médico olhou para cima.

— Humm? — ele disse. — Hoje não. Vamos colocar uma tala enquanto esperamos que o inchaço diminua. Você pode marcar uma consulta para daqui a alguns dias e vamos dar outra olhada. Ok, amigo?

A última pergunta foi direcionada para algum ponto do papel de parede em vez de para um de nós, e então o médico digitou mais algumas coisas em seu tablet antes de sair da sala.

Era uma sala de atendimento de urgência padrão, o que significava que era sem graça e inofensiva e, ainda assim, claustrofóbica pra caramba. O papel de parede era esbranquiçado com alguns detalhes em tom ainda mais claro, e um único quadro de uma paisagem marinha desbotada estava pendurado no maior trecho da parede. Fora isso, o restante eram equipamentos médicos e cartazes divulgando medicamentos ou informando aos pacientes que deveriam telefonar caso seus resultados não chegassem em três dias. Quanto mais cedo saíssemos de lá, melhor.

— Então, isso significa que esperamos aqui que alguém coloque a tala? — eu perguntei. — Ou devemos voltar para a recepção?

Conner estendeu a mão na mesa de exames para pegar os raios-x de seu pulso.

— Estou pagando por eles, certo? Eu deveria ficar com eles.

— Odeio médicos — eu disse. — Se, sei lá, meu nariz está congestionado, eles te perguntam coisas do tipo: quantas calorias você come por dia? Se eu digo que tenho uma infecção urinária, eles me mandam usar escadas em vez de elevador.

— Nojento — Conner disse. — Não fale de infecções urinárias.

— Você tem certeza de que não quer ligar para Shani? Afinal, ela está estudando para ser enfermeira. Ela viria, no mínimo, por curiosidade profissional.

Ele suspirou, olhando para o pulso. Realmente não parecia bom. Não estava horrível nem nada, graças a Deus, mas definitivamente estava todo inchado e inflamado em comparação com a outra mão.

— Eu mandei uma mensagem para ela mais cedo — ele disse. — Mas ela provavelmente já está assistindo ao filme.

Shani é firmemente contra o uso de aparelhos eletrônicos no cinema. Ela leva muito a sério os anúncios de *por favor, não atrapalhe a sessão*.

— Uma mulher de bom senso e sensibilidade — eu disse. — Onde você está na escala de lugares para um pedido de casamento agora?

— Eca! — ele disse. — Honestamente, você está certa. Aquele lugar cheirava a pés.

Ele parecia tão desanimado, que eu cheguei a ter pena.

— Foi uma boa ideia, no entanto. Voltar ao seu primeiro encontro. Isso foi muito atencioso.

— Eu acho. — Ele me deu um sorriso que imediatamente me fez querer retirar qualquer grama de simpatia. — Você quer falar sobre o que estava fazendo na casa do Sam?

Depois de tudo, nem parecia que eu tinha estado lá mais cedo, comendo torta e divagando sobre *A sangue frio*. Como se tivesse sido em outra vida que ele voltou toda a atenção daqueles olhos azuis para mim, que ele parecia estar a apenas um segundo de estender a mão e tocar meu cabelo, e então...

Não queria falar sobre o que fui fazer na casa de Sam. E mais importante ainda, não queria falar sobre o que eu *não* estava fazendo na casa de Sam.

Não que eu queria estar fazendo algo específico na casa dele. De jeito algum.

— Nós somos amigos — eu disse, mais como uma ducha de água fria em mim mesma do que como uma resposta para Conner. Mas, ao dizer isso, eu percebi que parecia verdade. Estávamos começando a nos tornar amigos. Eu senti que Sam era alguém com quem eu poderia conversar. Só de tê-lo ali como vizinho me fazia sentir um pouco menos sozinha. — Não estou mais o comparando com retratos falados de pessoas procuradas, se é isso que você está perguntando.

— O início de toda bela amizade.

— Cala a boca — eu disse. — Você sabe que eu tenho um poço escuro e desconfiado no lugar do meu coração.

— Eu sei que é isso que você quer que as pessoas pensem — Conner disse.

Isso me balançou. Eu não esperava que ele fosse tão fundo. Mas antes que eu pudesse retrucar, bateram suavemente na porta e, em seguida, um homem entrou, segurando um tubo cinza grosso com tiras de velcro penduradas que devia ser a tala. Parecia parte dos patins de Conner, para ser honesta.

O enfermeiro abriu uma das partes de velcro, esticando um pouco a tala para soltá-la. Ele começou a falar com Conner, explicando como usar a tala e o que esperar, mas eu me desliguei da conversa.

Eu sempre fui bastante protetora com meu coração. Mesmo quando criança, era importante para mim que as pessoas não soubessem muito sobre como eu realmente me sentia. Na oitava série, um boato (muito verdadeiro) começou a circular de que eu tinha uma queda por um garoto que penteava o cabelo como Gerard Way no vídeo *Helena*. Mortificada, eu tinha negado a qualquer um que ouvisse, até que um dia o próprio míni Gerard veio até mim no refeitório:

— Eu também gosto de você — ele havia dito.

Meu eu adolescente havia entrado em curto-circuito. Eu não consegui lidar com aquilo, era demais. O que eu deveria fazer com aquela informação? Segurar na mão dele? Pegar ele? Eu já tinha ouvido a expressão, mas mal sabia o que significava.

— Legal — eu havia dito. — Mas para mim é mais como um amigo.

E então joguei meu almoço no lixo, bandeja e tudo mais, e fui embora. Eu ainda me sentia péssima com toda aquela interação. Ele não merecia a rejeição quando tinha sido corajoso o suficiente para dizer algo, especialmente depois de poder facilmente ter se juntado a todos os outros para tirar sarro de mim. Além disso, a bandeja era feita de plástico pesado. Não era certo jogá-la fora.

— Phoebe! — Conner disse, me tirando dos meus devaneios do ensino médio. A tala estava então em seu braço, e o enfermeiro já tinha saído. — Você já encontrou um barco na pintura ou será que podemos ir?

Conner insistiu que ele estava bem para dirigir, e eu gostaria de ter prestado um pouco mais de atenção para poder lembrar se o médico ou o enfermeiro o havia proibido explicitamente de fazer isso. De qualquer forma, eu lhe disse que ele não iria dirigir um veículo motorizado comigo ao lado.

O filme de Shani acabou um pouco depois que saímos da clínica. Quando chegamos ao apartamento de Conner, ela estava lá, e imediatamente caiu sobre ele com abraços e conforto e perguntas precisas sobre o que tinha acontecido e o que o médico disse. Conner visivelmente se animou com a atenção, mas respondeu às perguntas dela com versões variadas de *Eu não sei* ou *Acho que sim*. De fato, ele mostrou orgulhosamente os raios-x, mas isso foi mais porque queria saber se ela achava que eles iriam combinar com a cortina do chuveiro caso ele os pendurasse no banheiro do que porque ele estivesse procurando qualquer conselho médico.

— Afinal, o que vocês estavam fazendo na *pista de patinação*? — Shani perguntou. — Você não ia lá desde...

— Nosso primeiro encontro — Conner disse, me olhando com uma expressão desesperada de *Não fale nada!* que era mais suspeita do que qualquer coisa que eu poderia ter dito. — Não sei, só fiquei com vontade de patinar de novo.

— Bem, espero que isso tenha curado você disso. Enfim, aquele lugar cheira a chulé. — Ela se virou para mim, me dando um abraço rápido antes que eu pudesse escapar. Eu nunca admitiria isso, mas às vezes eu me sentia grata às pessoas que eram fãs de abraços. Tirava de mim a pressão para iniciar qualquer coisa, e era bom ser abraçada, mesmo que por alguns segundos, por alguém com quem você se importava. O problema era que minha lista de pessoas de quem eu queria um abraço era bem limitada.

Fiquei agradavelmente surpresa que, ao que parecia, Shani estava nessa lista. Eu retribuí com um tapinha rápido nas suas costas, enquanto ela se afastava.

— Muito obrigada por fazê-lo ir à clínica — ela disse. — Por conta própria, ele teria provavelmente voltado para casa, tomado uma dose de ibuprofeno e depois se perguntado por que ainda doía dias depois.

— Ah, não foi nada demais.

— Você quer ficar? Estamos assistindo *Sunset - Milha de Ouro*, mas poderíamos voltar ao primeiro episódio, se você quiser.

Todo esse tempo desde que eu estava de volta à cidade, conhecendo melhor meu irmão e sua quase noiva, não tinha me dado totalmente conta de como eles tinham uma vida inteira ali. Que era ali que eles moravam, e que tinham empregos, escola e programas que assistiam e... um ao outro.

Enquanto isso, eu estaria indo embora dentro de mais ou menos um mês, e não tinha realmente um lugar ali. Era legal da parte deles tentarem me incluir, mas eu não queria me intrometer.

— Na verdade, eu já chamei um uber para ir para casa — eu menti. — Talvez outra hora.

Eu me despedi e depois desci para a entrada do complexo de apartamentos, abrindo meu aplicativo para ver se havia algum carro por perto. Com certeza não era a minha maneira preferida de viajar, mas, se os últimos relatórios de crimes da empresa fossem verídicos, era relativamente seguro. Por precaução, enviei uma mensagem de texto para Conner com uma captura de tela da minha confirmação de viagem.

Felizmente, minha motorista tinha a atitude de quem estava parando para dar uma carona a uma colega de trabalho a contragosto. Ela mal falou comigo, o que significava cinco estrelas automaticamente para mim. Eu fiz com que ela me deixasse a um quarteirão da minha casa e andei o resto do caminho.

Tive que passar pela casa de Sam no caminho, o que não tinha sido de propósito, mas que me fez desacelerar. E se eu voltasse, só por um minuto? Para me desculpar por sair tão abruptamente (novamente), ou se me oferecesse para lavar o meu prato sujo, que ainda podia estar na garagem (provavelmente não; não pude deixar de notar que a pia dele estava muito mais limpa do que a minha)? Mas, em vez disso, continuei andando e passando por cima da gata, que estava de volta à minha garagem. Ela ficou de pé assim que passei, enrolando-se em minhas pernas enquanto eu destrancava a porta da frente e fazendo um movimento como se fosse correr para dentro.

— Desculpa, coleguinha — eu disse, impedindo o caminho dela com meu pé. — Esta não é sua casa.

Ela me deu um único miado, reclamando, e eu fechei a porta.

DOZE

Muito conveniente — para ele, é claro —, o pulso quebrado de Conner o impedia de ajudar na casa. Eu disse a mim mesma que precisava adiar a redação da tese para me concentrar na limpeza da cozinha. Agora que a maior parte dos móveis e das tralhas tinham sumido das principais áreas comuns da casa, faltava principalmente o trabalho pesado — limpar persianas, esfregar rodapés, raspar o que quer que estivesse preso ao fogão desde o início dos anos 2000.

Consegui o audiolivro do *Eu terei sumido na escuridão* no aplicativo da biblioteca, então eu estava parcialmente trabalhando. Se não trabalhando, pelo menos crescendo espiritualmente, que era como me sentia enquanto seguia Michelle McNamara em sua obsessão com o Assassino de Golden State. Algumas pessoas tinham *Comer, rezar, amar*. Eu tinha *Eu terei sumido na escuridão*.

Eu estava bem na parte em que ela revelava a origem do título do livro — um momento de arrepiar os ossos — e tentando carregar dois grandes sacos de lixo para fora de casa. Deixei a porta aberta porque minhas mãos estavam ocupadas, e por que não? Mas olhei para baixo bem a tempo de ver aquela gata safada passar ao redor dos meus pés e sumir para dentro de casa.

Merda.

Dessa vez, deixei a porta aberta de propósito, esperando que talvez ela saísse tão rápido quanto havia entrado. Mas, em vez disso, ela parecia já ter se escondido em algum lugar nos fundos da casa, porque eu fui de cômodo em cômodo e não a encontrei de jeito nenhum.

— Aqui, gatinha — eu disse, me sentindo como uma idiota. Eu fiz um som de *ps-ps-ps* com a língua contra os dentes, esperando que ela respondesse. Essas duas técnicas foram as únicas que aprendi assistindo TV, então, se elas não funcionassem, eu não tinha outras ideias.

Eu nunca havia tido um animal de estimação antes, exceto alguns hamsters e um peixe. Não tínhamos permissão para isso, quando morávamos nessa casa como uma família, porque meu pai disse que ele era alérgico. *Disse* — eu nunca tinha visto nenhuma evidência da alergia, mesmo nas raras ocasiões em que estávamos na casa de outra pessoa que tinha um cachorro ou perto de alguém cujas roupas estavam cobertas de pelos de gato. Oficialmente, ele *era* alérgico, mas eu tinha minhas suspeitas.

Uma vez que me mudei com minha mãe, pedi a ela para ter um gato. O que me interessava era um lindo azul russo que havia ido parar em um abrigo porque tinha o vírus da imunodeficiência felina, e eu tentei convencer minha mãe de como o abrigo fornecia tudo que era preciso para se levar o gato para casa.

— Sim, porque depois disso você pagará uma fortuna em contas de veterinário e medicamentos — ela havia respondido.

— Mas esse gato não merece alguém que cuide dele?

— Phoebe — ela disse, naquela voz que significava que não haveria mais discussão. — Você não vai trazer para casa um gato que está morrendo.

Tecnicamente, eu poderia ter apontado que estávamos todos morrendo, em um sentido existencial. Aquele gato acabou encontrando um bom lar — só não era o nosso. E, quando eu abordei a ideia de ter outro gato, um que *não* viesse com um diagnóstico conhecido, minha mãe também barrou a ideia.

Mais tarde, depois que eu já havia me mudado, ela conheceu meu padrasto, que trouxe consigo dois pastores australianos. Agora ela tinha um adesivo no carro que lhe dava o título de "mãe de cachorro", o que eu acho que significava que eu ainda não tinha um animal de estimação, mas, sim, dois meios-irmãos caninos.

— Boa gatinha — eu disse, e então, porque não me senti confortável dizendo algo que não queria, mudei: — Gatinha malandra, aqui, cadê você, sua gatinha malandra?

A porta do quarto de meu pai estava fechada desde que me mudei, então deixei aquele quarto de lado. Fechei a porta da frente e fiz outra varredura da casa, fazendo o máximo de barulho possível, porque percebi que não ia ser mais esperta que um gato, mas talvez eu pudesse assustá-la e tirá-la de seu esconderijo se ela achasse que o Godzilla estava vindo.

No meu quarto, fiquei de joelhos, inclinando a cabeça para olhar debaixo da cama. E, claro, olhando através da escuridão, viam-se dois olhos amarelos brilhantes. Sentei-me de pernas cruzadas no chão. De forma alguma iria enfiar minha mão debaixo da cama. Eu me lembrei daquela cena de *A história sem fim* em que Gmork sai da escuridão para lutar com Atreyu, e essa parecia uma situação semelhante. Eu a esperaria sair.

— Você não pode ficar aí para sempre — eu disse, e fiz uma careta quando me ocorreu um pensamento. — Por favor, não vá fazer suas necessidades aí, mocinha. Este é o meu quarto.

Eu me perguntei se tinham dado algum nome a ela. Olhei ao redor do meu quarto em busca de inspiração, da mesma maneira como os *hackers* de filmes fazem para descobrir a senha de uma pessoa, que costumava sempre ser o nome de seu livro favorito, deixado convenientemente na mesa de cabeceira. Meu olhar foi de imediato para o livro de Rasputin, que parecia inapropriado, então eu vi minha enorme coleção de Edgar Allan Poe e o nome perfeito veio até mim.

— Eleonora — eu disse suavemente, testando. — Venha, Eleonora, saia daí. Você não quer passar o dia inteiro debaixo da cama.

Exceto que, obviamente, era exatamente onde ela queria passar o dia. Eu peguei meu celular, amaldiçoando a tela rachada que tornava completamente inútil uma simples busca no Reddit sobre o que eu deveria fazer nessa situação. Eu ainda conseguia ler o texto, mas descer a página e navegar por todos os comentários era um pesadelo.

Em vez disso, tentei olhar minhas últimas mensagens de texto, procurando lembrar se alguma daquelas pessoas tinha um gato. Conner e Shani provavelmente me dariam conselhos com base em suas experiências como pais do peixinho dourado Hank, que era exatamente como Conner iria chamá-lo, eu tinha certeza. Troquei mensagens algumas vezes com outra mulher no meu programa de pós-graduação, mas era mais sobre a papelada que precisávamos entregar se planejássemos avançar em dezembro. Seria estranho invadir essa conversa agora com uma pergunta aleatória sobre um gato.

Depois, tinha a recente conversa com Alison, de quando trocamos números na biblioteca. Meu polegar ficou sobre o nome dela por um momento, antes de eu clicar para abrir a nova caixa de mensagem. Se eu pensasse muito sobre isso, não faria, então digitei minha pergunta rapidamente e cliquei em "enviar" antes que pudesse pensar duas vezes.

> Oi, você por acaso sabe alguma coisa sobre gatos?

A mensagem dela veio quase de imediato.

> Você acha que por eu ser uma bibliotecária lésbica, automaticamente sou fã de gatos? 🐱

E então:

> Sim, tenho dois. 🐱 🐱 Por quê?

Expliquei a situação da forma mais sucinta que pude. Alison respondeu:

> Ela provavelmente está com fome! Você tem uma lata de atum que possa abrir? Não a deixe comer direto da lata. Coloque algumas colheres em um prato e coloque-o no meio da sala para atraí-la para fora.

Quando o Assassino de Golden State estava invadindo as casas das pessoas, ele não recebia esse tipo de hospitalidade, mas tudo bem. Eu imaginei que podia ver como essa situação era um pouco diferente. Eu me inclinei para examinar se a gata ainda estava lá — sim, olhos amarelos brilhantes — e depois me levantei para checar se havia latas de atum na despensa.

Sem sorte.

Considerei minhas opções por um instante. Eu poderia tentar dar uma de She-Ra e erguer a cama, mesmo assim eu não estava confiante na minha capacidade de segurá-la e de alguma forma convencer a gata a sair. Eu poderia pegar uma vassoura e começar a esfregar ali embaixo, mas isso parecia desnecessariamente cruel. Eu poderia simplesmente desistir, trancar a casa, sair e deixar a gata tomar posse do local.

Por fim, fui até a casa de Sam.

Era lamentável que ele só tenha me visto no meu pior: calças de pijama manchadas de café ou camiseta do *Batman Forever*. Hoje, eu estava vestida para a limpeza, o que significava que estava usando uma calça jeans rasgada e uma camiseta da banda Metric da época do colégio, um tanto já pequena para mim. Eu até enrolei uma bandana no cabelo, porque isso era o que as pessoas que faziam faxina na TV sempre usavam.

— Ei — eu disse quando ele abriu a porta, mal respirando. — Posso pegar uma lata de atum emprestada?

Ele inclinou a cabeça.

— Não deveria ser uma xícara de açúcar?

— Gatos não devem comer açúcar — eu disse, abismada. — Tenho certeza de que é péssimo para o intestino deles.

— Espere — Sam disse. — Do que estamos falando?

— Apenas pegue o atum e venha — eu disse.

Eu não esperei por ele, mas deixei a porta entreaberta para que ele soubesse que estava tudo bem entrar. Eu estava preocupada de que Eleonora já tivesse se mudado, tornando muito mais difícil descobrir onde ela estava agora, mas, quando olhei debaixo da cama, lá estava ela.

No meu bolso, o celular vibrou indicando uma nova mensagem. Alison havia digitado:

> E aí??? Você conseguiu tirar ela? E, se sim, cadê a foto dela???

Não me preocupei em responder ainda. Era melhor esperar quando eu realmente tivesse uma atualização para compartilhar.

Sam apareceu na porta do meu quarto, hesitando no limiar como se fosse um vampiro que precisava ser convidado.

— Eu trouxe o atum — ele disse, segurando uma lata e outro objeto na outra mão. — E um abridor de lata. Só por precaução.

Eu fiz um gesto para ele entrar, e ele se juntou a mim no chão. Eu já tinha trazido um garfo e um prato da cozinha, então abri a lata de atum e coloquei um pouquinho no prato, esperando que parecesse apetitoso o suficiente para Eleonora se aventurar. Certamente cheirava forte o suficiente.

— Isso é um ritual satânico? — Sam perguntou. — Porque eu gosto que me peçam consentimento antes de participar dessas coisas.

— Shhh — eu disse. — Talvez devêssemos ir para trás, dar a ela algum espaço.

Eu me afastei, deslizando de volta no tapete até que minhas costas estivessem contra o armário. Sam se juntou a mim, inclinando a cabeça para tentar ver debaixo da cama. Eu poderia ter estendido a mão e despenteado o cabelo dele — ele estava tão perto. Foi preciso um enorme autocontrole — e eu me sentar em cima das mãos —, mas consegui resistir à tentação.

— Como ela foi parar lá embaixo? — Sam perguntou.

— Ela vem tentando entrar em casa ultimamente — respondi. — Hoje eu deixei a porta aberta e ela correu para dentro. Agora não quer sair de debaixo da cama, e eu não quero *machucar* ela, mas você sabe... E se ela fizer cocô lá embaixo, ou algo assim? Eu não quero ter que lidar com isso.

— Você deveria torcer pelo cocô — ele disse. — A alternativa pode ser mais difícil de eliminar o cheiro.

— Nossa, valeu — eu disse. — Realmente, grande ajuda.

Ele olhou em volta, como se estivesse observando o ambiente pela primeira vez.

— Este é o seu quarto de infância? — ele perguntou. — Tem muito preto aqui.

— Bem, eu não pintei de preto até ter catorze anos e poder fazer comentários enigmáticos sobre como eu queria que meu quarto combinasse com a minha alma. Quando este era realmente o meu quarto de *infância*, era perfeitamente normal, muito obrigada. Eu tinha uma borda de papel de parede com rosas e uma boneca American Girl na cômoda e tudo mais.

— Deixa eu adivinhar — ele franziu os olhos. — A Samantha.

— Nem todas as garotas morenas precisavam da boneca Samantha — eu disse, ofendida. — Mas, sim, era a Samantha. Ela tinha uma capa xadrez tartan muito legal e uma mala e era contra o trabalho infantil, então não pense que ela era apenas uma garota rica.

Sam levantou as mãos em rendição.

— Nunca.

— De qualquer forma, como você tem conhecimento sobre o catálogo da Pleasant Company? Não que meninos não possam brincar com bonecas, etc., mas você disse Samantha com o ar de um homem que sabia sobre Molly, Felicity, Addy, Kirsten, Josefina e Kit...

— Eu me perdi na Kit — ele disse. — Mas eu tenho irmãs. Eu sei de coisas.

Lembrei-me das fotos penduradas na casa dele, aquele monte de pessoas, todas sorrindo como se estivessem realmente felizes em passar um tempo juntas.

— Quantos irmãos você tem?

— Cinco — ele disse, e esse número me chocou, mesmo que eu estivesse me preparando para que fosse alto.

— Você vem de uma família de *seis* filhos? — eu perguntei.

Ele começou a contar com os dedos.

— Tara é a mais velha, depois Jack, Megan, eu, Erin e Dylan.

— E vocês são todos próximos?

Ele encolheu os ombros.

— Bem próximos, eu diria — ele disse. — Obviamente nós estamos espalhados agora. Crescemos em Chicago, e Tara e Megan ficaram por lá. Dylan ainda mora em casa. Jack está no exterior e Erin está fazendo pós-graduação em Seattle. Mas nós temos um grupo de WhatsApp.

Sabia.

— Você e Conner devem ser próximos — Sam disse. — O que ele acabou precisando na outra noite?

Eu fiz um sinal com a mão para ele não se preocupar.

— É uma longa história — eu disse, não querendo ter que explicar o pedido de casamento e o pulso quebrado. — Conner e eu, na verdade, não nos conhecemos tão bem. Temos uma diferença de idade de sete anos, e, desde que me mudei com nossa mãe quando ele tinha apenas seis anos e ele ficou aqui com nosso pai, não crescemos na mesma casa pela maior parte da nossa infância.

— Oh... — Sam levantou os joelhos, entrelaçando-os frouxamente com os braços, aparentemente pensando no que eu tinha dito. Éramos a personificação viva de uma citação de Tolstói — ele com sua família feliz e eu com a minha família infeliz. Ou talvez isso não fosse justo.

— Eu sei que isso parece com o enredo de *Operação Cupido* — eu disse. — Como se eles tivessem nos separado ou coisa do tipo. Mas cada um de nós escolheu com quem queria ficar. Meu pai sempre deixava Conner se safar de qualquer coisa — acho que foi por ele ser um menino e o caçula — enquanto comigo... bem, eu nunca senti que meu pai me *entendia*, eu acho, ou se importou em tentar. Foi uma escolha fácil para nós.

Eu nunca falara tanto sobre minha família com um desconhecido. Era uma experiência surreal, mas não negativa.

— Parece uma escolha difícil — Sam disse. — Vocês eram apenas crianças.

Seu rosto estava muito perto do meu, sua expressão muito simpática, seus olhos muito azuis. Fui salva de ter que dar qualquer resposta pela gata, que finalmente saiu de debaixo da cama, olhando para nós com cautela enquanto se aproximava do atum.

Coloquei minha mão no braço de Sam antes que eu pudesse pensar sobre isso. Sua pele ainda estava quente mesmo depois da breve caminhada até ali, os músculos de seu antebraço duros sob a ponta dos meus dedos. Eu queria deixar minha mão lá para sempre. Eu queria dar um aperto.

— Shhh — eu disse desnecessariamente. — Está funcionando.

Vimos Eleonora lamber o prato, como se ela quisesse experimentar o sabor da guloseima sem se comprometer totalmente. Eu me identificava.

— E agora? — Sam sussurrou.

Alison não tinha me dado o próximo passo. Tirei uma foto rápida de Eleonora, mandando com a pergunta de Sam.

> Assim que ela se acomodar um pouco, você poderá levantá-la com o prato e levar os dois para fora. Então deixe-a terminar seu lanche e pronto, ela está fora de casa.

Três pontos piscavam na tela indicando que ela estava digitando:

> Isto é, imagino que você não queira ficar com ela??? 🐱

— Eu não posso ter um *gato* — eu disse em voz alta.

— Por que não? — Sam perguntou. — Ela parece muito doce.

— Primeiro, ela não é minha.

— A vizinha alimenta todos os gatos de rua — Sam disse. — Assim como ela alimenta os pássaros e os esquilos. Eu não acho que ela tenha algum direito específico sobre essa gata em particular. Mas você pode perguntar. Ou colocar uma placa de Gato Encontrado e ver se alguém fala alguma coisa, se te fizer sentir melhor.

Pat parecia gostar muito mais de animais do que de pessoas. Eu não tinha dúvidas de que ela balançaria uma criança pequena na frente de um jacaré se algum aparecesse na rua. A ideia de perguntar a ela qualquer coisa me assustava um pouco. Mas a sugestão da placa não era ruim.

Porém, eu só ia permanecer ali mais um mês, e depois precisaria procurar outro apartamento na Carolina do Norte, o que, se tivesse um gato, significaria providenciar uma caução para animais de estimação apenas para me mudar novamente após me formar em dezembro. Não. Seria impossível.

Comecei a tentar pegar a gata, mas depois percebi que não tinha ideia da melhor forma de segurá-la. Deveria ficar em pé primeiro, para não ter que fazer isso *enquanto* segurava uma bola de pelos e garras? Mas, se eu fizesse algum movimento repentino, arriscava assustá-la e ver ela fugir para debaixo da cama? Tudo o que eu sabia sobre gatos sugeria que havia maneiras muito *certas* de lidar com eles, e maneiras muito *erradas*, e, se você caísse na última, corria o risco de se tornar um arranhador humano.

— Você pega a gata — eu sussurrei, como se ela pudesse processar nosso discurso — enquanto eu vou pegar o atum. Na contagem de três. Um, dois, três...

Deixei Sam se mover primeiro, para garantir que o animal fosse contido antes de eu alcançar a sua comida. Ele fez parecer fácil, colocando a gatinha em seus braços, fazendo um carinho no topo de sua cabeça enquanto ficava de pé. Ela esticou o corpo uma vez, como se estivesse tentando escapar, mas pareceu se acalmar quando ele começou a caminhar com ela em direção à porta da frente.

Eu segui logo atrás, colocando o prato de atum ao lado da garagem antes que a gata pulasse dos braços de Sam e descesse para a calçada para continuar sua refeição. Eu juro que ela lançou um olhar fulminante para nós dois antes de retomar seu foco na comida, como se dissesse: "Isso era necessário?".

— Obrigada pela ajuda — eu disse. — Se você esperar só mais um minuto, eu posso buscar o seu abridor enquanto Eleonora está distraída.

Corri de volta para apanhar o abridor no meu quarto, deslizando para fora em seguida como se a gata fosse tentar forçar a entrada a qualquer momento.

— Aqui está.

Sam pegou o abridor de lata sem realmente olhar para ele.

— Eleonora?

A bandana ao redor do meu cabelo ficou torta durante toda a ação, e eu dei um puxão meio embaraçado para ajeitá-la.

— Eu tive que chamá-la por algum nome — eu expliquei.

— E *O corvo*[34] é um clássico.

Eu olhei para baixo e, de alguma forma, entre eu entrar e sair, Eleonora havia comido o prato inteiro de atum. Não tinha sido muito, mas, ainda assim — num minuto ela estava lambendo discretamente ao redor da borda, e no minuto seguinte já tinha devorado o resto. Ela se deitou de bruços ao lado do prato, dando um grande bocejo.

Meu celular vibrou e eu o tirei do bolso.

Então você vai ficar com ela? 🐱 🖤

Alison era exigente com letras maiúsculas e pontuação, o que não parecia surpreendente dada a sua profissão, mas ela também mandava muito mais *gifs* e emojis do que eu esperava.

— Desculpe — disse a Sam enquanto digitava:

Eu não saberia por onde começar.

— Minha amiga está insistindo para que eu fique com ela, o que é hilário, já que a razão principal pela qual eu lhe mandei uma mensagem foi para perguntar como *tirar* a gata de casa.

Me surpreendeu a facilidade com que essa descrição de Alison tinha irrompido da minha boca. *Minha amiga*. Tecnicamente, ela era a amiga mais antiga que eu tinha, e trocar algumas mensagens de texto foi um longo caminho para fazer parecer que, afinal, poderíamos ter um lugar na vida uma da outra.

---

34 Poema narrativo de Edgar Allan Poe, escrito em 1845.

> Humm, se ao menos houvesse um lugar onde se pudesse ir para obter informações... um lugar que tivesse livros gratuitos sobre todos os tópicos que você pudesse pensar...

Sorrindo, digitei, só para provocar:

> A internet?

Coloquei meu celular no bolso, respirando fundo enquanto considerava todas as partes da loucura que estava prestes a cometer.

— Está a fim de ir à biblioteca?

TREZE

Eu e Sam marcamos de nos encontrar em meia hora na frente da minha casa para irmos à biblioteca. Ele disse que iria pegar seus livros e terminar algumas coisas, e eu precisava desesperadamente de um banho e uma troca de roupa antes de encontrar outras pessoas.

Eu disse a mim mesma que pegar um ou dois livros sobre como cuidar de um gato não era tão absurdo assim. Não era como se eu estivesse tricotando um suéter. Ler sobre a posse de gatos me daria uma ideia do que esperar, caso eu decidisse ter um animal de estimação no futuro.

Além disso, eu realmente precisava sair de casa.

Também não havia nenhuma razão específica para eu me vestir um pouco melhor do que faria normalmente, com uma camisa preta com decote em V, sem estampas dessa vez, que coincidentemente insinuava meu decote. Apliquei um pouco de delineador e batom vermelho antes de decidir que os dois juntos eram demais e acabar limpando o batom.

Eu estava cansada do meu penteado habitual, mas também constrangida com a ideia de usar o cabelo solto na frente de Sam, para não parecer que eu estava me esforçando demais ou fazendo referência propositadamente à nossa conversa em sua garagem. Então, em vez disso, eu fiz uma trança solta sobre os ombros.

Sam já estava me esperando quando eu saí. Se eu não estava enganada, parecia que ele também tinha se esforçado um pouco. Ele tinha feito algo com o cabelo, pelo menos, para que ainda parecesse desgrenhado, mas não tanto quanto normalmente. Eu nunca diria isso a ele, mas eu meio que gostava da desordem.

— Pronto? — perguntei bruscamente.

Ele ergueu seus livros, os mesmos com os quais eu o tinha visto naquele dia em que minha bateria pifou.

— Como eu sempre estarei.

Destranquei o Camry e abri a porta do lado do motorista, esperando até que ele se instalasse no banco do passageiro antes de dizer:

— O que isso significa? Se você precisar de mais tempo antes de sairmos, é só dizer. Ou eu posso ir até lá sozinha — não é como se eu *precisasse* que você viesse.

Ele riu um pouco.

— É algo que meu pai diz. Se você perguntar se ele está pronto, não importa o que aconteça, ele responderá: *Como eu sempre estarei*. Eu nem percebi que saiu da minha boca.

— Ah!

Meu pai também tinha dessas. Pequenos ditados ou falas que ele usava em certas situações — talvez essa era a razão pela qual as "piadas de tiozão" existiam. Por exemplo, se você dissesse que estava com fome, ele diria: "Mata um homem e come", ou se você dissesse que ia entrar no computador, ele diria: "Por favor, não se vá". Quando pensava no meu pai, era sempre como um homem quieto e sério, propenso a acessos de raiva, mas ele realmente tinha um senso de humor bastante seco. Ele podia ser meio bobo também. Se encontrasse um sapo na casa — e era a Flórida, os sapos estavam sempre entrando na casa de alguma forma —, ele o capturaria em um copo e o soltaria do lado de fora. "Se você ama algo, deixe-o ir", ele diria com seriedade exagerada. "Só espero que você não volte para nós, meu amigo sapo, porque tudo o que tem aqui para você é água do banheiro."

— Fico feliz que tenha me pedido para ir com você à biblioteca — Sam disse. — Vou devolver este material mais cedo pela primeira vez.

— Sim, eu preciso renovar o meu. — O que eu poderia ter feito facilmente on-line, mas esperava que ele não mencionasse isso.

Mas, em vez disso, ele perguntou:

— Você se importa? — E sua mão apontou para a minha sacola, e eu balancei a cabeça. Ele tirou o livro da filha do Sunrise Slayer, virando-o para ler a contracapa.

Eu me preparei para o comentário inevitável sobre o quão sombrio era o assunto, quão fodido seria descobrir que seu pai era um *serial killer*. Mas Sam acabou produzindo um som ambíguo no fundo da garganta, deixando o livro no colo enquanto olhava pela janela.

— Sua tese é sobre a relação entre autor e assunto no *true crime* — Sam disse finalmente. — Certo?

— Em poucas palavras — assenti.

— Então, que tal esse assunto para você? Qual é a sua relação com isso? — Sua voz era curiosa, não acusatória, mas eu ainda sentia uma resistência imediata às perguntas. Foi uma reação instintiva depois de uma vida inteira sendo uma pessoa incrivelmente reservada. Sam deve ter visto um pouco disso cruzar meu rosto, porque ele se apressou em acrescentar: — Desculpe. Se isso é algo sobre o qual você não quer falar, não precisa.

— Não — eu disse, as palavras saindo lentamente, como se ainda estivesse considerando-as. — Está tudo bem. É uma pergunta justa. Eles provavelmente irão fazer no dia da minha defesa.

— É quando você apresenta seu trabalho na frente de seus professores?

— Minha banca, sim — eu disse. Esse tinha sido o meu mundo inteiro por tanto tempo, às vezes era difícil lembrar quais partes dele eram conhecidas por pessoas fora da academia e quais detalhes esotéricos seriam perdidos sem explicação. — Basicamente, a banca é formada por minha orientadora principal e outros três professores. Eu apresento toda a minha pesquisa na frente deles e de qualquer pessoa que queira participar, e qualquer pessoa na plateia pode me fazer perguntas. Então o público sai e ficamos só eu e a banca, e eles podem me perguntar o que quiserem — não apenas sobre minha tese, mas sobre qualquer coisa que estudei nos últimos cinco anos e meio.

— Uau. Isso parece intenso.

— Alguns anos atrás, um cara começou a chorar porque lhe perguntaram todo tipo de coisas sobre a Revolução Francesa e ele tinha feito apenas uma aula de literatura francesa no segundo ano. Eu acho que o professor estava agindo como um grande filho da puta de propósito, no entanto — geralmente eles não estão tentando te prejudicar. Pelo menos espero que não.

Sam estava passando um dedo pelas páginas do livro, o barulho suave soando estranhamente reconfortante.

— Então, depois disso, você tem o título de doutora?

— Tecnicamente, não até depois da formatura — eu disse. — Mas a defesa é o marco maior, com certeza. Depois de aprovado, você só tem que se preocupar com questões logísticas, como a formatação final e garantir que pagou todas as multas de estacionamento.

Ano passado, fui ao maior número possível de defesas de teses que pude, tentando ter uma ideia do que esperar na minha vez. Eu tinha ficado intimidada com os exames abrangentes que tive de fazer há alguns anos, mas, na verdade, estava ansiosa pela minha defesa. Era estressante a ideia de todo esse tempo, esforço e trabalho culminando em duas horas de "ou você nada, ou se afoga", mas eu adorava falar sobre *true crime* e como suas convenções de gênero mudaram no último século. Eu me sentia pronta.

Na verdade, se eu pudesse pular para essa parte sem ter que realmente terminar a tese em si...

Percebi que não havia respondido à pergunta inicial de Sam sobre por que fui atraída pelo assunto, mas também não tinha uma resposta satisfatória e consistente. Liguei o rádio na estação alternativa local, baixando o volume para que pudéssemos conversar tranquilamente.

— O que fez você se tornar um professor de música?

— Minha avó ensinava piano — Sam disse. — Ela deu aulas para todos nós, quando crianças, mas eu fui o único que persistiu. E então eu fiz orquestra no ensino fundamental, tocando violino, antes de mudar para a banda do ensino médio como baterista. A música foi a coisa mais constante da minha vida, sabe? Minhas notas estavam boas ou ruins, eu tinha amigos ou não tinha amigos, não importava. Eu sempre tive música.

Eu dei uma olhada na sua direção. Ele havia parado de folhear as páginas do livro, mas o segurava com tanta força que os nós de seus dedos estavam brancos. Eu gostava do jeito como ele falava sobre música, do quanto ele obviamente se importava.

— Difícil acreditar que você já teve falta de amigos — eu disse. Se Sam, o garoto, era algo parecido com Sam, o adulto, era difícil imaginar alguém não se dando bem com ele.

— Na sexta série, eu ainda usava shorts *muito* curtos — ele disse. — Minha mãe separava minhas roupas todas as manhãs antes da escola. Eu nem prestava atenção nos detalhes. Minha camiseta favorita era uma do museu do *Titanic*.

Tentei não sorrir.

— Na terceira série, eu disse a toda a turma que estava morta.

— Então você era um fantasma? Ou foi mais estilo *Um morto muito louco*?

— Eu nem me lembro. Só queria que as crianças me deixassem em paz.

A vaga em que estacionei da última vez em que fui à biblioteca estava livre, mas eu parei algumas vagas abaixo, porque eu tinha momentos aleatórios de superstição que me faziam acreditar em azar. Uma vez eu estava vestindo uma saia nova no dia em que colidi com o para-choque de outro motorista e nunca mais usei a saia.

— Suas luzes estão apagadas? — Sam disse, aparentemente pensando também na última vez em que estivemos ali.

— Ha-ha — eu disse, mas verifiquei, só para ter certeza.

Dessa vez, quando entrei e vi Alison colocando DVDs na prateleira na seção de mídia, eu fui imediatamente até ela dizer "oi".

— Sabia! — ela disse assim que me viu. — Seção seiscentos e trinta e seis no andar de cima, criação de animais. Nós definitivamente temos livros sobre gatos. A menos que você queira um da seção juvenil? Eu não estou tirando sarro, alguns deles são melhores porque resumem apenas o básico. E eles têm muitas fotos.

— Acho que consigo lidar com um livro adulto — eu disse secamente. Eu podia ver Alison olhando curiosamente atrás de mim, então gesticulei para Sam. — Este é meu vizinho, Sam. Sam, esta é minha amiga, Alison.

Se hesitei um pouco sobre a palavra *amigo*, eu esperava que nenhum dos dois tivesse percebido. Sam ergueu a mão em um aceno, mas Alison já estava oferecendo a dela para um cumprimento.

— Oi, Sam — ela disse. — Já te vi por aqui. Como está... — ela se conteve, levando os dedos à boca como se estivesse passando um zíper. — Desculpe. Não deveríamos falar sobre o histórico de *checkout* dos clientes na frente de outros clientes. Juro, é a primeira aula na faculdade.

— Tudo bem — ele disse. Então se virou para mim. — Sua amiga me ajudou a encontrar um livro sobre soldagem da última vez.

— Uau — eu disse. — Eu acho que falei soldadura na minha cabeça a vida inteira. Realmente não rima com envergadura. Você tem certeza?

O canto da boca dele se levantou em um sorriso.

— Absoluta.

— Eu estava escrevendo um soneto para você, mas isso realmente vai quebrar toda a rima.

Era apenas uma piada — obviamente, eu não estava escrevendo um *soneto* para ninguém, eu não escrevia um poema desde o meu segundo ano do ensino médio, quando meu poema *Indifernça*, erro de digitação e tudo mais, foi selecionado para ser publicado em uma antologia Poetry.com, disponível para mim e meus entes queridos pelo preço módico de sessenta dólares. Eu quase comprei uma cópia. O poema era repleto de imagens invernais e incluía as últimas linhas: *E enquanto me ajoelho/sinto apenas indiferença*. Eu fiquei muito orgulhosa dele na época.

Mas só depois de falar é que percebi o que toda a piada havia implicado — que eu estava escrevendo um poema para Sam, que pretendia usar a palavra *envergadura*, presumivelmente para descrevê-lo...

Não era de admirar que suas bochechas parecessem um pouco rosadas.

Alison estava me dando uma olhada significativa, e eu sabia que tentar me explicar só pioraria as coisas, então tentei mudar de assunto.

— Então, livro de gatos. Andar de cima?

— Sim — ela respondeu, dando a Sam um amplo sorriso. — E para um veterinário, eu recomendo a clínica da esquina da Preston com a Crosby. Se você informar que ela é um animal perdido ou resgatado, eles lhe darão um desconto nas vacinas iniciais básicas.

— Eu provavelmente não vou ficar com ela — eu disse. — Só pensei em ler sobre o assunto.

— Uh-hum.

— Eu gosto de ser uma pessoa informada.

Alison fez contato visual com Sam, de pé atrás de mim, e revirou os olhos. Eu me virei para vê-lo sorrindo, e, quando lhe lancei um olhar de traição, ele apenas encolheu os ombros.

— Ela chamou a gata de Eleonora — ele contou à Alison.

— Oh, meu Deus — Alison disse. — Lembra daquele diorama que você fez de *O coração delator*? Você achou um jeito de fazer o barulho de relógio e tudo mais.

— Era apenas um velho temporizador de cozinha — eu murmurei.

— Há quanto tempo vocês são amigas? — Sam perguntou, olhando para nós duas.

Não era para ser uma pergunta complicada. Alison e eu nos conhecemos na quinta série e viramos melhores amigas imediatamente, o que fez com que passássemos os três anos seguintes tentando o máximo possível cair nas mesmas turmas, trocando bilhetinhos e dormindo na casa uma da outra. Mesmo depois que me mudei com minha mãe e fui para uma escola secundária diferente, ficamos em contato por alguns anos, até "o incidente". Então eu imaginei que fomos amigas por cerca de cinco anos ou mais, e talvez novamente agora por algumas semanas, então como você soma isso com precisão? Era como um problema de matemática em que qualquer resposta estava errada.

— Quase vinte anos — Alison respondeu facilmente. — Nos conhecemos no final do ensino fundamental. Eu tinha acabado de me mudar para cá e todas as outras crianças zombavam de mim por causa... bem, um misto de coisas, incluindo racismo e por terem opiniões diferentes quanto às minhas escolhas de óculos. Phoebe me viu sozinha no almoço um dia e se sentou ao meu lado.

— A mesa em que eu sentava só tinha fãs dos Backstreet Boys — eu disse. — Estava cansada de argumentar que *N Sync era melhor. Era exaustivo estar certa o tempo todo.

— Aham. Entretanto, eu não ouvia nenhuma dessas bandas.

— "Ser ignorante não é tanto uma vergonha" — citei — "quanto não estar disposto a aprender." Você me deixou tocar o álbum *No Strings Attached* para você.

— Tanto faz — Alison disse, direcionando a conversa novamente para Sam. — A questão é que Phoebe foi gentil comigo em um momento em que ninguém mais era.

Minha pele estava toda formigando, e eu podia sentir a atenção de Sam em mim. Eu não o tinha apresentado à Alison para que ela pudesse servir como testemunha de caráter, mas era o que parecia.

— Ok, bem — eu disse —, vocês podem continuar vagando pela trilha da memória se quiserem. Enquanto isso, se alguém precisar de mim, estarei lá em cima na criação de animais.

Fui em direção à enorme rampa que levava ao primeiro andar sem esperar por uma resposta, mas ouvi Alison dizendo, "A clínica da esquina!". E então a ouvi se desculpar, provavelmente por quebrar a regra Número Um das bibliotecas em todos os lugares do mundo, ao levantar a voz. Sam me alcançou facilmente, andando ao meu lado enquanto subia.

— Sua amiga Alison é ótima — ele disse. — Eu a vejo o tempo todo quando venho aqui, mas nunca falei com ela nada além de assuntos gerais relacionados à biblioteca.

— Na verdade, éramos amigas quando crianças — eu disse. — Mas não mantivemos mais contato desde o ensino médio. Só começamos a conversar novamente porque estou na cidade e mandei algumas perguntas para ela sobre a gata.

Eu não sabia por que era tão importante para mim esclarecer qualquer um desses pontos para Sam. Eu estava preocupada de que, ao falar com Alison, talvez ele tivesse a impressão de que eu fosse uma amiga leal e de bom coração que estava ao lado dela desde a quinta série, e eu me sentiria culpada se não corrigisse isso agora. Podemos ter tido uma amizade digna de *O Clube das Babás* quando éramos crianças, mas a história mais recente era muito mais difícil.

Vagueei pelo corredor 636, parando quando vi todos os livros sobre animais de estimação. Havia pelo menos dezoito, todos intitulados GATOS, então segui meus instintos e peguei o mais grosso, imaginando que seria o mais abrangente.

— Parece que você tem algumas raízes aqui — Sam disse. — Entre Alison e seu irmão… você já pensou em voltar definitivamente?

— Não. — Folheei o livro com os olhos vidrados enquanto ele mostrava várias raças em detalhes e descrevia gatos famosos ao longo da história. Talvez uma abordagem enciclopédica fosse exagero. Coloquei o livro de volta e selecionei outro.

— E se você encontrasse um emprego? — ele perguntou.

— Ou conhecesse alguém?

— Empregos e pessoas existem em todo o mundo — eu disse, com minha atenção dividida —, sem que eu precise recorrer à Flórida. Ei, você sabia que os narizes dos gatos são tão únicos quanto as impressões digitais humanas? Eleonora não vai se safar de uma invasão de propriedade sob o meu controle.

— Se a primeira ofensa recebe atum, o que a segunda ofensa recebe? Erva de gato?

Comecei a rir, apenas para perceber que a expressão de Sam parecia fechada e não tão alegre quanto eu teria imaginado, dado o seu comentário. Suas mãos estavam nos bolsos e ele estava franzindo a testa para os livros de cães. Ou, assim como eu, ele achava que *Marley & eu* era emocionalmente manipulador ou eu tinha feito merda em algum momento.

— Desculpe — eu disse. — Isso saiu realmente uma merda. Eu sei que você mora aqui por escolha. Eu só... não tenho lembranças superfelizes do meu tempo aqui, eu acho.

Seria tão fácil se perder nos olhos dele. Provavelmente era em prol da saúde pública que ele deixava o cabelo cair sobre eles metade do tempo, como se usasse óculos de eclipse para proteger as retinas de queimar. Apesar de que isso seria como o sol usando os óculos? Eu me perdi no meu próprio símile. Ele retirou a mão do bolso, pegando... a minha mão? Eu não estava procurando simpatia, mas também não podia negar a maneira como minha respiração ficou presa na garganta, enquanto esperava que ele fizesse contato.

Um livro. Ele estava pegando um livro fino de lombada verde, um gato fofo, laranja e branco, olhando diretamente para fora da capa com olhos âmbar. Prometia ser um manual completo para donos de animais de estimação e foi, surpreendentemente, traduzido do alemão.

— Publicado há quase dez anos — eu disse, abrindo as primeiras páginas. — E se não tiver nada sobre as últimas atualizações em tecnologia para gatinhos? Eleonora pode querer o ponteiro laser de alta tecnologia que todos os outros gatos têm e eu não faço nem ideia.

— O básico permanece o mesmo — Sam disse. — Comida, água, caixa de areia, cuidados veterinários. Amor. É isso.

Amor. O jeito como ele disse a palavra amor fez meu estômago revirar. A pausa antes, como se fosse o mais importante de todos. O que era estúpido, porque obviamente um gato podia morrer por falta de comida ou água, ou falta de acesso ao veterinário. A falta de uma caixa de areia significaria certamente que eu teria que lidar com alguma merda tóxica no meu tapete. Mas ninguém morria de falta de *amor*.

— Tudo isso — eu disse — e provavelmente nunca mais a verei de novo. Ela vai achar outra casa para invadir. Ela é selvagem, vai ficar vagando pelas ruas.

— Ela vai voltar.

— Tudo bem se ela não voltar — eu disse. — Eu nem mesmo sei se quero um gato.

— Phoebe — Sam disse. — Eu prometo. Eleonora vai voltar.

♡ ♡ ♡

Mas ela não voltou, pelo menos não naquela noite. Eu dei a ela uma lata inteira de atum — ok, Sam deu — e a criatura ingrata nem ficou para ver se teria mais.

Depois da biblioteca, eu me despedi de Sam e voltei para casa. Não necessariamente porque queria, mas porque sabia que não iria escrever nunca se continuasse com ele. Agora que eu tinha superado o *talvez ele seja um serial killer*, ele estava rapidamente se tornando minha pessoa favorita para passar o tempo. Ele era menos irritante do que Conner, menos indutor de culpa do que Alison e quase sempre agradável de olhar.

Eu estava começando a me perguntar como seria ter um caso com o vizinho pelo meu tempo restante ali, o que era uma má ideia em vários níveis.

Primeiro, eu já tinha coisas demais para fazer no momento. Ainda não tinha terminado a porcaria do capítulo sobre Capote, e a doutora Nilsson já começara a enviar *e-mails* a respeito que continham apenas pontos de interrogação. Eu ainda tinha muito trabalho a fazer na casa do meu pai, incluindo um esquema estúpido que inventei para pintar toda a área comum nesse fim de semana para refrescar o lugar. Em defesa do meu Eu-Passado, isso foi quando eu pensei que teria a ajuda de Conner. Agora que ele estava lidando com um pulso fraturado, parecia cruel lhe pedir para tentar empunhar um rolo de tinta em sua mão ilesa. Cruel e, mais importante, não propício para obter um acabamento nas paredes digno da qualidade de *Irmãos à Obra*.

Segundo, eu tive "casos" no passado e sempre acabei insatisfeita. Eu não expressava meus sentimentos da maneira que a outra pessoa queria, ou simplesmente não expressava nada. "Às vezes parece que você não precisa de mim", um cara com quem namorei por seis meses depois da faculdade reclamou uma vez. *Isso é porque eu não preciso*, eu queria dizer, e estava muito orgulhosa da minha maturidade emocional na época ao perceber que não deveria realmente dizer isso em voz alta. Ainda assim, terminamos algumas semanas depois.

Casos eram melhores porque eu não precisava fingir ser alguém que eu não era. Mas eles muitas vezes me deixavam sem sentir nada — apenas vazia e vagamente triste, como quando você passa a noite com a TV ligada em canais aleatórios, deixando que programas ruins tomem conta dos seus neurônios, e na hora isso até é bom, mas depois é como, porra, que desperdício de noite!

Era difícil imaginar me sentindo assim com Sam.

Ainda assim, por que arriscar? E isso tudo se ele estivesse a fim, o que parecia um grande *se* neste momento. Às vezes eu tinha certeza de que as faíscas também estavam partindo dele. Não tinha como *acidentalmente* comer um KitKat de um jeito insinuante, tinha? E, é claro, elogios ao cabelo de quase estranhos não eram à toa, certo?

Mas Sam complicou tudo apenas por ser um *cara legal*. Ele tinha cortado o gramado para o meu pai, então eu não podia considerar isso agora como nada mais do que um gesto de vizinhança. Eu tinha entrado de penetra na festa dele. Tinha pedido a ajuda dele com o carro. Eu o fiz vir em casa para me ajudar a atrair um gato.

Quando eu juntava tudo, era como se estivesse me jogando para cima dele. Nojento.

Eu não queria ter um caso com meu vizinho. Assim como não queria um gato, eu não queria ser amiga de Alison novamente, não queria ficar ali mais tempo do que o necessário.

Era cansativo, não querer coisas.

CATORZE

A corretora de imóveis recomendou que as paredes fossem pintadas em um bege-claro básico, apenas num tom suficiente para parecer uma escolha de design, para que os interessados não tivessem uma reação negativa quanto à escolha da cor. O importante é que eles conseguissem imaginar a cor que quisessem nas paredes.

— Mas se eles vão repintar de qualquer maneira — eu disse —, por que se preocupar?

— Você vai precisar de toda a ajuda que conseguir — ela disse, num tom de voz que entregava um leve aborrecimento. Às vezes, ela fazia com que fosse difícil esquecer que só tinha concordado em aceitar a casa como um favor — porque conhecia meu pai. Até onde eu sabia, ela levaria seus seis por cento, não importa o que acontecesse, então chamar de "favor" parecia errado.

— Quero dizer, eu planejei *limpar* as paredes...

— A menos que você esteja planejando fazer algo sobre o azulejo no banheiro de hóspedes e os armários da cozinha — ela disse —, eu recomendo no mínimo a pintura.

Claramente não fazia sentido discutir. Depois que desligamos, fui ao banheiro, tentando descobrir o que havia de errado com o azulejo. Era velho, claro, mas eu limpei a argamassa com uma escova de dentes e achei que parecia muito bom.

Os armários da cozinha eram outra história. Tratava-se de uma imitação de laminado de madeira horrível que devia ter sido instalado quando da construção original de 1978. Ninguém iria postar uma foto no Instagram cozinhando na frente deles.

E, uma vez que fui realmente comprar a tinta, eram muitas as opções. Pérola Polida, Palomino Pálido, Seda Suave e outras opções semelhantes. Pensei em escolher uma chamada Cadarço, apenas para ser passiva-agressiva, mas optei por Linho Branco. Pelo menos parecia elegante.

Eu estava carregando minha segunda rodada de sacolas da loja de materiais de construção quando Sam parou em sua caminhonete. O profissional neutro estava de volta, o que significava que ele estava vindo da loja de música. Se eu não tivesse cuidado, começaria a desenvolver um fetiche por calças cáqui.

— Você está pintando? — ele chamou de sua garagem.

Aparentemente, o rolo de pintar debaixo do meu braço era revelador.

— Sim.

— Conner e Shani estão vindo para ajudar?

— Shani tem plantão no hospital — eu disse —, e Conner se ofereceu, mas ele continua de molho por causa do pulso fraturado. Pintar não parece ser a melhor ideia... para ele ou para as paredes.

Ele ficou lá por um momento, balançando as chaves na mão.

— Legal — ele disse finalmente. — Eu vou aí em um segundo.

— Não — eu disse. — Você não precisa...

Mas ele já havia desaparecido dentro de sua casa. Puta merda. Isso era o *oposto* do que eu havia resolvido fazer. Pelo menos *eu* não havia pedido ajuda. Então não contava, certo?

Eu tinha acabado de conseguir forrar o rodapé de uma parede com fita azul brilhante quando ouvi a batida na porta e gritei para Sam entrar.

— Por que — eu disse sem me preocupar em olhar para cima — ninguém te diz *quanto tempo* leva o trabalho de preparação? Isso é como um problema de matemática do inferno. *Qual é o perímetro desta sala e quantas vezes você pode colocar a fita por todo o perímetro antes de querer morrer?* E a resposta, aparentemente, é zero ponto duas vezes.

— Vou te contar. — Sam começou a levantar a fita que eu já havia colocado, e eu dei um grito involuntário de indignação.

— Deixe-me cuidar do acabamento. Você pode trabalhar com o resto usando o rolo. O que acha?

Olhei para cima, com a intenção de reclamar da maneira como ele assumiu o controle, da maneira como ele havia desfeito o duro trabalho que eu tinha conseguido fazer até então. Mas, em vez disso, fiquei chocada e em silêncio. Eu o tinha visto descalço no meio da noite; tinha-o visto em seu uniforme sem graça para ensinar crianças a tocar *Come as You Are*, ou seja lá qual fosse a música da vez.

Mas eu não estava esperando por *isso*.

— Você está usando um macacão?

Ele olhou para baixo verificando sua roupa.

— Sim.

— Com seu nome?

Ele bateu no emblema em seu peito, onde se lia *Sam* bordado com letra cursiva em vermelho.

— Você só está com inveja por não ter uma roupa para pintar personalizada.

Um pouquinho. Eu estava com uma regata do *Cemitério maldito* de Stephen King, cavada o bastante para deixar à mostra um pouco do meu sutiã, e shorts jeans. Eu não esperava que mais ninguém viesse, muito menos Sam, então não me preocupei com a aparência. Agora a roupa parecia provocativa. Verifiquei qual sutiã eu estava usando, sob o pretexto de limpar meu braço na testa. Pelo menos era um dos bons — roxo néon e enfeitado com renda.

Sam derramou a tinta em uma bandeja para mim e em um copo plástico para ele, e imediatamente começou a trabalhar. Não demorei muito para perceber por que Sam havia arrancado a fita. Ele era *bom*. Tipo, linha perfeitamente reta, sem respingos, metódico em cada movimento, *bom*.

Eu deveria ter começado a pintar, mas não conseguia desviar o olhar. Era hipnotizante vê-lo trabalhar. Sam tinha se apoiado num joelho, seu braço segurando o copo de tinta sobre ele, enquanto se inclinava para pintar uma faixa de Linho Branco na parte inferior da parede.

— Você manja — eu disse.

— Quê?

Eu fiz um gesto em direção ao trabalho que ele estava fazendo, mesmo que Sam estivesse olhando para a parede e não para mim.

— Você é muito bom nisso. É outro dos seus trabalhos extras?

Finalmente, ele pareceu cometer um erro, uma única gota de tinta escorrendo pelo rodapé. Ele limpou com o polegar, depois limpou o polegar na perna de seu macacão.

— Eu costumava — ele disse. — A-Mais Pintores, no verão após o ensino médio e depois nos fins de semana e férias dos meus dois primeiros anos de faculdade.

— E eles deixam você ficar com seus macacões?

Havia algumas manchas de cor aqui e ali no tecido azul-marinho, eu notei, mas não tanto quanto eu poderia esperar de um pintor profissional. Ou talvez fossem todos os programas de TV que me deram uma visão errada.

— Na verdade, eu comprei esse — ele disse. — Para quando eu... — Ele parou, franzindo a testa para o canto da parede em que estava usando o pincel. Do meu ângulo, a tinta parecia boa, então eu não conseguia descobrir por que ele tinha parado.

Ou talvez ele estivesse esperando que eu realmente fizesse algum trabalho na minha própria casa. Peguei um rolo e o carreguei com tinta, começando a pressionar listras de Linho Branco na parede.

— Se você não terminar essa frase — eu disse —, já sabe que na minha cabeça vai ficar algo como *para quando estou jogando um corpo humano no banho de ácido*.

Ele deu uma risada suave.

— Eu não acho que este tecido seja fabricado para suportar banhos de ácido — ele disse. — Não, eu tive essa ideia um ano atrás, mais ou menos. Um projeto de tentar fazer minhas próprias guitarras. Então eu o comprei para o projeto, porque pensei que seria legal ter um uniforme apropriado com o qual eu pudesse trabalhar sem precisar me preocupar se o manchasse de tinta, verniz ou cola.

— Você faz suas próprias guitarras?
— Na verdade, não — ele disse. — Não deu certo.
Pensei na garagem dele, naquelas partes que haviam sobrado, como se estivessem sendo remontadas.
— Você é um grande nerd — eu disse, como se fosse uma revelação. Meio que foi. Qualquer um que tivesse tentado *fazer* seu próprio instrumento, chegando ao ponto de comprar seu próprio uniforme de trabalho para isso, definitivamente, a meu ver, qualificava-se como um nerd.
— Sim — ele disse —, me disseram isso.
Algo na maneira como ele falou, algo na postura resignada de seus ombros, me disse que talvez ele não tivesse interpretado meu comentário como a piada que eu quis fazer.
— Isso não é uma coisa ruim — eu esclareci. — Eu tenho uma planilha inteira dedicada aos episódios de *Desaparecidos*, onde pesquiso os casos no Google a cada poucos meses para ver se eles já foram resolvidos e o que aconteceu com as pessoas. Música soa como uma obsessão muito mais saudável.
— Falando nisso — ele disse —, podemos colocar um pouco de música enquanto pintamos. Se você quiser.
Nunca deixe que digam que eu não poderia aceitar uma dica para calar a boca. Eu só tinha meu celular, e tentei colocá-lo em um copo plástico vazio para amplificar o som, mas, depois de apenas duas músicas da minha playlist, ele disse que não ia rolar e correu até sua casa para pegar um alto-falante bluetooth. Enquanto ele estava fora, verifiquei meu celular e vi que Conner tinha enviado algumas mensagens de texto.
Lia-se na primeira mensagem:

Eu posso ir ajudar se você quiser.

E depois:

Ficaria feliz em segurar uma escada para apoio moral.

Então, vários minutos depois:

> Isso provavelmente não parece muito seguro, hein?

Meia hora antes, eu teria aceitado a oferta de Conner. Se por nenhuma outra razão, eu sentia o descontentamento de uma irmã mais velha por vê-lo se livrar de fazer algo que eu ainda tinha que fazer. Mas Sam estava de volta, seu cabelo já grudando um pouco na testa por causa do suor, seu sorriso genuíno enquanto colocava o alto-falante na minha mesa. E então eu mandei uma mensagem:

> Não, está tudo bem. Tudo sob controle. Você pode me trazer o almoço amanhã se estiver se sentindo realmente culpado. E é melhor acreditar que espero que você ajude a repintar meu quarto.

Então adicionei uma linha de emojis de caveira. Aquele preto ia demorar muito para ser coberto.

Sam e eu entramos em um ritmo com nossa pintura, trabalhando em paredes opostas para que não esbarrássemos um no outro. Eu me sentia mal por ele — enquanto eu estava apenas passando o rolo de cima a baixo, cobrindo linhas e torcendo para que elas ficassem uniformes quando secassem, ele tinha que ficar abaixado sobre o rodapé, mantendo o pulso firme e reto.

Ele deve ter sentido o oposto, no entanto, porque olhou para cima, me dando uma careta simpática.

— Quer que eu passe o rolo um pouco? Você está fazendo todo o trabalho pesado.

O que fez meu olhar ir para os seus braços, naturalmente. Mesmo com uma mancha ocasional de Linho Branco, eles ainda pareciam deliciosos. Eu poderia cravar meus dentes no tendão acima do pulso dele, não para tirar sangue, mas apenas para exercer uma pressão suave...

Jesus! Eu estava ficando assustada comigo mesma. Meu próprio autojulgamento tornou minha voz mais afiada do que pretendia quando eu disse:

— Por que você está sendo tão legal comigo?

Sam parou de pintar, seu pincel suspenso no ar.

— O quê?

— Você não *precisa* estar aqui — eu disse. — Pintar é uma droga. Se eu pudesse não fazer isso, acredite em mim, eu não estaria fazendo.

— Eu realmente gosto de pintar.

— Eu sei, você está revivendo os seus dias de glória — eu disse. — Mas sério, eu não sou tão legal com *você*. Não entendo por que você seria legal *comigo*.

Sam olhou para mim, com o pincel ainda na mão, como se estivesse totalmente absorto.

— Está pingando! — eu disse, bem a tempo de ele enfiar o pincel de volta em seu copo de tinta. Seu olhar não se moveu do copo por um momento, como se ele tivesse acabado de escapar da morte e estivesse ponderando sobre o significado de sua vida até então.

— Acho que preciso de uma pausa — ele disse. — Alguma chance de você ter mais daquela torta?

Eu não tinha, mas compartilhamos o último pacote de Pop-Tarts[35] de açúcar mascavo e canela, comendo-os sem colocar na torradeira, diretamente do papel-alumínio. Graças à falta de móveis nas áreas comuns, além da minha escrivaninha, não havia muitas opções de assentos, mas Sam disse que queria esticar as pernas de qualquer maneira. Enquanto isso, eu usaria qualquer desculpa para não ficar de pé, então me instalei na minha cadeira da escrivaninha e esperei encontrar a energia para voltar em alguns minutos.

— O que faz você pensar que não é legal comigo? — ele perguntou finalmente, sua voz tão casual que eu quase não associei suas palavras à nossa conversa anterior. Dei de ombros. Eu não queria enumerar todas as maneiras pelas quais eu provavelmente agi como alguém desprezível, para lembrá-lo das poucas que ele já pode ter esquecido.

---

35 Biscoito pré-cozido recheado produzido pela Kellogg's. Criada em 1964, a Pop-Tarts é a marca mais popular da empresa nos Estados Unidos.

— *Legal* é uma palavra de merda, de qualquer maneira — ele disse. — *Legal* é apenas educação superficial. Dane-se ser legal.

Eu pisquei um pouco diante do quão enfático ele era. Eu não discordava — longe disso —, mas foi surpreendente ouvi-lo, dentre todas as pessoas, expressar esse sentimento.

— Ok — eu disse —, mas literalmente você veio aqui para me ajudar a pintar e eu te chamei de nerd. Deve ter algum meio-termo entre a educação superficial e insultar alguém na cara, e eu nunca consegui encontrar isso.

— Eu *sou* um nerd — ele disse. — Não me sinto insultado por isso. Se eu pareci sensível sobre isso... bem, foi basicamente por essa questão que meu último relacionamento terminou. Mas você não tinha como saber disso. Não é culpa sua.

— Sua ex-namorada te largou por ser um nerd? — Eu poderia ter formulado minha pergunta de forma mais diplomática, mas fiquei muito chocada para colocar qualquer filtro. Essa deveria ser a ex-namorada que Conner mencionou, a que havia terminado com ele logo antes do Natal. — Pergunta sincera, mas é ainda possível ser um verdadeiro nerd, agora que a Disney é dona de *Star Wars*?

Ele sorriu com isso.

— *Profundamente chato* foram as palavras que ela usou — ele disse. — Para ser justo.

— Ela te viu com esse macacão? — eu perguntei. Eu quis dizer isso como uma piada, um pouco de sarcasmo para aliviar o clima, mas saiu mais para sincero. As palavras dele tinham rasgado algo no fundo do meu peito. Eu odiava a ideia de que alguém diria algo assim para Sam, especialmente alguém em quem ele confiava e se importava. Provavelmente até amava.

Levantei-me para pegar o rolo e começar a pintar novamente, esperando que meu pânico repentino não aparecesse em todo o meu rosto. Sempre soube que eu era protetora do meu próprio coração. Era absurdo que eu fosse protetora do dele também.

— Conte-me mais sobre essa juíza daquilo que é considerado legal — eu disse, satisfeita que minha voz soasse tão firme. — Ela tinha um piercing de língua ou alguma coisa?

— No nariz, na verdade — Sam disse. — Como você sabia disso?

Eu estava pensando no ensino médio e tentando lembrar o que poderia fazer alguém parecer aquela mistura de intimidante e maneiro. Para mim, um piercing no lábio ou na língua sempre sinalizava que *eu não dou a mínima* e *a música que eu ouço faria seus tímpanos sangrarem*. Mas talvez eu devesse atualizar meu critério de avaliação.

— Quanto tempo vocês ficaram juntos?

— Dois anos — Sam disse. — Nos conhecemos em um bar. Eu estava tocando guitarra na banda de uma amiga minha, e Amanda nos provocou lá da primeira fila. Acho que isso foi parte do problema. Ela tinha essa imagem de mim de um roqueiro, mas eu estava apenas substituindo a guitarrista deles, enquanto ela passava tempo com sua filhinha recém-nascida.

Imagens de Sam das últimas semanas passaram pela minha mente — de pé descalço e despenteado na minha frente às duas da manhã. Segurando um saco de KitKats em sua porta usando uma camisa tropical ridícula. Tocando *Farmer in the Dell* na loja de música. Vestindo aquelas estúpidas calças cáqui.

Eu podia ver como a realidade dele não se encaixava bem em um estereótipo de estrela do rock, apesar de seu amor pela música. Mas a realidade dele também era muito melhor do que isso.

— Você tocou o pandeiro lá também? — eu perguntei. — Porque isso daria a uma garota a ideia errada.

Sam havia voltado a pintar, o que foi um alívio. Ele estava na escada, focando em contornar o teto, o que me deu a desculpa perfeita para verificar sua bunda. Rapidamente. Prazerosamente.

Era uma bunda muito boa.

— Você acha que teria se casado com ela? — a pergunta saiu da minha boca antes que eu pudesse pensar a respeito, e *uau*. Cem por cento não era da minha conta, e, de qualquer maneira, desde quando eu me importava com o potencial estado civil de alguém?

Sam não respondeu imediatamente. Ele estava olhando para o copo de tinta enquanto mergulhava o pincel nele, e eu olhei para a pele exposta de seu pescoço, tentando adivinhar o que ele não estava dizendo. *Sim, eu estava loucamente apaixonado por ela*?

— Eu não sei — ele disse por fim. — Eu nunca tinha realmente considerado isso, e daí terminamos, então acho que nunca saberei com certeza. De qualquer forma, é óbvio que não fomos feitos um para o outro.

— Alguém é?

Ele estava demorando muito para recarregar aquele pincel com tinta. — Você realmente acredita nisso?

— Eu li *O Príncipe Fantasma* — eu falei. — A versão atualizada com o prefácio, onde ela nega completamente seu relacionamento com Ted Bundy.[36] Se isso não te convencer de que o romance está morto, nada o fará.

Sam desceu da escada, como se precisasse estar no chão para ter essa conversa.

— Você faz isso bastante. Menciona coisas de *serial killers*, quando o assunto se torna mais sério.

— O que poderia ser mais sério do que assassinato em massa?

Ele me deu um olhar que imediatamente fez meu corpo inteiro formigar por dentro, do tipo *você não me conhece*, mas também um pouco de *porra, você realmente me conhece*. Eu assoprei meu cabelo dos olhos. A bandana não estava fazendo seu único trabalho.

— Meus pais se divorciaram quando eu tinha treze anos — eu disse. — E tudo bem, eu sei que, no que diz respeito a traumas, é bastante banal. A maioria das pessoas que conheço têm pais separados, ou que nunca estiveram juntos. Eu me lem-

---

[36] *Serial killer* americano que sequestrou, estuprou e matou várias mulheres jovens na década de 1970 e possivelmente antes.

bro de conversar com um garoto da minha turma um ano antes de eles se separarem, um cara com cabelo oleoso por quem eu tinha uma queda, e ele disse que seus pais eram divorciados. "Eu gostaria que os meus também fossem", eu disse, metade porque, sei lá, eu queria impressioná-lo. Como se eu não tivesse acreditado nas besteiras da família perfeita que morava na casa com cercado branco como outras pessoas haviam feito. E metade de mim quis dizer isso também. Eles brigavam o tempo todo, e, se não estavam brigando, parecia que estávamos andando sobre cascas de ovos, tentando evitar fazer qualquer coisa que pudesse causar uma briga.

Sam e eu nem mais tentávamos fingir que estávamos pintando. Eu havia colocado o rolo de volta na bandeja, para evitar pingos enquanto gesticulava com as mãos, e ele havia sentado em um degrau da escada, seus cotovelos nos joelhos enquanto ouvia.

— Como uma vez, quando Conner quis gelatina. Eu não sei por que, mas o garoto decidiu que ele realmente queria comer seu peso em gelatina como uma atividade divertida de sábado. Nossa mãe prometeu fazer um pouco para ele, mas ela estava sempre cansada do trabalho. Naquela época, acho que ela ainda era a gerente de um escritório de advocacia onde o sócio principal era um idiota completo, sério, uma vez ele ameaçou demiti-la porque tínhamos uma viagem planejada para o Dia do Memorial[37] e ela disse que queria aproveitar o fim de semana de três dias.

Eu estava saindo do assunto e falando mais do que queria, mas, agora que tinha começado, não conseguia parar.

— De qualquer forma, então eu pensei em fazer gelatina para ele. Não seria problema, certo? Você joga açúcar colorido em uma tigela e mistura com água e coloca na geladeira. Leva cinco minutos. Mas meu pai tirou antes que estivesse completa-

---

[37] O *Memorial Day* é o feriado nacional nos Estados Unidos que acontece anualmente na última segunda-feira de maio. Anteriormente conhecido como *Decoration Day*, o feriado homenageia os militares americanos que morreram em combate.

mente firme, porque ele não conseguia pegar algo no fundo da geladeira, e então ele ficou com raiva porque minha mãe tinha bloqueado a geladeira com aquela tigela gigante, e minha mãe ficou na defensiva e chateada por eu ter feito a gelatina quando ela disse que *ela* iria fazer, e aí o Conner ficou chorando porque queria comer gelatina e não estava pronta...

 Eu não contei a Sam como a história tinha terminado, com meu pai jogando a tigela pela cozinha, espirrando vermelho em todos os lugares como uma cena de crime. Aposto que quando puxássemos a geladeira para vender a casa, parte da gelatina ainda estaria no piso.

 — Desculpe — eu disse. — Não sei por que eu te disse tudo isso.

 — Posso entender por que você duvida de relacionamentos, família e amor — Sam disse. — Deve ter sido realmente difícil crescer num ambiente assim. E eu realmente sinto muito que você tenha passado por isso. Mas, Phoebe, seus pais eram apenas duas pessoas. Ted Bundy e qualquer que fosse o nome da namorada dele eram duas pessoas. Caramba, Bonnie e Clyde ficaram juntos até o fim, e até *eles* eram apenas duas pessoas. Você não pode extrapolar sua visão de mundo a partir de um conjunto de dados tão pequeno.

 — Quero dizer, eu *posso*.

 Ele esfregou sua nuca. Ou estava com cãibra por causa de todo o trabalho de pintura que estávamos fazendo ou nossa conversa o estava desgastando. Provavelmente ambos.

 — E Conner e Shani? — ele perguntou. — Eles estão juntos há algum tempo, certo? E Conner está planejando pedi-la em casamento?

 — Como você sabe?

 — Conner me encurralou na festa e me mostrou o anel. Eu pensei que ele ia se ajoelhar para *mim* por um minuto.

 Isso me fez rir. Típico de Conner.

 — Então você acha que eles estão condenados? — Sam perguntou.

Uma pergunta injusta. Eu não ia ser a idiota que realmente *diria* que achava que o relacionamento do meu irmão estava condenado. Enquanto eu achava que todas as ligações humanas eram uma configuração para a desilusão, com certeza, acho que tinha dificuldade em ver duas pessoas capazes de ficar juntas a longo prazo. Mas percebi que, quando realmente pensava no meu irmão — como ele era sério, como era bem-humorado, de coração aberto —, achava difícil imaginá-lo traindo Shani ou tratando-a mal. E quando pensava em Shani — o quão dedicada e atenciosa ela era, o quanto ela parecia amar meu irmão — também era difícil imaginá-la fazendo qualquer coisa para prejudicar o relacionamento.

— Uso meu direito de ficar calada — eu disse, mas meu veredicto final deve ter aparecido no meu rosto, porque Sam sorriu. — Talvez devêssemos pôr a música novamente.

— Por mim tudo bem.

Dessa vez, coloquei o álbum *Love Is Dead* do Chvrches,[38] rindo da minha própria piada.

---

38 Banda de Glásgow, Escócia, formada em setembro de 2011.

♥
♥

QUINZE

Nós só terminamos de pintar à uma da manhã, e tinha sido só uma demão. Fiquei feliz por pagar um pouco mais pela combinação de tinta e *primer* para obter uma cobertura melhor, mesmo que Sam estivesse esquadrinhando tudo e retocando pequenos lugares onde ele jurava que a cor estava irregular. Eu culpei a iluminação fraca e disse que parecia bom.

— Pense em nós como pintores C + — eu disse. — Talvez B -, se você não olhar muito de perto.

Em algum momento durante a noite, Sam tinha descido o zíper de seu macacão até a altura da cintura, e por baixo ele estava usando apenas uma regata branca canelada. Isso me trouxe desejos ridículos e selvagens, como lamber suas clavículas ou abrir o restante do zíper.

Ele me pegou totalmente olhando. Minhas bochechas pareciam estar pegando fogo, e eu sabia que provavelmente estava toda rosada pelo esforço da pintura e pelo constrangimento.

— Deus, que calor — eu disse, me abanando com a gola da minha regata, esperando que ele aceitasse a desculpa para o meu rubor. — Mesmo o ar-condicionado central não consegue acompanhar o verão neste pântano.

— Eu tenho uma piscina — ele disse. — Quer dar um mergulho?

Eu não deveria. Já era tarde, e eu precisava acordar cedo no dia seguinte para tentar terminar meu capítulo e enviar à doutora Nilsson antes das cinco da tarde. Era melhor tomar um banho frio e cair na cama.

A essa altura, um mergulho soava incrível. E um mergulho com Sam...

— Claro.

Eu não conseguia me lembrar da última vez que nadei. Eu nem tinha um maiô, porque comprar um era sempre um pesadelo e trazia inseguranças, o que era a última coisa que eu queria sentir. Eu decidi que a calcinha e o sutiã que eu estava usando serviriam perfeitamente, mesmo que não combinassem — calcinha preta e sutiã roxo. Quem se importava, certo?

Sam disse que não, e prometeu não olhar enquanto eu me despia. Eu não havia feito tais promessas, então tive um vislumbre de sua cueca *boxer*, dos músculos magros de suas costas enquanto ele tirava a regata, das saliências de sua coluna enquanto ele se curvava para tirar o macacão de seus pés. E então ele me surpreendeu pulando direto no fundo, submergindo na água e vindo à tona alguns momentos depois.

— A água está quente — ele disse. — Mas ainda é ótimo. Vamos lá.

Ele foi até a beira da piscina, apoiando os braços no deque de concreto, e eu sabia que ele estava me dando privacidade. Uma parte de mim queria dizer: *Vá em frente e me observe*, porque eu era uma adulta e parecia bobagem ter vergonha desse tipo de coisa, mas também porque eu queria ver se os olhos dele conseguiam ficar com aquele tom de azul mais escuro ou se eu tinha imaginado a coisa toda. Então tirei meu short e puxei a regata pela cabeça, e no momento seguinte eu estava na água.

Aquilo foi realmente ótimo. Eu flutuei sem peso, o brilho da luz sob a água deixando minha pele com uma cor azul-pálido. Eu me senti como uma alienígena. Eu me senti *feliz*.

— Eu poderia me acostumar com isso — eu disse, referindo-me a mais do que apenas a piscina.

Sam nadou, me observando. Justamente quando pensei que ele poderia dizer algo, ou quando achei que talvez eu devesse, ele voltou a mergulhar. Bolhas na superfície traçaram seu caminho, mostrando que ele estava se aproximando, até que emergiu novamente na parte rasa ao meu lado. A água estava apenas na altura da cintura dele, gotas escorrendo por seu peito e pela barriga chapada enquanto ele jogava o cabelo para trás e passava a mão pelo rosto.

— Você tem tinta no cabelo — eu disse.

— Você tem tinta no seu... — O olhar dele mergulhou nos meus seios antes de voltar para encontrar o meu rosto. Talvez tenha sido a iluminação ou o fato de seus cílios estarem escuros e espetados por causa da água, mas seus olhos azuis refletiam um brilho intenso.

Olhei para o meu decote, que, com certeza, tinha uma mancha de tinta na parte de cima do meu seio esquerdo.

— Huh — eu disse. — Como isso veio parar aqui?

Dava também para ver meus mamilos através do sutiã. Opa!

As pontas das orelhas dele já estavam tão rosadas que, se fosse de dia, eu teria pensado que ele estava ficando queimado de sol.

— É muito fácil — eu disse, aproximando-me dele na água.

— O quê?

— Fazer você corar...

Fiquei na ponta dos pés, enrolando minha mão em volta de seu pescoço. A sua pele estava quente e escorregadia por causa da água, e eu agarrei seu cabelo pela nuca para puxá-lo em minha direção. Eu não sabia que iria beijá-lo até uma fração de segundo antes de fazer isso. Mas sabia que esse momento acabaria acontecendo no minuto em que o vi colocando a estúpida escrivaninha na minha porta de entrada.

Se eu tinha controle no começo, não durou muito tempo. Suas mãos subiram até meu rosto, sua boca ainda na minha enquanto ele aprofundava o beijo. Ele tinha meu lábio inferior entre os dentes, dando uma mordidinha de leve enquanto um gemido vinha do fundo da minha garganta e nem parecia ter a ver comigo. Meus mamilos estavam tensos e doloridos, esfregando o peito dele através do tecido fino do sutiã. Sua mão deslizou sob o tecido para cobrir minha pele arrepiada, seus dedos rolando meu mamilo em uma sensação tão deliciosa que quase doeu.

— Seus peitos são incríveis — ele murmurou contra o meu pescoço. — Posso dizer isso?

Meu sutiã já estava meio torto, uma alça escorregando pelo braço.

— Se meus peitos estão à mostra, você é contratualmente obrigado a dizer isso.

— Eu desci minhas mãos para agarrar a bunda dele, empurrando seus quadris na minha direção até que pude sentir o membro duro contra a minha coxa. — Você tem uma bunda linda. Até fica bem de macacão.

— Eu esperava que ele te deixasse louca.

— Foi o nome bordado que me conquistou. Vista ele da próxima vez que você precisar dar partida na minha bateria e eu poderei viver a fantasia sexual do mecânico que eu nem sabia que tinha.

Eu podia sentir o seu sorriso contra os meus lábios.

— Phoebe?

— Humm?

— Eu quero dar partida em outra coisa agora — ele disse —, se estiver tudo bem pra você.

— Mais embaixo?

Ele me beijou novamente, e eu engoli a sua resposta, sentindo-a como uma vibração em algum lugar das minhas entranhas. E então todo o pensamento consciente voou para fora da minha cabeça enquanto suas mãos apertavam minha bunda, me levantando ao mesmo tempo em que eu envolvia minhas pernas em torno de sua cintura, sentindo-o em meu âmago de uma maneira que imediatamente fez um arrepio percorrer minha espinha.

— Frio? — ele perguntou.

Eu balancei a cabeça.

— Apenas continue me beijando.

Ele chupou meu lábio inferior, meu pescoço, sua língua circulando meu lóbulo da orelha antes de voltar para a minha boca. Eu não me cansava de seu toque, queria sentir seu corpo nu contra o meu. Beijar na piscina era delicioso, sem reclamações, mas eu queria estar com ele sem a água entre nós.

— Você tem — eu disse, me afastando brevemente para tomar ar antes de beijá-lo de novo — camisinha na sua casa?

Suas sobrancelhas se ergueram em uma expressão que podia ser incredulidade por eu perguntar, ou incredulidade porque isso estava acontecendo tão rápido. Talvez ambas.

— Sim — ele disse. — Você tem...

Deslizei meus lábios pelo corpo dele, dando uma pequena lambida na clavícula com a minha língua, porque prometi a mim mesma que faria isso. Tinha gosto de cloro, sal e Sam. — Tenho certeza — eu disse, porque sabia o que ele iria perguntar. — Vamos para o seu quarto. Por favor?

Nós nos enrolamos rapidamente nas toalhas que Sam havia deixado na varanda dos fundos e entramos pela porta de vidro deslizante, ele me conduzindo pela casa, segurando minha mão. Eu não lembrava de me sentir assim antes, essa necessidade total de estar conectada a outra pessoa. Provavelmente tinha muito a ver com quanto tempo fazia desde a última vez que fiz sexo, eu imaginei, e quanta expectativa eu havia acumulado nas últimas semanas apenas observando Sam, pensando nele, passando um tempo juntos. Uma vez que realmente fizéssemos sexo, eu o tiraria do meu sistema. Uma aventura, como eu queria.

Só que chegamos ao quarto dele e, de repente, não parecia apenas mais uma aventura de verão. Seu quarto de imediato pareceu com *ele*, exatamente como eu poderia ter imaginado, com uma prateleira alta empilhada ao acaso com livros e um estojo de guitarra encostado em uma parede e um cobertor azul-escuro desarrumado aos pés da cama, como se ele tivesse se levantado com pressa. Só que... Como um quarto poderia parecer com Sam para mim, quando, antes de tudo, eu mal o conhecia?

Ele fechou a porta atrás de si, encostando-se nela como se me desse algum espaço. Tentei manter meu olhar nele do pescoço para cima, porque o resto dele era muito perturbador.

— Está tarde — ele disse. — A gente pode só dormir, se você quiser. Ou você pode pegar suas roupas e eu te deixo na sua casa.

— É isso o que você quer?

O problema com a minha estratégia de focar do pescoço para cima foi que eu tinha subestimado aqueles olhos, que agora me fitavam enquanto ele observava as emoções passando pelo meu rosto.

— Eu não acho que *meus* desejos estejam em questão aqui.

— Ei, eu te beijei primeiro — eu disse. — Acho que fiz uma declaração bem clara da minha intenção.

Ele veio em minha direção, uma mão agarrada à parte de cima da toalha que estava na altura de seus quadris, como para se certificar de que não iria cair. Enquanto isso, eu apenas o observava se mover, esperando que ela caísse.

— E agora? — ele disse.

Eu não sabia como colocar em palavras tudo o que estava sentindo. Eu não sabia o que queria. Esperava por esse momento há um tempo — não apenas ficar com alguém, mas com ele. E agora que isso estava acontecendo, era assustador, emocionante e um pouco estranho, saber que esse homem que se tornou uma parte importante da minha vida nas últimas semanas estava prestes a se tornar importante de uma maneira diferente.

Deslizei minhas mãos pelo peito dele, pressionando meus polegares nos entalhes de seus ombros.

— Eu quero isso — eu disse. Parecia mais seguro do que dizer a primeira coisa que passou na minha cabeça, que tinha sido *eu quero você*.

Deixei minha toalha cair no chão, até ficar na frente dele de *topless*, a luz esverdeada da piscina do lado de fora ainda entrando pela janela. Devemos ter esquecido de desligá-la, mas agora eu não conseguia me preocupar com isso. Enganchei os dedos na minha calcinha e a puxei para baixo.

Ouvi a respiração de Sam, o nó na garganta quando ele olhou para mim. Ele estendeu a mão para puxar suavemente o elástico do meu cabelo, passando os dedos pelas ondas que se espalhavam sobre os meus ombros. Até aquela massagem no meu couro cabeludo foi boa, e eu fechei os olhos, movendo-me em sua direção.

— Você é tão linda — ele murmurou contra a minha boca, suas mãos ainda em meu cabelo enquanto me beijava. Esse beijo, de alguma forma, foi diferente dos que trocamos na piscina — mais lento, mais exploratório, como se ele tivesse todo tempo do mundo e quisesse passá-lo comigo.

Enquanto isso, eu me sentia inquieta e reprimida, como se fosse explodir caso não o tivesse dentro de mim naquele momento.

Minhas mãos insistentes em sua toalha e cueca devem ter lhe dado a dica, porque em poucos segundos estávamos nus e enrolados na cama, nos beijando e nos tocando em todos os lugares que podíamos. Eu segurei o membro duro na minha mão, e ele estremeceu contra mim, enquanto eu esfregava meu polegar ao longo da cabeça do seu pau.

— Ah — ele disse, sua voz soando estrangulada. — Eu não vou conseguir me segurar muito se você continuar fazendo isso.

— O quê? Isto? — eu disse enquanto repetia o movimento. Eu gostei de vê-lo assim, fora de controle, os olhos brilhantes e selvagens na luz fraca do quarto. Mas ele virou o jogo, me colocando de costas no colchão, presa embaixo dele, e beijou minha garganta, parando para sugar um mamilo rígido em sua boca, descendo a língua ao longo da minha barriga até encontrar o clitóris. Eu pressionei meus quadris involuntariamente nele, como se meu corpo soubesse que precisava de mais, mesmo antes de minha mente. Ele lambeu e chupou, sua língua fazendo coisas estranhas dentro de mim, até que não havia mais como eu me conter, mesmo que quisesse. Eu apertei os lençóis, ofegante, enquanto sentia a onda do meu orgasmo me transpassar.

Quando recuperei o fôlego, enganchei minha coxa em volta da sua perna, rolando em cima dele para ser a minha vez de estar no controle.

— Camisinha? — eu soprei em sua boca.

— Gaveta da cabeceira.

Rasguei o pacote com os dentes, vacilando apenas um pouco quando vi como um canto da boca dele se contraiu, algo mais do que sexo passando entre nós, um lembrete daquele momento compartilhado que tivemos na festa dele. Meu medo de ter um caso era que parecesse vazio, mas não parecia nada assim, e talvez isso fosse o mais assustador.

Mas não tive mais tempo para pensar sobre isso, porque eu tinha desenrolado a camisinha e afundado nele em um movimento fluido, me sentindo de repente tão cheia que soltei um suspiro involuntário.

— Porra! — Sam disse. Foi a primeira vez que eu o ouvi dizer a palavra. Suas mãos apertaram meus quadris, minha bunda, enquanto eu me movia sobre ele até estarmos suados e exaustos, desabando sobre seus lençóis.

Ficamos deitados ali por um minuto, o único som era o da nossa respiração pesada. De repente, me senti tímida, sem saber o que dizer. Sam rolou em minha direção, afastando os fios de cabelo do meu rosto enquanto dava um beijo suave na minha têmpora.

— Isso foi incrível — ele disse. — Você é incrível. Como você se sente?

Por que ele teve que me fazer *justamente essa*, dentre todas as perguntas? Meu corpo estava cansado, dolorido e saciado de todas as maneiras possíveis, e ainda tinha uma parte de mim que estava flutuando em uma nuvem, uma nuvem onde Sam dizia que eu era linda e a sua voz rouca soltava aquele único palavrão. Mas minha mente começava a voltar à terra, questionando as coisas, como *Será que vai ser estranho agora?* E *Eu deixei meu sutiã na piscina?*

— Exausta — eu disse, porque foi a resposta mais honesta de que me senti capaz. Dei a ele um sorriso e um beijo no canto da boca, esperando não parecer tão em conflito quanto estava me sentindo por dentro. Afinal, eu tinha pedido isso. Eu o beijei primeiro. Eu encorajei isso a cada passo do caminho.

— Então fique — ele disse. — Você pode dormir aqui.

Eu queria protestar. A última vez que passei a noite na casa de um homem foi... antes da graduação? Com certeza não tinha sido com os poucos casos e amigos coloridos com quem estive desde então. Além disso, eu tinha muita coisa para escrever no dia seguinte, e estava começando a me preocupar que tivéssemos deixado um pouco da tinta aberta, e eu estava certa nesse momento de que meu sutiã estava flutuando na piscina dele...

Mas a cama era tão confortável, e o braço de Sam estava tão quente ao meu redor, e devia ser pelo menos três da manhã a essa altura. Fechei os olhos e me deixei adormecer.

♡ ♡ ♡

Acordei com o som distante de batida na porta, que no meu sonho eu tinha transformado em outro som. Isso me desorientou instantaneamente, sobretudo quando me virei e percebi que não estava na minha cama, quando vi Sam, ainda dormindo, ao meu lado.

Eu notei que ele tinha uma pequena cicatriz acima de uma sobrancelha. Nada grave — provavelmente um arranhão de infância que não havia se curado adequadamente —, mas foi o tipo de detalhe sobre o rosto dele que senti como se só pudesse observar agora que estávamos próximos.

Eu queria traçar a marca com a ponta dos dedos, mas em vez disso sacudi seu ombro quando a batida soou novamente.

— Sam — eu disse. — Alguém está na porta.

— Humm — ele disse sem abrir os olhos, aconchegando-se mais perto. Sua ereção estava pressionada contra a minha perna agora, e eu senti uma faísca profunda em minhas entranhas, desesperada para acender uma chama, mas que foi rapidamente apagada quando me dei conta de quem provavelmente estava lá fora. Eu sacudi o ombro de Sam novamente.

— Sam — eu disse. — Acho que é meu irmão.

Isso o fez abrir um olho.

— Por que Conner estaria na *minha* porta às... que horas são?

Uma vez que eu tinha dito a Conner para me trazer o almoço hoje para compensar por ele faltar à pintura ontem, eu odiava pensar que horas isso significava. Mais tarde do que eu vinha dormindo havia algum tempo, com certeza.

— Ele provavelmente tentou me ligar — eu disse, resmungando. Esta era a última coisa com a qual eu queria lidar.

— Mas fiz isso de novo... deixei meu celular em casa. Não posso simplesmente ignorá-lo. Ele vai se preocupar.

— Ok — Sam disse, levantando-se e me oferecendo uma visão deliciosa de sua bunda nua enquanto ele abria as gavetas da cômoda para pegar roupas íntimas e jeans limpos. — Você quer algo emprestado para vestir... camiseta e cueca *boxer*, talvez?

— Isso seria ótimo — eu disse —, e então você pode distraí-lo enquanto eu saio pelos fundos e corro para casa. Deve levar alguns minutos, no máximo — pergunte a ele qual videogame tem a jogabilidade mais intuitiva. Isso vai mantê-lo entretido por um tempo. Então você pode dizer que não me viu, que talvez eu simplesmente não tenha ouvido a batida dele e ele deveria tentar novamente.

Sam franziu a testa.

— Por que eu simplesmente não o deixo entrar e você pode sair quando estiver pronta? Ou posso dizer a ele que você ainda está dormindo, se preferir não o enfrentar. Eu sei que é um pouco estranho, mas somos todos adultos. Ele saberá que estamos juntos de qualquer forma.

O silêncio que pairou entre nós depois disso estava coberto de tensão. Pude ver quando Sam percebeu o que minha falta de resposta significava, e a luz em seus olhos piscou e se apagou. Isso me matou, não ser capaz de explicar que não era pessoal, era só que eu preferia não ouvir nenhuma besteira sobre isso de Conner, preferia não ter mais gente envolvida nisso, seja lá o que isso fosse, e que depois pudesse me perguntar o que aconteceu quando terminasse. Mas não houve tempo. Tentei implorar a ele com minha expressão para, por favor, apenas entender e me ajudar.

— Jogabilidade intuitiva — ele murmurou. — Certo. As cuecas estão na gaveta de cima, camisetas na segunda.

Certifique-se de que fechei a porta da frente atrás de mim antes de você sair, ou ele provavelmente vai te ver no fundo.

— Obrigada — eu disse, mas ele já tinha saído. Eu podia ouvi-lo abrir a porta da frente, o murmúrio da conversa enquanto ele falava com Conner e, em seguida, um clique enquanto ele aparentemente fechava a porta atrás de si para falar com Conner no degrau da frente.

Peguei uma cueca *boxer* vermelha e a primeira camiseta em que minha mão pousou, que era amarela brilhante e tinha uma imagem de um foguete de desenho animado com as palavras APRENDIZADO EM DECOLAGEM! impressas e o nome de uma escola que presumi ser aquele em que Sam dava aulas. Juntas, eram as roupas mais brilhantes que eu usava desde provavelmente a infância. Mas não tive tempo de questionar minhas escolhas, então me vesti com pressa antes de sair pela porta de vidro deslizante para o quintal de Sam.

Assim como eu suspeitava, meu sutiã roxo néon estava flutuando no meio da piscina, um lembrete da virada que nossa noite havia tomado. Eu queria pescá-lo, mas resolvi pegar minhas roupas na varanda. Haveria tempo para processar tudo mais tarde, depois que eu lidasse com Conner. Mas me lembrei daquele olhar que havia cruzado o rosto de Sam, de decepção e outra coisa, algo mais profundo que eu nem queria pensar, e não tinha tanta certeza.

♥
♥

DEZESSEIS

Taco Bell frio é um prato que se come... ok, nunca, mas era minha culpa. Eu voltei para casa a tempo de colocar uma calça por cima da *boxer* de Sam e trocar a camiseta amarela por um sutiã limpo e uma camiseta preta que não deixava escancarado que *dormi com um professor de música do ensino fundamental!*

— Eu bati centenas de vezes — Conner disse, enquanto apertava um pacote de molho picante em seu *burrito*. — *E* te liguei. Sério, Pheebs, você é a única que enche minha cabeça com coisas sobre como a melhor motivação para manter uma casa limpa é pensar nas imagens granuladas da cena do crime que eles mostrarão no tribunal mais tarde. O vizinho deve pensar que eu sou louco, sempre indo lá atrás de você.

— Desculpe, eu estava no chuveiro. — Percebi que meu cabelo nem estava molhado, e que dizer que já tinha tomado banho prejudicaria minhas chances de tomar um depois do almoço, o que eu queria desesperadamente fazer. — Prestes a tomar um banho — eu mudei. — O que o Sam disse?

— Só que você não estava lá, obviamente — Conner disse. — E então ele me perguntou algumas coisas estranhas sobre videogames. Vou ter que fazer uma lista para ele dos meus dez melhores, porque ele não deve jogar *nunca*. Eu mencionei o *Mass Effect* e ele olhou para mim como se eu fosse um alienígena. *Mass Effect*!

— Ah — eu disse, tentando pensar em uma maneira de fazer sutilmente perguntas do tipo *Como que ele estava?* e *Ele parecia bravo comigo?* Mas obviamente isso era impossível.

— Já que estamos no assunto — Conner colocou seu *burrito* embrulhado precariamente no joelho, enfiando a mão em uma bolsa ao lado dele para puxar um retângulo preto com um cabo enrolado. — Eu trouxe um presente para você. Eu sei que é antigo, mas imaginei que era melhor do que nada, e já tem *Crash Bandicoot* e alguns outros jogos instalados. Tem a TV pequena no quarto do papai que você pode conectar aqui. Não posso jogar agora por causa do meu pulso. Assim, você pode ter algo para fazer quando ficar entediada.

Pensei em todas as maneiras pelas quais passei meu tempo desde que cheguei — limpando e embalando, pintando, lendo e escrevendo. E Sam. Mais do que tudo, pensei nele. Pensei em como gostava de ver o rubor subir pelo seu pescoço se eu dissesse algo sugestivo, a expressão em seus olhos quando eu estava em cima dele na noite passada.

Eu era um monte de coisas, mas entediada não era uma delas.

Ainda assim, foi gentil da parte de Conner pensar em mim, e eu peguei o velho PlayStation dele para que não precisasse ficar segurando-o com sua única mão boa. Em algum momento na troca, ele bateu no *burrito* com o cotovelo e o deixou cair no chão com um *plaf*.

— Eu sabia que isso ia acontecer — ele disse quase alegremente, como se estivesse mais feliz por estar certo do que por ter sua comida intacta. Ele pegou um dos guardanapos para limpar a bagunça, mas eu apenas fiz um movimento com a mão, indo até a cozinha pegar um spray de limpeza e papel-toalha.

— Você fez muito mais do que eu esperava — Conner disse, olhando ao redor das paredes Linho Branco. — Está começando a parecer quase HGTV[39] aqui.

— Sim, bem. Sam veio e ajudou. Você sabia que ele passou três verões inteiros pintando casas em Chicago? Ele fez este detalhe à mão livre.

— Hum!

O tom da voz de Conner me fez desviar a atenção da minha limpeza e olhar para cima.

---

39 HGTV (abreviação de Home & Garden Television) é uma rede de televisão por assinatura sediada nos Estados Unidos, de propriedade da Warner Bros. Discovery. A rede basicamente transmite programas como *realities* relacionados à melhoria de casas e imóveis.

— O quê?

— É estranho — Conner disse. — Quando falei com Sam mais cedo, ele disse que não tinha te visto. Ele nem mencionou ter estado aqui para pintar ontem à noite.

— Cara, este não é um episódio de *The Confession Tapes* — eu disse. — Não foi grande coisa, e ele provavelmente presumiu que você quis dizer se ele tinha me visto *hoje*. O que, obviamente, ele não tinha.

Essa foi a primeira mentira na cara dura que eu tinha contado a Conner, se não me falha a memória. Não me senti bem. E não me senti bem em ter pedido a Sam para mentir para Conner também. Mas quando pensei na alternativa — como Conner me provocaria sobre ser obcecada pelo vizinho, ainda mais do que ele já fazia, como eu receberia perguntas até o fim dos tempos sobre se eu ainda estava vendo Sam, e se eu ia trazê-lo para o casamento, e quando *eu* iria me casar... Conner poderia moer e remoer algo assim com a mesma persistência que aplicava aos seus videogames.

— Tudo bem — Conner disse. — Você não precisa me atacar por causa disso. Eu só achei estranho. Ah!, eu lembrei do que queria te perguntar. Você tem planos para o Quatro de Julho?

Nunca eu tinha sido tão grata pela atenção limitada do meu irmão.

— Sim, vou fazer um bolo vermelho, branco e azul de três camadas e dar uma festa de aniversário para o nosso país.

— Sério?

— Claro que não — eu disse. — O país não merece. Por que, o que você planejou?

— Vou pedir Shani em casamento — ele disse. — E eu quero que você esteja lá.

Por que isso me deixou tão emocionada, como se por um segundo horrível eu pudesse realmente chorar? Eu definitivamente estava prestes a menstruar. Odiava a ideia de pedidos públicos, de um momento tão pessoal sendo exibido, mas, por algum motivo, o fato de Conner querer me incluir me fez sentir honrada. Tocada, mesmo.

Eu limpei minha garganta.

— Sem dúvida — eu disse. — Claro! Como você vai fazer isso?

Eu fiquei ouvindo enquanto ele descrevia seu plano — aparentemente, ele tinha conversado com o rapaz que fazia os fogos de artifício do outro lado do rio, aqueles que costumávamos ver quando éramos crianças. E o cara havia dito que por um determinado valor ele poderia fazer uma exibição especial que exporia de forma bem visível o pedido de meu irmão, organizando o tempo com antecedência para que Conner pudesse se ajoelhar na frente de Shani. Tudo parecia muito doce e muito caro. Mas minha mente também continuou voltando para Sam. Imaginando o que ele estava fazendo. Imaginando como ele estava se sentindo na noite passada, se ele se arrependera. Porque, por mais em conflito que eu me sentisse hoje, eu definitivamente não tinha me arrependido.

Depois que Conner foi embora, andei pela casa, angustiada. Tentei me sentar à escrivaninha para trabalhar na minha tese, mas a única coisa que acabei escrevendo foi um e-mail de desculpas para a minha orientadora dizendo que não estava me sentindo muito bem, mas que enviaria o capítulo em breve. Abri as anotações dela sobre o capítulo de *Helter Skelter*,[40] mas a quantidade de alterações que ela havia feito me impressionou, e então as fechei novamente. Poderia resolver isso mais tarde.

Eu não ia me sentir bem até falar com Sam, por mais assustador que isso pudesse parecer. Eu precisava saber onde estávamos.

Claro, assim que abri a porta da frente para sair, aquela maldita gata entrou de novo, indo direto para o meu quarto. Depois de dias esperando que ela aparecesse e ficando desapon-

---

[40] Canção dos Beatles, creditada à dupla Lennon-McCartney. Lançada no álbum *The Beatles* ou Álbum Branco, de 1968. É considerada uma das pioneiras do heavy metal. O termo *helter skelter* foi utilizado por Charles Manson, que ordenou aos seus seguidores, conhecidos como "Família Manson", que cometessem uma série de assassinatos, entre os quais o da atriz Sharon Tate, grávida de oito meses. Manson disse, em seu julgamento, que a música *Helter Skelter* continha profecias de uma apocalíptica guerra racial.

tada pela falta de notícias, agora aqui estava ela, sem dúvida querendo acampar debaixo da minha cama novamente enquanto eu a enchia com comida deliciosa. Bem, não desta vez.

Eu voltei e enchi uma tigela rasa com água, colocando-a no meio do chão do meu quarto para ela beber. Eu não era um monstro.

— Isso é tudo que você vai ter por enquanto, Eleonora — eu disse em voz alta. — Se você quer comida, vai ter que ser sociável. — Então, depois de pensar por um momento: — Na verdade, eu odiaria que meu sustento estivesse ligado à minha capacidade de me relacionar com outras pessoas, então foda-se, fique aí embaixo se quiser. Só *não* use o banheiro. Entendeu?

Algo me disse que ela não tinha entendido. Mas eu saí mesmo assim, enviando uma breve oração aos deuses felinos para que ela não arranhasse e pulverizasse tudo que estivesse à vista ou o que quer que os gatos fizessem quando os humanos os deixassem sozinhos por dez minutos.

Eu bati na porta de Sam, com meu coração na garganta enquanto esperava no degrau para ver se ele abriria. Não poderia culpá-lo se ele não abrisse a porta, depois da maneira abrupta como eu havia saído mais cedo. As probabilidades de que ele abrisse ou não a porta eram de cinquenta por cento.

Mas eu estava apostando que Sam fosse mais bem ajustado emocionalmente do que eu, e eu estava certa, porque ele finalmente veio até a porta. Ele ainda não havia se preocupado em colocar uma camisa, o que era totalmente ok — era a casa dele —, mas isso tornaria a tentativa de falar com ele muito mais complicada. Eu podia ver uma pequena marca circular acima do seu mamilo esquerdo, onde devo ter dado um chupão. Meu olhar subiu para o seu rosto, que era ilegível.

— Ei — eu disse. — Posso entrar? — Ele se afastou, deixando-me segui-lo porta adentro até que ambos estivéssemos na sala de estar. Fui até as fotos acima do piano, apontando para cada um dos rostos. — Deixe-me adivinhar — eu disse, apontando primeiro para uma mulher que parecia uma década mais velha que Sam. — Essa é Tara, esse é Jack com o boné dos

Cubs, Megan está no meio, Erin está com a camisa rosa, e esse é Dylan com o braço ao seu redor. — Eu tentei ver a fotografia mais de perto. — Você está usando um colar de conchas? De que ano é isso?

Tinha sido um truque barato, mas pensei que talvez ele ficasse impressionado pela minha memória. Sempre tive um talento especial para aqueles jogos do primeiro dia de aula em que tínhamos que dar a volta pela sala e nomear todos os alunos que vieram antes de nós e o único fato que eles contaram sobre si mesmos. Além disso, eu queria mostrar a ele que estava ouvindo. Que eu me importava.

— Você trocou Megan e Erin — ele disse, não parecendo tão impressionado quanto eu esperava. Não parecendo muita coisa, na verdade. Ele estava mais estranho do que quando eu apareci na sua porta para deixar um pacote. — Mas o resto, ok. Conner foi embora?

— Há alguns minutos — eu disse. — E a gata voltou. Assim como você disse que ela faria.

— Que bom.

Meu primeiro instinto foi tentar beijá-lo, para ver se conseguia fazer com que ele se fundisse comigo do jeito que tinha feito na noite passada. Mas eu sabia que isso seria um erro. A coisa física não era o problema aqui.

— Sam... — Eu engoli em seco, desejando saber o que dizer, desejando que houvesse alguma fórmula mágica para que eu pudesse dar a ele tanto de mim quanto ele quisesse, mas ainda me contendo o suficiente para evitar ficar vulnerável. Eu tinha uma leve suspeita de que a fórmula não existia; que era uma equação insolúvel.

Ele olhou para a mesa, onde observei que havia um sanduíche meio comido em um prato. Eu também tinha interrompido o almoço dele. Deus, eu era péssima.

— A culpa é minha — ele disse finalmente. — Acho que depois de ontem à noite eu pensei... — Ele deu de ombros, como se não importasse, mesmo que claramente importasse.

— Se você ainda não quer contar ao seu irmão, eu entendo. É só que eu não consigo entender *o que* você diria a ele.

— Nenhum dos detalhes, com certeza — eu disse. — Minha mãe uma vez me contou sobre um incidente com meu padrasto envolvendo um balanço sexual, e eu nunca serei capaz de apagar essa imagem do meu cérebro. Isso tornou o Natal com eles insuportável.

Sam sorriu um pouco, mas eu percebi que o coração dele não estava nisso.

— Quero dizer, o que estamos fazendo? Eu sou seu namorado agora, somos amigos coloridos, isso foi um encontro de uma noite...?

O jeito que ele disse *namorado* me deu um arrepio na espinha. O que era ridículo, porque era a última coisa que eu queria ou precisava naquele momento — principalmente quando eu não estava planejando ficar ali por mais tempo. Mas de repente ele disse essa palavra, e eu me senti de volta à oitava série, rabiscando o nome do menino que estava a fim nas margens do meu caderno de matemática.

— Eu definitivamente quero mais de uma noite — eu disse.

Seu contato visual estava consumindo tudo.

— Eu também.

— Depois disso... — Eu encolhi os ombros, me sentindo impotente. — Não podemos ser apenas duas pessoas? Duas pessoas que moram ao lado uma da outra e saem e ficam às vezes — de preferência *muitas* vezes —, mas que não têm expectativas além disso por enquanto?

— Então, vizinhos que ficam.

— Exatamente — eu disse. — É como amigos coloridos, só que com menos deslocamentos.

Eu estava pronta para colocar esse plano em ação ali mesmo, naquele momento, mas podia dizer que Sam ainda estava pensando, revirando algo em sua cabeça. Então havia seu pobre sanduíche esquecido na mesa, e eu já me sentia mal pela maneira como esse dia tinha transcorrido depois de a noite anterior ter sido tão perfeita.

— Olha — eu disse —, não importa o que aconteça, ainda podemos ser amigos, certo? Conner me convidou para a tal festa de fogos de artifício de Quatro de Julho — ele realmente vai pedir Shani em casamento, mas você não ouviu isso de mim —, e você deveria vir se ainda não tiver nenhum programa. O que me diz?

Sam passou a mão pelo cabelo.

— Pode ser que eu tenha algo — ele disse, de uma forma que me fez pensar que ele não tinha. — Posso te avisar depois?

— Claro — eu disse, tentando não ficar chateada. De qualquer maneira, Quatro de Julho era praticamente o pior feriado. Eu odiava fogos de artifício e patriotismo incondicional. E não poderia culpá-lo por não estar superempolgado para passar um tempo com a mulher que o abandonara naquela manhã. — Podemos manter tudo como casual.

Ele deu uma risadinha, mais uma exalação de ar do que um som real de humor.

— Acho que é aí que temos uma desconexão — ele disse. — Mas eu te aviso.

♡ ♡ ♡

Quando voltei para casa, me joguei na cama, tanto porque ainda estava cansada quanto porque estava ficando sem lugar para relaxar nessa casa. Eu tinha me esquecido completamente de Eleonora debaixo da cama até que ela saiu, miando para mim do chão. Ela me olhou com cautela e depois pulou na minha barriga, suas pequenas patas começando a massagear a minha camiseta.

— O que é *isso*? — eu perguntei a ela. — O que você está fazendo?

Eu gostaria de poder pegar o livro de gatos na biblioteca, para poder procurar o que esse comportamento significava. Presumi que não era um ato de agressão, porque ela não parecia tensa. Ela começou a ronronar, na verdade, e a lamber o local onde estava massageando. Eu podia sentir a aspereza da sua língua através do tecido úmido.

Ela estava tentando *cuidar* de mim?

— Isso é um pouco estranho — eu disse. — Não vou mentir.

Mas deixei que ela continuasse fazendo isso, porque parecia fazê-la feliz. Eu estendi uma mão para fazer um carinho ao longo de suas costas. Ela se assustou um pouco, como se não tivesse certeza de ter gostado, e depois voltou a lamber a minha camiseta. Por fim, consegui descansar minha mão no topo de sua cabeça, fazendo alguns carinhos firmes com que ela não pareceu se importar.

— Você deve estar cheia de pulgas — eu disse. — E aposto que vasculha o lixo das pessoas, não é?, sua gata de lixo suja. Vou chamá-la de Lixinho em vez de Eleonora.

Ela não parecia incomodada com a mudança de nome, apenas continuando com sua lambida nojenta e, ao mesmo tempo, cativante em minha camiseta. Mas eu imediatamente me senti mal e tive que corrigir minha fala.

— Eu não vou fazer isso — eu disse. — E quis dizer *gata de lixo suja* com o maior respeito pelo seu tempo nas ruas. Só estou dizendo que precisamos levá-la ao veterinário e limpá-la um pouco.

Enfiei a mão no bolso para pegar meu celular, tirando uma foto rápida de Eleonora que saiu como uma mancha preta em cima de mim. Ainda assim, eu esperava que Alison entendesse o que ela estava vendo quando eu a enviasse para ela. A resposta dela voltou em minutos.

Tão fofa!!! Que bom que você decidiu ficar com ela.

Corri meus dedos sobre a tela do celular, sentindo a borda irregular de uma das rachaduras. Enviei minha resposta de volta antes que eu pudesse me questionar demais.

Não tenho ideia do que estou fazendo. Você poderia se encontrar comigo algum dia depois do trabalho para me ajudar a comprar suprimentos?

Se ela dissesse não, eu não ficaria ofendida. Ela certamente deveria estar bastante ocupada, entre o trabalho e a atração do último festival gastronômico do Epcot ou qualquer coisa do tipo que agitava o pessoal da Disney. E eu provavelmente poderia descobrir o que comprar por conta própria — podia até já existir uma lista de itens sugeridos no livro da biblioteca. Assim que Eleonora parasse de fazer sua coisa bizarra de lamber e massagear, eu me levantaria e iria verificar. Minha camiseta já estava encharcada.

Mas a resposta de Alison voltou com um *gif* que me fez rir, do Sr. Burns juntando os dedos. Eu tinha esquecido o quanto de *Simpsons* nós assistimos no ensino fundamental. Ela disse que era o seu dia de folga e que eu poderia encontrá-la no pet shop ao lado da antiga Dunkin' Donuts, a que tinha as estátuas de elefante rosa e camelo vermelho na frente.

Eu me surpreendi por saber exatamente de que lugar ela estava falando.

♥
♥

DEZESSETE

Alison tentou me explicar algumas nuances sobre ser dona de gato enquanto comprávamos as coisas de que eu iria precisar — caixa de areia, comida, caixa de transporte —, mas era difícil focar quando eu ficava lembrando de como havia deixado as coisas com Sam. Alison até teve que pegar o meu celular e terminar de agendar a consulta no veterinário, porque eu ficava gaguejando e tropeçando nas informações básicas, como quantos anos eu achava que a gata tinha e qual era o melhor número para entrar em contato comigo.

— Ei — ela disse depois que desligou e me devolveu o celular. — Você consegue fazer isso. Eu prometo que não é difícil. Os gatos são de baixa manutenção, exceto quando estão vomitando bolas de pelo ou derrubando sua bebida. Quer que eu vá ao veterinário com você?

— Você já fez muito — eu disse, quando realmente queria dizer: *Sim, graças a Deus, por favor, me ajude porque estou me afogando aqui.* — Mas deixe que eu te pague um café, pelo menos, se você acha que temos tempo antes que aquela gata destrua a casa inteira.

— Oh, só leva cerca de dois segundos para eles fazerem isso — Alison disse, e depois riu quando viu meus olhos arregalados. — Mas eu duvido muito que Eleonora esteja fazendo muitas travessuras agora. Parece que ela ainda está intimidada com o novo ambiente.

Colocamos todos os suprimentos no meu carro e fomos para a porta ao lado tomar um café, Alison conversando sobre gatos o tempo todo. Ela já tinha me mostrado pelo menos trinta fotos dela em casa quando chegamos à nossa mesa.

— Essa deve ser Maritza — eu disse, apontando para a foto de uma mulher fazendo caretas de beijo para um gato rajado cinza. Ela tinha cabelo encaracolado escuro e uma pinta na bochecha. — Que bom que você colocou pelo menos uma foto da sua esposa aí. Ela é bonita.

Alison sorriu, deslizando de volta para a tela inicial do celular para me mostrar uma foto das duas juntas. Elas eram realmente adoráveis. Eca!, eu teria que adicioná-las à minha lista de casais saudáveis que de repente estava crescendo? Era muito mais divertido quando eu estava me afundando nos buracos negros da Wikipédia tentando descobrir quais relacionamentos pós-condenação duraram depois do inevitável lançamento do livro. Sondra London namorou não um, mas dois assassinos condenados e escreveu livros sobre ou com eles. Isso que era compromisso.

— Ela costumava tirar sarro de mim por causa de todas as fotos de gatos — Alison disse —, então ela se mudou e acabou se apegando. Em alguns meses, aposto que seu celular ficará tão ruim quanto o meu. É encorajador que Eleonora estivesse massageando você daquele jeito. Isso mostra que ela confia em você.

— Pelo menos alguém faz isso — eu disse.

As sobrancelhas de Alison se franziram. Ela usava um par de óculos diferente desta vez, com uma armação que a fazia parecer muito mais uma bibliotecária. — Do que você está falando?

Eu não ia falar sobre isso. Não queria que Conner soubesse, e não vi nenhum motivo para discutir minha vida pessoal com Alison. Mas ela estava muito menos conectada ao resto da minha vida, e isso estava borbulhando em mim o dia todo. Eu estava morrendo de vontade de colocar para fora.

— Eu dormi com Sam — eu disse.

— Seu vizinho gostoso? — ela perguntou. — Quero dizer, eu imaginei.

— Sim, é só... — eu parei, registrando as palavras dela pela primeira vez. — Espere, o quê?

— A maneira como ele mencionou o nome que você deu à gata — ela disse, levantando um ombro. — Não sei. Eu imaginei que vocês estavam juntos.

— Bem, ainda não estávamos *naquela* ocasião — eu disse. — E podemos não estar agora. Acho que estraguei tudo.

Havia uma mãe e seu filho pequeno no balcão, comprando *donuts*, e de repente fiquei paranoica pensando que eles pudessem ouvir cada palavra da nossa conversa. Afundei ainda mais na cadeira, mas a mãe apenas havia entregado ao filho um *donut* de geleia pegajosa e um guardanapo, concentrando-se mais em limpar algo da bochecha dele com sua própria saliva do que em qualquer coisa de que estávamos falando.

Alison me lançou um olhar seco.

— Admito que não sou uma especialista em relações heterossexuais, mas isso tem sido jogado na minha cara em filmes e livros há anos, então acho que posso dizer com alguma confiança que é altamente improvável que você tenha estragado alguma coisa.

— Acho que ele quer um *relacionamento* — eu disse.

Os olhos de Alison viajaram de um canto ao outro da cafeteria, como se ela estivesse realmente escaneando a sala para saber qual era o problema.

— E isso é ruim?

Enumerei as razões nos dedos, tanto para o meu benefício quanto para o dela.

— Um, estarei aqui só por mais um ou dois meses. Depois disso, voltarei para a Carolina do Norte. E, depois que eu me formar em dezembro, quem sabe para onde irei... minha orientadora disse que era melhor manter minhas opções em aberto. Pelo que sei, poderia fazer um pós-doutorado na Universidade de San Diego. Eu poderia ser adjunta em Pawhuska, Oklahoma.

— Bem, eles têm... o que Sam faz mesmo?

— Ele ensina música em uma escola primária.

Ela fez uma cara exagerada.

— Isso é adorável. Eu adoro isso. — Então, talvez percebendo que *não* estava ajudando, ela balançou a cabeça. — Desculpe, tudo bem. Só estou dizendo que eles têm professores de música em Pawhuska, Oklahoma. Ou você poderia manter um relacionamento à distância. Ou você pode terminar. Mas isso não parece uma razão para não tentar, se você realmente gosta dele. E parece que você gosta.

A última parte não foi uma pergunta, então não perdi meu tempo tentando responder.

— *Dois* — eu disse, levantando os dedos para enfatizar a importância de ela entender porque não daria certo. — Ele é, tipo, doentiamente bem ajustado. Ele vem de uma daquelas grandes famílias onde você sabe que todos eles chegam de avião para o Natal para surpreender a mamãe, e ela está tão feliz por ter todos os seus filhos em um só lugar que nem precisa de presentes, mas, de qualquer maneira, todos contribuíram para comprar um colar para ela com cada uma de suas pedras de nascimento.

— É de alguma propaganda? — Alison perguntou. — E eu não acho que esses colares sejam tão caros, na verdade.

Era, na verdade, de uma propaganda.

— O que quero dizer é que ele nem sabe no que está se metendo comigo. Eu odeio quando dizem que os filhos do divórcio vêm de famílias desestruturadas, mas no meu caso é bem verdade.

— Então? Quem se importa? Sou adotada, o que algumas pessoas podem pensar que significa que tenho alguns problemas de carência não resolvidos ou algo assim. Tenho certeza de que esse é o caso de alguns adotados, mas não o meu. Por outro lado, foi uma adoção inter-racial, que traz à tona outras questões que essas mesmas pessoas podem nem pensar. Maritza entrou em nosso casamento com a bagagem de um lado de sua família que não aceitava relacionamentos entre pessoas do mesmo sexo. Todos nós temos alguma coisa.

Eu sabia que o que Alison estava dizendo tinha lógica. E também sabia que ela, de todas as pessoas, deveria saber quão fodida eu estava. Afinal, ela era a única que estava lá quando eu era adolescente e ameaçava me matar em mensagens da internet. Eu sempre disse que era apenas uma piada, e de certa forma tinha sido. Mas as piadas também sempre foram uma das minhas maneiras mais seguras de me expressar — às vezes me permitindo contornar o que eu queria dizer, outras vezes me permitindo ir direto ao assunto e depois negar que eu pretendia dizer aquilo.

— Posso fazer mais uma observação? — Alison perguntou. Ela já tinha falado bastante, então apenas gesticulei para ela continuar. Não havia razão para parar agora.

— Você sempre foi meio... — Ela virou sua xícara de café entre as mãos, como se estivesse tentando descobrir a ordem exata para colocar suas palavras. — Tudo ou nada.

Ela me deu uma olhada através daqueles óculos, e sua intenção era tão clara que tive que desviar o olhar. Afinal, não foi essencialmente isso que acabou com a nossa amizade? Eu havia considerado a ligação dela para a minha mãe como a maior traição e tinha permitido que aquele incidente envenenasse anos de amizade. Eu sabia que ela estava certa. Não significava que era fácil de ouvir.

— Então, essa coisa com Sam — ela disse. — Talvez apenas mantenha a mente aberta. Você não precisa estar em um relacionamento, se não estiver pronta para isso. Mas também não seja agressivamente *contra* um relacionamento. Você entende?

Eu gostaria de poder dizer que não. Havia muitas negações duplas nessa frase. Mas eu sabia exatamente o que Alison estava dizendo, porque era verdade — no minuto em que acordei ao lado de Sam, comecei imediatamente a pensar em maneiras de deixar claro que isso era apenas sexo, que eu *não* estava emocionalmente envolvida. Foi uma defesa que me colocou no ataque, e eu já tinha feito isso antes.

— Ok — eu disse. — Agora que você resolveu *esse* problema, me diga. Onde devo colocar a caixa de areia de Eleonora?

Alison me deu um sorriso de que não gostei nem um pouco.

— Até agora, ela provavelmente já fez cocô em algum canto da casa — ela disse. — Eu sugiro que você coloque bem ali.

♡ ♡ ♡

Foi exatamente o que Eleonora fez. Depois que limpei e murmurei algumas palavras de repreensão para ela, montei a caixa de areia no local onde a gatinha gostava aparentemente de fazer suas necessidades.

— Esta é agora a sua área designada — eu disse. — Quando nos conhecermos melhor, vou te mostrar o episódio de *Dateline* em que a garota comete um deslize e diz *área designada*, depois que ela passou o tempo todo dizendo que eles nunca planejaram matar a ex do namorado quando todos saíram para as salinas juntos. Keith Morrison pegou a mentira no pulo. Ele deveria ter ganhado um Emmy só por esse episódio.

O livro recomendava que eu sobretudo ignorasse Eleonora, para lhe dar espaço enquanto ela descobria seu novo ambiente. Essa parte foi bastante fácil. Para incentivar seu gato a brincar, o livro dizia para ficar no chão, sacudindo uma corda ou outro brinquedo enquanto falava de maneira amigável. Não disse especificamente para falar sobre sua programação favorita de *true crime*, mas também não disse para não falar.

O tempo todo, eu estava ouvindo o som da caminhonete de Sam. Ela tinha desaparecido da garagem quando voltei do café, e estava ansiosa para que Sam voltasse para casa para que eu pudesse conversar com ele.

Ainda nem tinha planejado totalmente o que eu diria. Um pedido de desculpas era uma maneira tão boa de começar quanto qualquer outra coisa. Ele me disse que eu era linda, chamou o sexo de incrível — o que *tinha* sido — e me pediu para passar a noite. Embora eu tenha dito a ele que estava exausta, peguei algumas de suas roupas e saí de lá assim que pude.

Eu não precisava da internet para avaliar isso. Eu era a idiota.

Por fim, Eleonora se aventurou até onde eu estava lhe acenando com um brinquedo para a frente e para trás no chão, um pequeno pedaço de pau com penas na ponta que Alison me assegurou que a deixaria doida. A gata me deu um olhar semicerrado, tipo *Então você pensou que eu me apaixonaria por essa merda?* e se recusou a atacar, mas ela estava observando, então eu mantive o movimento constante do brinquedo.

— Eu entendo — eu disse. — Você tem muita dignidade. Isso está abaixo de você. Você provavelmente quer a seção *Style* do *The New York Times*.

Um movimento da cauda.

— Somos nós, sozinhas com nossa dignidade. — Um barulho de motor veio do lado de fora e eu me endireitei, meus ouvidos prestando atenção como se eu fosse o gato. Mas o som ficou mais alto, antes de silenciar novamente, como se um carro tivesse passado pela casa, mas prosseguido. Eu me agachei, o brinquedo esquecido na minha mão.

Eleonora foi para a cozinha, onde eu podia ouvi-la mexer na tigela de comida que eu tinha preparado para ela.

— Ok, só você — eu disse. — Não tenho mais dignidade.

♡ ♡ ♡

Eu também não vi Sam no dia seguinte. Estava claro, ele voltou para casa em algum momento, porque colocou seu lixo e reciclagem para fora, o que foi um bom lembrete de que eu precisava fazer o mesmo.

Minha vizinha do outro lado, Pat, enfiou a cabeça pela garagem aberta para me observar enquanto eu caminhava pela lateral da casa em busca das latas. Ela sempre tinha sua garagem aberta e nove em cada dez vezes estava lá sentada em uma cadeira de praia dobrável, fumando um cigarro atrás do outro. Se eu tivesse realmente pensado sobre isso, ela teria sido a única a prender Sam por qualquer atividade de *serial killer* muito antes de eu chegar ao caso.

Levantei minha mão em um aceno, já que a essa altura havíamos claramente estabelecido contato visual e pareceria estranho não fazer isso. Mas eu tinha que respeitar Pat, porque ela não dava a mínima para tal gentileza social, mal me reconhecendo, mesmo enquanto continuava a me encarar.

— Para isso, preciso da energia de uma verdadeira Aileen Wuornos[41] — murmurei, agarrando as latas para arrastá-las para a rua.

---

41 Assassina em série e prostituta dos Estados Unidos, condenada por sete assassinatos entre 1989 e 1990.

Esse simples pensamento me fez parar e me virar para estudar o galpão nos fundos da propriedade de Pat. Talvez sua vigilância tivesse menos a ver com sua desconfiança em relação às outras pessoas e mais com a proteção aos seus próprios segredos. Ela poderia ter todos os tipos de pistas sobre seus crimes, ou até mesmo uma família secreta inteira morando lá atrás, e quem saberia? Eu não queria ser a pessoa que mora ao lado de Jaycee Dugard sem suspeitar de nada.

— Minhas condolências — uma voz rouca veio do meu lado, e eu pulei.

Havia uma cerca viva inteira entre mim e Pat, mas ainda assim me senti incomodada e ameaçada pela abordagem dela.

— Oi?

— Pelo seu pai — ela disse. — Minhas condolências.

— Ah! — Ocorreu-me que tinha morado ao lado dele por décadas, mas entre o quão insular ele era e o quão antissocial ela era, provavelmente nunca haviam trocado uma palavra sequer. Cada um deles poderia ter vivido ao lado de uma casa de horrores e ambos teriam se orgulhado de cuidar da própria vida.

Eu limpei a garganta.

— Tem uma gata — comecei hesitantemente —, que tem vindo em casa ultimamente. Preta e branca, pequena. Ela é sua?

Isso parecia a coisa certa a fazer, mas havia uma parte de mim que ainda me culpava por fazer uma pergunta para a qual eu não tinha certeza se queria a resposta. E se ela dissesse *sim*, e eu tivesse que devolver Eleonora? Fiquei surpresa com a veemência com que rejeitei essa opção. Ao mesmo tempo, eu não queria ser o assunto de algum cartaz da vizinhança sobre como havia um ladrão de gatos no bairro.

Pat me deu uma olhada como se eu fosse de outro planeta.

— Esses gatos não me pertencem — ela disse. — Eles não pertencem a ninguém. Eles são animais.

— Certo — eu disse.

Ouvi um carro vindo da esquina e me virei, procurando automaticamente por Sam, embora já soubesse que não era o barulho do motor da sua caminhonete. Quando me voltei para Pat, ela estava cuidadosamente apagando o cigarro contra o jeans grosso de seu short e enfiando a bituca no bolso.

— As pessoas também não pertencem a ninguém — ela disse de forma enigmática, e desapareceu de volta à sua garagem.

Ela estava se referindo a mim e ao Sam? Sob seu olhar atento, eu não tinha ideia do que ela tinha visto ou quais conclusões ela poderia ter tirado.

De qualquer forma, enquanto arrastava o lixo para o meio-fio, pensei que esse não parecia um sentimento de uma mulher que estava mantendo em segredo uma família sequestrada em seu galpão. Eu supunha que poderia riscá-la da minha lista.

♡ ♡ ♡

Pelo menos eu não tinha mais que me preocupar com Pat se vingar de mim por fazer coisas como alimentar Eleonora ou levá-la ao veterinário. Na primeira consulta, descobri, para minha surpresa, que Eleonora provavelmente tinha pelo menos três anos, e que às vezes os gatos podiam ser tão demoníacos enquanto recebiam injeções que a técnica veterinária tinha que usar luvas especiais e ainda assim voltava parecendo um pouco abalada.

— Tudo pronto! — ela disse, mas sem elogios adicionais sobre Eleonora ter sido uma ótima gatinha. Assim que era ter um gato? Eu estava condenada a sentir um surto de indignação quando outras pessoas marcavam seus gatos com #melhorgatodomundo no Instagram?

Alison respondeu quando mandei mensagem perguntando a ela:

Sim.

— Bem, *você é* a Lixinho original — eu disse a Eleonora pela porta de sua caixa de transporte enquanto a coloquei de volta no carro. — Ninguém pode tirar isso de você.

O cheiro de amônia atingiu imediatamente minhas narinas.
— Bom — eu disse. — Obrigada por isso.

— Conner estava me enviando mensagens de texto sobre os fogos de artifício do dia seguinte, fazendo perguntas sobre o que eu achava que ele deveria vestir e se seria brega ficar um pouco chapado antes.

> Basta usar uma camisa de botão por cima de uma bela camiseta, sem nenhuma frase engraçada estampada. E eu recomendaria entrar nisso com todas as suas faculdades intactas.

Era fofo, como ele estava nervoso. Descobri que também estava nervosa — por Conner, mas também porque ainda não tinha tido a chance de confirmar com Sam se ele viria ou não. Eu realmente queria vê-lo novamente. Além de querer consertar as coisas, percebi que esse havia sido o maior tempo que fiquei sem vê-lo. Eu me acostumei a tê-lo nos meus dias.

Por fim, arranquei uma folha antiga de papel de carta que eu tinha desde que era criança, e escrevi uma breve mensagem.

Sam — eu fui uma idiota. Desculpe. Piquenique/fogos de artifício no parque perto do rio por volta das sete. Nos encontramos lá? — P

Eu gostaria que pudéssemos ir até lá juntos, já que isso nos daria algum tempo para conversar, mas Conner me fez correr por aí pegando coisas para a refeição que ele havia planejado. Aparentemente, Shani ficou obcecada por painéis sofisticados de charcutaria no Pinterest e agora ele estava determinado a recriar um para ela. Por mais tocada que eu tivesse ficado por ser incluída, tentei apontar para Conner que algo como um piquenique completo com os queijos sofisticados favoritos de sua namorada talvez fosse melhor aproveitado a dois. Para o que ele digitou uma resposta em caixa-alta sobre como ele não seria capaz de manter nenhuma aparência de conversa normal e acabaria estragando tudo, e se eu poderia, *por favor*, lembrar de pegar o queijo Brie.

Eu respondi da única maneira que sabia, exatamente como aquele merdinha teria me respondido se os papéis fossem invertidos.

Cara. Relaxe.

Então eu adicionei um rosto sorridente, porque ele estava obviamente estressado, e ele era meu irmão mais novo.

♥
♥

DEZOITO

Havia avisos de tempestade para o Quatro de Julho, e o céu se mostrava cinza e furioso quando colocamos nossa toalha na grama. Conner ficava olhando para as nuvens, como se pudesse fazê-las se afastar se ele se preocupasse o suficiente com isso. Shani estava alheia, usando um vestido de verão amarelo com tiras que contrastava perfeitamente com sua pele morena, bebendo um *drink* gelado de vinho que havíamos colocado dentro da garrafa de água do Conner.

— Vai chover — ele disse.

— Você sabe como é a Flórida — eu disse. — Há avisos de tempestade praticamente todos os dias. Mesmo que chova, provavelmente será apenas por meia hora. Podemos nos proteger e depois voltar. Eles não cancelaram o evento, todas essas outras pessoas estão aqui.

Conner olhou em volta para a multidão que havia começado a se formar ao redor do local, parecendo ao menos sentir algum conforto com isso.

— Se eles cancelarem, vamos para casa — Shani disse. — De qualquer maneira temos o episódio da *House of Versace* para assistir.

— Veja — eu disse a Conner. — Um ponto positivo.

— Não está ajudando — ele disse. — E o que te deixou toda nervosa?

— O quê? Eu não estou nervosa.

— Você olhou para o estacionamento umas vinte vezes. É uma zona de reboque ou algo assim? Preciso tirar o carro?

— Não, é só... — Eu estava pensando se deveria dizer ou não a Conner que convidei Sam para vir. Eu sabia que ele não se importaria, ele parecia ter uma abordagem meio *quanto mais, melhor*. E ele realmente parecia gostar de Sam, apesar da falta de conhecimento sobre o *Mass Effect*. Mas eu não queria lhe contar e depois ter que lidar com isso caso Sam não aparecesse. Pior do que o Conner saber que estávamos juntos, era ele descobrir que agora não estávamos mais, e fiquei triste com isso.

Então eu vi Sam vindo pela grama, com as mãos nos bolsos. Ele usava uma camiseta azul suave e jeans, o cabelo penteado para um lado e espetado na parte de trás, como se estivesse passando as mãos por ele. Ele estava escaneando a multidão, procurando... por mim. E quando nossos olhos se conectaram, algo no rosto dele suavizou, e parecia que os fogos de artifício já estavam começando em algum lugar atrás da minha caixa torácica.

— Eu convidei Sam — disse a Conner rapidamente, em voz baixa. — Eu imaginei...

— Ei — Sam disse, chegando até nós. Ele me deu um sorriso antes de se voltar para Conner. — Phoebe me disse que vocês estariam assistindo aos fogos de artifícios daqui. Espero que você não se importe se eu me juntar a vocês.

— Claro que não, cara. — Conner disse, gesticulando para a comida já disposta sobre a toalha. — Nós trouxemos mais do que o suficiente para dividir.

— Oi, Sam! — Shani disse, acenando de seu lugar ao lado do queijo Brie. Conner estava certo sobre o quanto ela amava aquilo. Acho que metade da roda já tinha sumido e eu ainda nem tinha me sentado.

— Ei, Shani — ele disse, e dane-se se seus olhos pareciam ter um brilho extra, um *Você nem sabe o que está para acontecer hoje à noite*. Foi incrivelmente fofo.

Eu queria dizer a Conner que havia convidado Sam como meu... qual era a palavra certa? Namorado? Ou seria melhor mostrar, e não contar, pegar a mão de Sam e deixá-los tirar suas próprias conclusões?

Apesar de que ele ainda mantinha as mãos nos bolsos, e sua linguagem corporal e o tom de sua voz tinham uma vibração de *apenas amigos*. Ele não sabia que isso era um encontro? Ou ele não queria que fosse, depois que eu o havia tratado tão mal alguns dias antes?

— Este tempo — Conner disse, dando ao céu outro olhar preocupado —, não parece bom. Eles vão cancelar, eu posso sentir.

Shani deu de ombros.

— Os fogos de artifício não são tudo isso, de qualquer maneira — ela disse. — Eles são tão altos.

Meu estômago se contraiu como se fosse eu quem estivesse planejando fazer um pedido de casamento.

— Eu amo fogos de artifício — eu disse, e agora era a minha voz que estava muito alta. Conner me deu uma olhada, tipo *dá uma segurada*. Eu limpei minha garganta. — Eles são tão... majestades.

Do meu lado, Sam se engasgou com uma risada.

— Majestades?

— *Majestosos* — eu disse. — Eu quis dizer majestosos. Você não acha?

— Eles são deslumbrantes — ele disse, olhando para mim.

Ok, era isso. Eu ia pular nele ali mesmo e agora, e não estava nem aí para o meu irmão e para minha futura cunhada ou para a família no piquenique ao lado do nosso.

Então Sam se sentou de pernas cruzadas na toalha, pegando uma fatia de presunto, e eu fiquei me perguntando se tinha imaginado aquele instante. Quando me sentei, ele estava concentrado numa conversa com Shani sobre uma história engraçada de um de seus pacientes no hospital, rindo em todos os momentos certos.

Conner estava olhando para o relógio.

— Eles não deveriam iniciar a queima dos fogos mais cedo? — ele perguntou. — Se o tempo vai piorar mais tarde?

Os fogos de artifício não deveriam começar antes das oito e meia, quando escureceria. Tentei garantir ao meu irmão que tudo ficaria bem, mas gastei toda a minha energia tentando manter sua ansiedade sob controle e, ao mesmo tempo, não deixar que Shani percebesse que algo estava acontecendo. Eu estava apoiada com as mãos na grama, observando o céu, porque havia prometido a Conner que faria isso para que ele pudesse realmente conversar com a mulher com quem planejava se casar, quando senti um toque leve nas costas da minha mão.

— Ei — Sam disse do meu lado. Sua voz estava baixa, e seu polegar deslizou pelo meu pulso, causando um arrepio através de mim. — Eu só queria que você soubesse que estamos bem. E não precisamos contar ao seu irmão nem nada.

Parece terrível que a primeira coisa que senti foi alívio? Mas depois disso veio a confusão, porque eu realmente não entendia por que Sam ficaria tão tranquilo com tudo isso agora, quando ele parecia chateado antes.

— Mas eu fui uma idiota — eu disse. — Eu nem te disse como o sexo tinha sido bom. O que eu realmente queria fazer, aliás, porque aquela noite inteira...

Olhei para ver se Conner e Shani estavam prestando alguma atenção em nós, mas Conner parecia absorto em colocar queijo Brie na boca de Shani. Razão número oitenta e cinco de porque achava que seria melhor se eles estivessem sozinhos.

— A+ — eu concluí. — Definitivamente.

— A+ + — ele disse, mas seus olhos estavam procurando algo na minha expressão. Por fim, ele se virou, me dando seu perfil. Deus, como eu amava a protuberância imperfeita de seu nariz, a curva suave de seu lábio inferior. Eu gostaria que estivéssemos ali sozinhos para que pudéssemos apenas conversar e nos beijar ou fazer o que quiséssemos.

— Estou feliz que ainda possamos ser amigos — ele disse finalmente. — Eu realmente gostei de sair com você neste verão, e seria uma pena deixar uma noite destruir isso.

Ouvi as palavras dele como um arranhão de disco na minha cabeça. Elas me fizeram sentir ridícula — por ir pedir conselhos à Alison, por esperar pela caminhonete dele, por usar meu cabelo solto na esperança de que ele viria essa noite.

— Certo — disse. — Totalmente.

De repente, eu estava tão impaciente quanto Conner para que os fogos de artifício começassem e a noite terminasse. O ar estava pesado e úmido, como sempre antes da chuva, e os mosquitos estavam começando a aparecer. Ou então eles tinham saído e só agora estavam começando a me deixar louca, o que era muito provável.

A família ao nosso lado deu outra olhada no céu e começou a recolher seus pertences, o que eu poderia dizer que deixou Conner ansioso. Desviei meus olhos de Sam para Shani, tentando enviar a ele uma mensagem telepática para distraí-la com alguma conversa. Felizmente, ele pareceu receber a mensagem, porque se virou para ela e começou a fazer perguntas educadas sobre quais eram seus planos depois da escola de enfermagem.

Agarrei a manga da camisa de Conner, puxando-o para mais perto.

— Ouça, apenas diga a si mesmo que isso não vai acontecer.

— O quê?

— Estou falando sério — eu disse. — Diga a si mesmo agora, *oh bem, hoje não é a noite. Vou pedir Shani em casamento, mas não será durante os fogos de artifício.*

— Mas eu preparei tudo — ele disse. — Eu *paguei* por isso.

— E nós pegaremos seu dinheiro de volta — eu disse. — Se eu tiver que escrever uma carta com palavras fortes para conseguir, eu vou fazer. Apenas repita: *Hoje não é a noite.*

— Hoje não é a noite — ele repetiu, soando miserável.

— Ótimo — eu disse, soltando a camisa dele. — Então agora, se chover, choveu. Vamos pegar o Brie, o que sobrou dele, e correr. E com a mínima chance de que o céu clareie e os fogos de artifício explodam sem problemas, você ainda pode se ajoelhar e viver seu momento romântico de fantasia. Mas vamos tratar isso como uma possibilidade distante e apenas aproveitar a noite como ela é, ok? Você está aqui com sua garota e ela adora queijo e ama você. Agora, por que você não a leva para um passeio à beira da água enquanto esperamos para ver se há pirotecnia ou propostas em nosso futuro?

Conner piscou para mim, um pouco surpreso com a veemência do meu discurso, então se aproximou de Shani e disse algo em seu ouvido. Ela sorriu enquanto ele a puxava para cima, e eles foram caminhando juntos em direção ao rio.

Sam se aproximou um pouco mais de mim.

— Amor bruto?

— Gerenciamento de expectativas — eu respondi, observando-os até eles desaparecerem atrás da multidão. — Se for inteligente, ele vai pedi-la em casamento bem ali perto da água e acabar com isso.

— Falando como uma verdadeira romântica.

Eu olhei para ele. Ele não tinha dito as palavras com nenhum rancor em particular, mas dada a atualidade de nossos próprios conflitos românticos, eu não poderia culpá-lo se ele tivesse.

— Eu fui direta com você outro dia — eu disse. — Quero estar com você, mais do que amigos. Ainda não precisamos definir como alguma coisa, mas posso ter a mente aberta.

Sam arrancou algumas folhas de grama do chão, torcendo-as entre os dedos.

— Acho que tenho que gerenciar minhas próprias expectativas. Você está procurando algo casual, o que faz sentido. Eu só não sei se posso ser casual com você.

— Então... Sem beijo?

Ele me deu um sorriso triste.

— Não, a menos que você realmente queira.

Eu sempre quero, eu tive vontade de dizer, mas não o fiz.

— Você sempre foi um cara de relacionamento, então?

— Eu acho que sim — ele disse. — Eu não tive minha primeira namorada de verdade até a faculdade. Eu sei, patético, certo? Mas eu era muito tímido no ensino médio. Eu mal conversava com alguém. Já namorei um pouco, aqui e ali, mas, na maioria das vezes, se estou com alguém é porque espero um futuro com essa pessoa.

Um futuro. Era uma boa ideia, mas eu nem conseguia imaginar como isso seria, com Sam ou não.

— Como Amanda — eu disse.

Ele franziu a testa, como se não tivesse certeza de por que eu a estava trazendo de novo. Uma parte de mim sentiu como se estivesse testando-o, cutucando uma ferida para ver se ainda doía. Foi uma coisa horrível de se fazer, provavelmente. Mal sabia qual resultado eu queria. Se ele obviamente ainda estivesse pensando nela, isso me daria uma saída — eu seria capaz de dizer a mim mesma que *essa* era a razão pela qual nada poderia acontecer entre nós, não porque eu fosse o problema. Mas se ele ainda pensava nela, isso também me fez sentir ciúmes e tristeza.

— Amanda foi... — Ele havia arrancado mais grama e estava trançando-a agora, sem olhar. Eu nem tinha ideia se ele sabia que estava fazendo isso. Haveria um buraco desmatado perto daquela toalha quando fôssemos embora. — Bem, eu já te contei. Sempre foi muito esforço com ela. Como se eu pudesse sentir que ela queria que eu fosse de uma determinada maneira, e pudesse sentir todas as maneiras pelas quais eu a decepcionava constantemente. Mas assim me mantive ocupado, acompanhando isso, e então, quando ela terminou comigo, foi uma surpresa, embora não devesse ter sido. Eu sabia que não estava certo quase o tempo todo. Foi como sair de uma esteira e então sua cabeça está girando e seus pés em terra firme se sentem errados, mas aí você pensa: espere, em primeiro lugar, eu não queria estar naquela esteira. Eu deveria ter parado há muito tempo.

— Esse é um exemplo *muito* relacionável — eu disse. — Fodam-se as esteiras. Se eu estiver correndo, é melhor que seja porque o Sunrise Slayer está atrás de mim.

— Eu pensei que você tinha dito que ele morreu na prisão.

— E você realmente não namorou uma esteira — eu disse. — Eu pensei que entendêssemos que estávamos sendo metafóricos aqui.

Sam sorriu para isso.

— Então, e você?

— E eu?

— Eu lhe dei um dossiê completo sobre meu último relacionamento — ele disse. — Eu quero ouvir sobre o seu.

— Isso não é uma má ideia? — eu perguntei. — Trocar histórias sobre ex?

Ele deu de ombros.

— Apenas dois amigos conversando.

— Ok, ok — Eu mentalmente vasculhei na memória os últimos caras com quem havia me relacionado, excluindo todos porque nenhum deles fora realmente um relacionamento. Eu sabia que se pedisse a Sam para definir exatamente o que essa palavra significava, só estaria me abrindo para mais perguntas, então finalmente decidi por um namorado que tive depois da faculdade, o que significava que era... seis anos atrás. Caramba!

— O nome dele era Brandon — eu disse. — Ele trabalhava meio período na loja de suplementos vitamínicos em um shopping próximo, então ele era muito fitness. Acho que ele teria namorado uma esteira de verdade. Nós nos conhecemos por meio de amigos em comum que pareciam pensar que nos daríamos bem, embora eu não possa imaginar o porquê, uma vez que acabamos descobrindo que tínhamos muito pouco a ver um com o outro. Ele geralmente era um cara muito gentil, mas acho que estava procurando uma namorada que fosse mais... — Eu dei de ombros, não tendo certeza de como terminar a frase. Mas é claro que eu deveria saber que Sam não ia me deixar em paz.

— Mais o quê?

— Demonstrativa, acho — eu disse. — Carinhosa? Eu não ria muito das suas piadas, porque não sabia que ele estava contando uma, e não massageava aleatoriamente os seus ombros quando parecia que ele tinha tido um dia difícil. Enquanto isso, ele estava sempre tentando me massagear, e essa merda *doía*. Ele enfiava realmente o dedo lá e apertava. O cara comia proteína em pó sem sequer misturá-la em um *shake* primeiro. Isso simplesmente não está certo.

Sam riu um pouco, inclinando-se para trás com as mãos na grama, nossos dedos mindinhos quase se tocando.

— Nós éramos apenas opostos totais — eu disse. — Ele mesmo disse isso quando terminamos. Ele tinha um corpo duro e um coração macio, enquanto eu... bem. Você sabe.

Eu podia sentir o olhar de Sam no meu rosto agora, mas apertei os olhos e desviei o olhar, procurando por qualquer sinal de Conner e Shani como se fosse a coisa mais importante que eu tinha para fazer. Na verdade, eu os vi, andando de mãos dadas, começando a voltar para a grama. Conner parecia muito mais relaxado, sorrindo e dizendo algo para Shani, mesmo que o céu só parecesse mais propenso a se abrir a qualquer minuto. Tentei descobrir se talvez ele tivesse feito o pedido de casamento durante a caminhada, mas de alguma forma eu achei que não. Eles pareciam felizes, mas não felizes vamos-tirar--selfies-com-o-anel.

— Isso é uma besteira — Sam disse.

— Esse corpo é muito macio — eu disse, cutucando minha barriga não chapada.

— Seu corpo é incrível — Sam disse — e se o Supino Brandon quis te ofender com esse comentário, espero que ele se engasgue com sua proteína em pó. Mas eu também quis dizer a coisa do coração. Você não tem um coração duro.

Eu dei de ombros.

— Você não me conhece tão bem assim.

— Eu sei que você está *aqui* — ele disse. — Dando apoio moral porque seu irmão pediu, mesmo que você odeie fogos de artifício. Eu sei que você o deixa te chamar de *Pheebs*, mesmo que o apelido te incomode. Eu sei que você pegou aquela gata porque odiava pensar que ela não tinha um lar. Eu sei que você está aqui, de volta à cidade, em uma casa que te deixa triste, porque você não queria que seu irmão tivesse que lidar com isso sozinho.

Uma gota de chuva atingiu meu braço com um respingo, e depois outra, mas eu mal estava consciente do clima ou do fato de que as pessoas ao nosso redor estavam começando a recolher suas coisas e sair rapidamente. A explosão de Sam me deixou sem palavras. Como ele sabia que eu odiava o apelido *Pheebs*, exceto quando meu irmão o usava?

— Desculpe — Sam disse, esfregando as mãos no jeans.

— Provavelmente deveríamos...

Ele estava começando a se levantar, mas eu o agarrei pela camisa e o puxei para mim, esmagando minha boca contra a dele. Não começou como o beijo mais gracioso — acho que machuquei a bochecha dele com o nariz —, mas o que faltou em requinte foi compensado em sentimento. *Estou falando sério, estou falando sério, estou falando sério.*

As mãos dele estavam no meu cabelo, segurando a minha nuca enquanto ele aprofundava o beijo. Então ele se afastou, e vi seu olhar nervoso se fixar atrás de mim.

— Merda — ele disse. — Conner e Shani, do seu lado direito. Ou na minha esquerda. Eu não tenho ideia de como isso funciona.

— Eu não me importo — eu disse, e o beijei novamente. Nós dois estávamos ficando molhados com a chuva nesse momento, mas eu também não me importei com isso.

Consegui me afastar e endireitar minha camiseta — de alguma forma, havia uma marca quente na minha lateral no formato exato da mão de Sam — antes que Conner e Shani nos alcançassem. Eu não era completamente contra expressões de afeto em público, embora meu irmão, entre todas as pessoas, merecesse punição depois das publicações amorosas às quais ele submeteu todos os seus seguidores nas redes sociais ao longo dos anos.

— Achem um quarto — Conner disse assim que chegou, mas ele estava sorrindo. Ele se virou para Shani, enfiando a mão no bolso da calça cargo, e por um minuto eu me preocupei de que ele fosse propor o casamento ali mesmo, o que teria sido estranho. Mas, em vez disso, ele retirou sua carteira, puxando uma nota de vinte dólares e colocando-a na mão estendida de Shani.

— Você ganhou — ele disse.

— Ganhou o *quê*? — eu exigi, embora tenha ficado bem claro pelo alegre sinal de positivo que ela me deu. Era por isso que, se pudesse escolher, eu não contaria *nada* para eles. Na medida em que já sonhei com meu próprio casamento — que foi aproximadamente nunca — sempre foi um ato em cartório visando o plano de saúde, em que não diríamos a ninguém e continuaríamos a morar em casas separadas.

Pelo menos Conner não estava mais pirando com o pedido--de-casamento-que-não-aconteceu. Ele parecia estar de volta ao seu eu relaxado habitual quando começou a recolher toda a comida e colocá-la de volta na bolsa térmica. A chuva estava caindo mais forte agora, encharcando minha camiseta e grudando meu cabelo no rosto, mas Conner parecia não ter senso de urgência. Enquanto isso, eu estava morrendo de vontade de sair de lá por diversas razões, e somente a última delas era a chuva.

— Ah — eu disse. — Provavelmente vou pegar uma carona com Sam...

— Sim, saia daqui — ele disse, me acenando. — Vou te mandar uma mensagem amanhã sobre dar um jeito no quarto do papai.

Uma tarefa pela qual eu não estava nem um pouco ansiosa.

— Beleza.

Sam já havia se levantado, oferecendo-me a mão para me colocar de pé. Eu poderia ter largado a mão dele imediatamente depois — não é como se eu precisasse ser conduzida pelo parque como uma criança —, mas foi bom, a palma quente dele contra a minha, nossos dedos entrelaçados. Ele me puxou para mais perto enquanto corríamos em direção ao estacionamento, tentando em parte me proteger da chuva com seu corpo, e estávamos encharcados e rindo quando entramos em sua caminhonete.

— Então — ele disse.

— Então. — Prendi meu cabelo pesado e encharcado em um rabo de cavalo na nuca antes de soltá-lo novamente. A adrenalina estava fluindo pelo meu corpo com tanta intensidade que eu mesma poderia dar partida no carro. — Vamos voltar para sua casa, ou eu tenho que atacar um professor de escola pública em sua caminhonete?

— Estou feliz que um de nós esteja pensando no meu papel como um membro íntegro da comunidade — Sam disse.

— Não posso dizer que era aí que minha cabeça estava. — Ele virou a chave na ignição, a caminhonete subindo em uma lombada na rua enquanto ele dava ré e nos levava para casa.

♡ ♡ ♡

Sam e eu mal entramos em sua casa e já estávamos um em cima do outro, as roupas rapidamente descartadas em uma trilha até o quarto, onde acabamos chegando a uma parede, pelo menos, se não até a cama.

— Diga-me que isso não parece casual para você também.
— As mãos de Sam circularam meus pulsos, prendendo-os suavemente nas laterais do meu corpo, enquanto ele me beijava no pescoço. — Deus, Phoebe. Eu gosto tanto de você.

Eu quase fiz uma piada, com a parte do meu cérebro que ainda era capaz de pensar racionalmente. Algo sobre como éramos pelo menos profissionais *neutros* agora, embora nada sobre isso parecesse neutro ou profissional. Mas a declaração de Sam se fixou em algum lugar no meu peito, alojando-se de alguma forma até mesmo maior do que se ele tivesse usado a palavra *amor*.

— Eu também gosto de você — sussurrei, e então a língua dele estava na minha boca e novamente não pensei em palavras por um tempo.

♡ ♡ ♡

Sam tentou me convencer a passar a noite, mas eu estava preocupada em deixar Eleonora sozinha por tanto tempo.

— Não que ela preste atenção em mim — eu disse. — Mas ela está usando a caixa de areia e estou convencida de que ela vai parar só para se vingar se eu não estiver lá para monitorá-la.

— Tenho certeza.

Estávamos deitados na cama dele, seu braço debaixo do meu pescoço, seus dedos brincando com o meu cabelo. Seria tão tentador rolar e dormir, mas parecia importante fazer essa distinção de alguma forma, e não apenas por causa da gata. Um dos meus medos de ter um namorado — se é que Sam era isso — era me perder, concentrando-me tanto no relacionamento que deixaria de lado partes importantes de mim. E então, se o relacionamento terminasse — *quando* o relacionamento terminasse, uma voz insidiosa sussurrava na minha cabeça —, eu seria capaz de encontrar essas partes de mim novamente?

— Posso ouvir seu cérebro funcionando — Sam disse.

Eu me virei, apoiando-me nos cotovelos para poder olhar para o rosto dele. Ele sorriu para mim, um pouco confuso, até que pareceu sentir que meus pensamentos estavam tomando um rumo mais sério. Sua mão deixou cair meu cabelo, e já me assustou o quanto a perda daquele breve contato fez com que algo se esvaziasse no meu estômago.

— Preciso terminar minha tese — eu disse.

— Ok.

— Eu tinha que enviar um capítulo à minha orientadora, tipo, semana passada — eu disse. — E ainda tenho outro capítulo depois desse, e um monte de trabalho sobre a conclusão e a bibliografia e, meu Deus, a formatação, que vai ser um pesadelo porque eu tenho copiado e colado citações enquanto vou escrevendo... e Conner virá amanhã para ajudar com a casa, e sei que ele vai querer conversar sobre o fiasco da proposta e debater novas maneiras de fazer isso. Tudo o que posso dizer é que se ele está planejando um *flash mob* ou qualquer coisa envolvendo adestramento equestre, ele vai fazer sozinho, porque eu não danço e não vou montar em um cavalo.

— Você vai conseguir — Sam disse. — E se eu puder ajudar, conte comigo. Não com a tese, porque minha única contribuição seria "Selecionar Tudo" e depois tornar a fonte a mesma, e presumo que você saiba como fazer isso sozinha.

— Eu sei — eu disse. — Eles deram uma aula inteira sobre isso no meu segundo ano.

— Bem, já é um passo. Eu provei antes minha habilidade de contornar curvas apertadas com tinta e gostaria de ter a oportunidade de me exibir novamente. Se isso for eu balançando meu pau, me avise.

Eu dei uma risada surpresa. Já podia ver que má influência eu era para Sam. Eu teria feito esse tipo de comentário grosseiro quando nos conhecemos, só para chocá-lo. Mas agora aqui estava ele, embora mesmo no escuro eu sentisse que podia ver o rubor em sua face. Eu esperava que ele nunca perdesse isso.

— Só estou dizendo que preciso de algum espaço — eu disse, de repente mais séria. — Não de um jeito Taylor Swift. Eu quero estar com você... Só que tem muita coisa acontecendo comigo. Preciso que você entenda se eu tiver que me esconder na casa ao lado por alguns dias para terminar um rascunho ou algo assim.

— Phoebe — ele disse. — Eu entendo. Não espero que você largue tudo para ficar comigo. Podemos ir devagar, ok?

Eu balancei a cabeça, engolindo o nó na minha garganta.

— No entanto, se você ainda quiser voltar para a porta ao lado, é melhor você ir. Essa sua posição não me ajuda muito a te dar espaço.

Olhei para baixo. Meus braços estavam juntando os seios, fazendo meu decote parecer ainda mais profundo do que o habitual.

— Ai, meu Deus — eu disse. — Meus peitos estão incríveis.

— Eu sei — Sam disse. — Esse é o meu ponto.

— Eles podem nunca mais parecer tão bons. Tire uma foto.

— Não me tente.

Eu deslizei contra o corpo dele, até sentir o seu membro duro na minha coxa.

— Podemos começar com a coisa de dar espaço em tipo, vinte minutos? — eu sugeri.

— Quarenta e cinco?

— Uma hora, no máximo.

— Eu posso trabalhar com isso — ele disse, e agarrou minha bunda com as duas mãos, me puxando para cima dele.

♥
♥

DEZENOVE

Voltei para a casa do meu pai às duas da manhã. Conner chegou bem cedo — sem se preocupar em enviar mensagens de texto primeiro —, e não conseguiu a recepção que obviamente esperava.

— Isso é dedicação — ele disse, erguendo o pulso machucado, que agora estava envolto em um curativo simples. Uma tala completa acabou não sendo necessária, ou então Conner não quis pagar por ela. Não estava claro. — Se eu fosse tão responsável na faculdade, não teria reprovado em tantas aulas às oito da manhã.

— Para quantas aulas você se inscreveu antes de perceber que oito da manhã era muito cedo?

Ele fez uma careta, pensando.

— Quatro? Para ser justo, eu só falhei em uma. Larguei as outras duas e passei pela outra com um B-. Até o professor parou de ir à aula no final do semestre.

Eu estava muito focada na faculdade, determinada a fazer o maior número possível de aulas e manter um número impressionante de listas para deixar tudo em ordem. Às vezes, parecia que a única coisa semisselvagem que eu tinha feito foi quando realizei uma versão paródia de *TiK ToK* de Ke$ha para um evento de arrecadação de fundos para a revista literária da graduação. Eu tinha consumido uma quantidade incomum de álcool antes, então tudo o que conseguia lembrar era da primeira linha da música. *Wake up in the morning feeling like Joan Didion / I grab my laptop I'm out the door I'm gonna write some fiction.*[42] Depois disso, era um borrão abençoado.

— Então — Conner disse, remexendo as sobrancelhas como algo saído de um desenho animado. — O vizinho, hein?

---

[42] Tradução: *Acordo de manhã me sentindo Joan Didion / Eu pego meu laptop, vou para fora, vou escrever um pouco de ficção.*

— Não acredito que você e Shani apostaram nisso.

— Depois da festa, Shani ficou tipo, ah, *agora* entendo por que ela está tão obcecada por ele — Conner disse. — Não me importei com isso, porque sou seguro no meu relacionamento. Ela disse que apostava que havia mais coisas acontecendo lá do que apenas seu suposto medo de ser mutilada durante o sono, e eu disse, nã-ão, você não conhece minha irmã. Ela realmente pensa muito em *serial killers*.

Estranhamente, fiquei meio tocada pela defesa de Conner. Mas eu não estava com vontade de dar a ele essa munição, e eu realmente não estava com vontade de discutir Sam. Assim, em vez disso, voltei minha atenção para a despensa, tentando ver que café da manhã insignificante eu poderia arrumar. Eu normalmente não era uma grande apreciadora de café da manhã, apesar das idas ocasionais à Waffle House, e as sobras de mantimentos pareciam ser principalmente Pop-Tarts ou barras de granola.

— Sem açúcar mascavo de canela? — Conner perguntou, então deu de ombros enquanto abria um saco de Pop-Tarts de morango e as colocava na torradeira.

— Uau, olhe para você — eu disse. — Finalmente colocando suas Pop-Tarts na torradeira. Muito *nouveau riche* isso!

— Quero que você saiba que fizemos pagamentos em dia o suficiente para que a companhia elétrica nos tirasse do plano boleto — Conner disse. — É débito automático todo mês agora, querida.

— Eu percebi um certo brilho diferente em você.

— Mas, falando sério — Conner disse, retirando sua torrada da torradeira cautelosamente com os dedos, numa espécie de pinça com o polegar e o indicador. — Você não torra a sua? Você sabe que elas são feitas para serem torradas, certo? Está escrito na caixa.

Eu dei de ombros.

— Mamãe realmente não gostava que eu comesse muito — eu disse. — Então, se eu fizesse isso, geralmente era algo rápido que escondia no meu quarto.

— Oh. — Ele pareceu pensar nisso por um minuto. Então, como se estivéssemos debatendo o assunto e precisasse fazer uma última observação, ele disse em uma explosão: — Essa é a principal razão pela qual escolhi morar com o papai, você sabe.

— Por que ele deixava você usar a torradeira?

— Porque ele me deixava fazer qualquer coisa — Conner disse. — Você lembra como ele era. Se eu quisesse ir ao Busch Gardens com meus amigos, mamãe queria saber quem eles eram, quem eram suas mães, se eu tinha limpado meu quarto, se eu tinha meu próprio dinheiro economizado porque ela não estava disposta a me dar vinte dólares para comida, e assim por diante. Papai não se importava. Acho que ele ficava aliviado se eu estivesse fora de casa, ou jogando videogame o dia todo, ou o que quer que fosse, desde que não o incomodasse.

Eu me lembrava disso sobre o nosso pai. De certa forma, tinha sido uma das coisas mais paradoxais a seu respeito. Ele poderia ser a pessoa mais generosa; ele queria que você tivesse tudo o que sempre quis. Mas se suas vontades esbarrassem em algum limite invisível que ele não queria que você cruzasse, então era quando poderia se tornar frio, irritado e cruel. *Coma todos os marshmallows que puder. Mas se ele pegar o saco e não tiver sobrado nenhum, ele vai perder a cabeça.*

— Bem, ironicamente, a mamãe ficou um pouco mais solta quando conheceu Bill — eu disse. — Novo sopro de vida ou algo assim.

— Verdade. — Conner teve a oportunidade de ver um pouco disso a cada dois fins de semana, quando ele vinha conforme determinado no acordo de custódia, mas claro que não era a mesma coisa. Nós passávamos pelo menos um daqueles dias atuando como uma Família, preenchendo nosso tempo com jogos de tabuleiro ou minigolfe, ou, uma vez, com um show de luz laser do Pink Floyd que deve ter sido ideia de Bill. Houve alguns momentos legítimos e divertidos, mas também parecia que estávamos sempre *fazendo* alguma coisa, como se nunca tivéssemos tempo para apenas conversar e ser.

Seria um longo dia se o café da manhã açucarado já estava causando tanta autorreflexão. Conner foi dar uma mordida em seu lanche, recuando quando pegou muito recheio quente de uma só vez.

— É como ver Ícaro voar muito perto do sol — eu disse, balançando a cabeça. — Vamos. Vamos ver com o que estamos lidando.

♡ ♡ ♡

Todo esse tempo eu tinha reinventado o quarto do meu pai como se fosse a grande baleia-branca de Pinóquio, mas que, no final das contas, era apenas... um quarto. Algumas coisas pessoais, com certeza — roupas que me lembrava dele usando, contas e outros papéis, velhos anúncios de automóveis que ainda tinham marcas de lápis desbotadas em torno de carros que ele provavelmente nunca havia planejado comprar. Mas muito disso era lixo que poderia ser facilmente colocado em sacos plásticos.

Eu me surpreendi sendo sentimental o bastante para deixar de lado uma de suas camisas de flanela com botões, uma camisa xadrez azul que eu tinha comprado para ele em um Natal. Não fui ingênua o suficiente para atribuir qualquer importância ao fato de que ele ainda a tinha pendurada em seu armário — havia sido o melhor presente prático, afinal, e meu pai nunca foi uma pessoa de jogar coisas fora. Mas guardá-la parecia a coisa certa a fazer, e esperei até que Conner estivesse ao celular com Shani para dobrá-la e enfiá-la no fundo de uma das minhas malas.

— Sinto muito que seu pedido ontem à noite não deu certo — eu disse assim que voltei, vendo que ele não estava mais no celular. — Você já falou com o rapaz sobre obter um reembolso?

— Não foi preciso — Conner disse. — Na verdade, ele me enviou o dinheiro diretamente pelo aplicativo com uma mensagem de que, se eu não tiver feito o pedido até o Ano-Novo, poderíamos tentar novamente.

— Isso não é uma má ideia — eu disse. — O Ano-Novo pode ser legal.

Conner deu de ombros.

— A essa altura, estou começando a achar que eu deveria me ajoelhar quando ela chegar em casa do trabalho um dia e fazer o pedido ali mesmo no apartamento.

A abordagem discreta que eu vinha defendendo desde o início, mas algo sobre ver meu irmão tão desanimado me fez engolir meu sentimento antirromântico habitual.

— Talvez seja melhor se dar algumas semanas para pensar em alguma coisa. E se você não conseguir ter uma boa ideia, ou se o momento parecer certo, então vá em frente.

Ouvimos uma batida na porta da frente, e eu tive um breve choque, aquele habitual pensamento de que poderiam ser assassinos vindo me matar, antes de me tocar que provavelmente era Sam. E quando abri, lá estava ele, segurando uma bandeja de papelão com três cafés.

— Ei — ele disse, inclinando-se para me dar um beijo rápido que fez meus dedos dos pés se encolherem. Eu ainda não estava acostumada com um carinho casual como esse. Parecia mais perigoso do que sexo, de certa forma. — Eu vi o carro de Conner aqui e pensei... desculpe, eu não sabia como vocês tomavam seu café, então peguei um monte de cremes e diferentes tipos de açúcar.

Era uma variedade verdadeiramente impressionante quando ele a colocou na mesa.

— Você os limpou — eu disse. — Se eu vir isso no noticiário de crimes locais mais tarde, vou te denunciar.

— Mas agora você é uma cúmplice — Sam disse, apontando para o meu café, onde eu tinha acabado de despejar dois sachês de açúcar. — Acho que posso contar com o seu silêncio.

Conner, fiquei aliviada ao ver, tinha acabado de empurrar o seu café para mim para que eu pudesse tomar dois. Ele era um autoproclamado "cara simples", o que significava que seu gosto era limitado à Mountain Dew e Red Bull — no caso de precisar ficar acordado a noite toda. Mesmo assim, tinha sido atencioso da parte de Sam levar um café para ele, e eu dei um aperto em seu braço em agradecimento, testando um carinho casual vindo de mim.

Não foi tão ruim. Foi até legal, na verdade — o braço de Sam quente e duro sob a minha mão, seu sorriso imediato me deixando saber que ele apreciara o contato. Eu poderia nunca mais soltá-lo, só que Eleonora escolheu aquele momento para sair do esconderijo e fazer sua grande aparição do dia.

Sam se agachou para cumprimentá-la, estendendo a mão para ela cheirar, e a pequena traidora realmente fez isso. Eu supunha que, tecnicamente, ela o conhecia havia mais tempo, já que eles eram vizinhos bem antes de eu chegar. Ainda assim, não pude deixar de murmurar baixinho.

— O quê? — Sam perguntou.

— Nada.

— Ela disse *Judas* — Conner me entregou. — Não tenho certeza se ela estava se referindo a você ou à gata.

Eu o fuzilei com os olhos.

— Bem, agora eu quero dizer *você*. Espera só pra ver se eu te ajudo de novo com seu pedido de casamento se for para você me jogar na fogueira desse jeito

— Isso me lembra — Sam disse, agora totalmente dedicado a acariciar Eleonora, que estava, se não ronronando ativamente, pelo menos *tolerando* o contato. Era errado que a simples imagem dele acariciando a gata estivesse me excitando? — Phoebe mencionou um *flash mob* na outra noite. Se isso fosse algo que você quisesse fazer, acho que poderia ter uma ideia.

— Cara, sim — Conner disse. — Conte-me tudo sobre isso.

Sam começou a explicar como ele havia ensinado uma dança coordenada a seus alunos da terceira série no ano anterior, aparentemente consistindo sobretudo em alguns passos em um jogo on-line que muitas das crianças jogavam, o que fez os olhos de Conner brilharem porque ele era basicamente uma criança gigante. Eles iam de um lado para o outro em alguns dos movimentos, o que parecia pura besteira para mim, mas que parecia convencer Conner cada vez mais a aderir à ideia.

— Eu poderia enviar um e-mail através da agenda on-line deles — ofereceu Sam —, para ver se alguns dos pais estariam dispostos a se encontrar conosco em um parque local ou algo assim. Há apenas um pequeno problema, e não tenho certeza de como você se sentirá sobre isso.

— Parece ótimo — Conner disse —, Shani iria pirar.

Eleonora finalmente se afastou sem nem me dirigir um olhar, como se estivesse cansada da conversa. Eu a ouvi tomando um pouco de água na cozinha, então pelo menos eu estava fazendo uma coisa certa no cuidado com ela.

Sam se levantou, pegando seu café para tomar um gole.

— Ok — ele disse. — Mas as crianças aprenderam a dança de uma música específica, e acho que não conseguiria ensiná-las com outra música a tempo. Especialmente porque é verão e todo mundo tem planos... teria que ser uma atuação única, sabe?

— Não tem problema — Conner disse. — Mesmo que seja uma música com *you don't know you are beautiful* na letra, eu sempre posso explicar para Shani que não há problema se ela já tem boa autoestima, e isso não tira sua beleza geral.

Ele me fez um gesto de arma de fogo com um pequeno clique no canto da boca, e eu revirei os olhos. Pelo menos ele estava ouvindo, pensei.

— Então, qual é a música? — eu perguntei. Eu não tinha ideia do que era ensinado aos alunos da terceira série em termos de dança. A de *Frozen* versão remix? Alguma versão Kidz Bop de uma música que transformava qualquer desejo de sexo em um desejo de jogar bolinhas de gude ou algo do tipo?

— *Tubthumping* — Sam disse. — De Chumbawamba.[43]

Eu literalmente me engasguei com meu café. E não foi uma engasgada fofa que nem as de comédia romântica, mas um ataque de tosse completo depois de o líquido descer pelo buraco errado. Sam deu tapinhas nas minhas costas enquanto eu me

---

43 *Tubthumping* é uma canção da banda de rock inglesa Chumbawamba.

recompunha o suficiente para dar um sinal de positivo para ambos, para eles saberem que eu não estava morrendo.

— Desculpe — eu disse. — Mas em que *ano* estamos?

— Essa música é um clássico — Sam disse. — E ensina resiliência. Você é derrubado. Mas, você sabe, você se levanta de novo.

— Talvez eu possa colocar isso na minha mensagem de alguma forma — Conner disse, já em seu celular, provavelmente procurando a letra.

— "Shani, com você eu vou virar um *shot* de uísque, eu vou virar uma Lager" — eu sugeri secamente. — Essa música é apropriada para crianças?

— Referências à bebidas alcoólicas são o menor problema de algumas das músicas que as crianças cantam hoje em dia — Sam disse —, e algumas delas nem sabem o que estão cantando. Ou sabem, o que é pior.

— Ok, estou dentro — Conner disse. — Dê o sinal verde para a Operação Chumbawamba ou o que você precisar fazer. Talvez para este sábado? Isso vai ser incrível.

Eu os deixei para resolver os detalhes, voltando para o quarto do meu pai para tentar algum progresso na bagunça. Parecia errado, de alguma forma, abordar as coisas dessa maneira, mas isso era o que a maior parte significava para mim. Eu adoraria dizer que encontrei cartas manuscritas para mim que, embora sinceras, ele nunca enviou, apenas as manteve em uma caixa, mas isso não era um filme. Eu estava separando mais roupas em pilhas de doação *versus* lixo quando Sam entrou para se despedir.

— Tenho que dar algumas aulas de violão — ele disse. — Mas eu devo estar de volta lá pelas duas. Quer sair mais tarde?

Eu queria dizer *sim*. Quase me surpreendeu o quanto eu queria. Mas sabia que não era a melhor ideia pensando na minha produtividade, e havia alguma parte perversa de mim que ainda queria afirmar um limite apenas como um lembrete de que eu poderia. O fato de eu saber que Sam aceitaria isso sem questionar só fez com que parecesse ainda pior, de certa forma, o fato de eu estar fazendo isso principalmente para provar algo para mim mesma.

— Eu realmente, *realmente* preciso escrever esse capítulo — eu disse. — Se terminar antes do jantar, eu vou, mas talvez não.

— Ok — ele disse. Ele queria me beijar, eu podia perceber. Ele se inclinou um pouco para a frente na porta, com os dedos tamborilando na moldura de madeira. Mas eu estava atrás de uma montanha alta de roupas, com as mãos ocupadas tirando as coisas dos cabides, e não fiz nenhum movimento para encontrá-lo no meio do caminho. Nós já tínhamos nos beijado uma vez quando ele veio, e ele me trouxe café e acariciou a gata e resolveu o problema do meu irmão, e eu toquei no braço dele e gentilmente brinquei sobre seu gosto musical... Se adicionássemos mais alguma coisa a hoje, isso podia lhe dar uma ideia errada.

E que ideia seria essa?

Eu mentalmente disse a mim mesma para me controlar e dei a Sam um sorriso que esperava que parecesse natural e não afetado.

— Vejo você mais tarde — eu disse.

Depois que Sam foi embora, Conner voltou para a sala e, sem entusiasmo, tentou recomeçar de onde havia parado. Eu sabia que ele seria inútil o resto do dia, agora que seu cérebro estava novamente repleto de planos de casamento. Ele também me forçou a ouvir *Tubthumping* três vezes, o que me levou a lhe dizer para ir para casa para que eu pudesse trabalhar na minha tese em paz.

Parte do motivo pelo qual estava levando tanto tempo para escrever esse capítulo sobre *A sangue frio* — além das questões usuais de distração e procrastinação, é claro — era que estava intimidada por ele. O livro de Capote era basicamente *o* protótipo do gênero e já havia sido analisado por pessoas mais inteligentes do que eu.

Um argumento que apresentei na minha introdução foi que o *true crime* era, em última análise, sobre lugar e tempo, sendo os próprios atos criminosos apenas a lente através da qual um autor procurava entender o contexto cultural mais amplo. Dessa forma, não era apenas o que Capote estava tentando dizer sobre o assassinato da Família Clutter, que relacionamento ele havia desenvolvido com Perry e Dick enquanto pesquisava para o seu livro, mas sua perspectiva sobre os Estados Unidos no início da década de 1960 como um todo.

Achei interessante que, além de passar muito tempo dando o sabor de Holcomb, Kansas — uma cidade em que, naquela época, apenas uma pessoa trancava a porta de casa —, Capote também se certificou de que todos os personagens principais do livro *quisessem* algo. A cena em que Dick leva Perry para comprar roupas de casamento para um evento inventado, um estratagema para passar um cheque fraudulento, está particularmente comovente porque mostra o quanto Perry gostaria que isso fosse verdade. Ele se permite acreditar, apenas por um segundo, que as mentiras de Dick são realidade, e que ele tem o amor de uma boa mulher esperando por ele, a chance de ter um filho, de construir uma vida. É o Sonho Americano em sua versão mais destilada e agridoce, e então você tem que conciliar isso com o fato de que esses são os mesmos dois homens que acabaram com outros quatro Sonhos Americanos com tiros à queima-roupa.

Eu estava inspirada, meus dedos voando sobre as teclas do laptop, quando Eleonora pulou e caminhou pelo meu teclado, colocando o seu traseiro bem na minha cara.

— Valeu — eu disse, garantindo que meu progresso havia sido salvo antes que suas patinhas substituíssem todo o meu trabalho por *sf;gdjksfdjglka*. — Muito útil.

O pulsar do coração do *true crime*, de todas as histórias humanas, quando você chegava ao fundo, era que todos nós queríamos, esperávamos, sonhávamos e amávamos, mas não tínhamos controle sobre o que aconteceria no final. Havia uma razão pela qual até mesmo o livro de bolso mais sensacionalista que você poderia encontrar em um supermercado lhe diria que a vítima amava animais e queria ser veterinária, ou que outra vítima estava a três dias de seu aniversário.

— Esses livros prometem encerramento e justiça — eu disse a Eleonora, coçando seu queixo. — Mas, em última análise, eles reforçam a realidade de que muitas são as vidas interrompidas, muitos os sonhos cancelados.

Ela me olhou através de seus olhos felinos, a cabeça um pouco de lado, o único sinal de que ela queria que eu continuasse com o carinho.

— É por isso que você tem que viver o momento, Lixinho — eu disse. — Querer algo é se preparar para a decepção.

O movimento de sua cauda parecia dizer *Vadia, eu inventei viver o momento*, e *Três mil palavras de análise sobre o clássico de Capote e você o reduziu a uma citação do Instagram em uma foto de um pôr do sol?*

Me perguntei o que Sam estaria fazendo.

♥♥

VINTE

— Ok, é o seguinte — eu disse a Sam dez minutos depois, ao aparecer na casa dele com meu laptop na mochila. — Eu tenho que finalizar isso hoje, então vou continuar escrevendo. Mas não posso me distrair, e a melhor coisa seria se você também fizesse algo produtivo e não apenas, sei lá, assistisse a DVDs de shows do Red Hot Chili Peppers, ou o que você normalmente faz.

— Nem gosto tanto assim deles — Sam disse. — Eu apenas respeito a musicalidade deles...

Eu já tinha pendurado minha mochila nas costas de uma das cadeiras da sala de jantar e tirado o meu laptop para colocá-lo na mesa.

— A questão é que eu acho que seria uma boa ideia se você passasse um tempo trabalhando naquela guitarra que está tentando construir. Então podemos fazer o check-in novamente em, tipo, uma hora? — Franzi a testa para a parede, onde uma prateleira de dois por dois, cheia de discos, parecia bloquear o lugar da tomada. — Onde posso conectar?

— *Outro lado* — Sam disse. E, claro, havia uma tomada no mesmo lugar na parede oposta. Zero pensamento crítico de nível de pós-graduação.

— Olha aí, soltando os títulos das músicas do RHCP agora — disse. — Você não consegue se segurar.

— *Não posso parar.*[44]

Eu revirei os olhos para ele, me sentando e colocando os fones de ouvido com um gesto exagerado. Eu só esperava que Sam realmente seguisse meu conselho de ir mexer na guitarra. Não tinha ideia do que ele estava fazendo antes de eu aparecer, e eu não era a chefe dele. Mas percebi que ele tinha desapare-

---

[44] *Otherside* e *Can't Stop,* traduzidos no texto, são títulos de músicas da banda estadunidense Red Hot Chili Peppers.

cido na garagem, com a porta se fechando atrás de si enquanto fazia... bem, o que quer que a montagem de uma guitarra pedia. Alguma coisa envolvendo cordas e madeira, imaginei.

Quando terminei e enviei o capítulo por e-mail para a doutora Nilsson — tosco pra caramba, mas *feito*, pelo menos —, eu fui até a garagem, incerta sobre se deveria bater primeiro. Mesmo que agora soubesse que a garagem não era um covil secreto de *serial killer*, eu ainda tinha a sensação de desconforto no estômago sobre incomodar Sam ali. Mas ele olhou para cima quando entrei e me deu um sorriso.

— Feito?

— Essa parte, pelo menos — eu respondi. — E enviei um e-mail para um professor local com quem minha orientadora queria que eu me encontrasse, para agendar. Então mandei uma mensagem para Alison para ver se ela poderia me ajudar a procurar um blazer. — Fiz um movimento com a mão, querendo dizer que achava aquilo tudo muito chato. — Não importa. Eu odeio fazer compras. Por que você está marcando isso?

Sam estava medindo as distâncias no pedaço de madeira bruta, marcando alguns pontos ao longo de uma linha central reta.

— Ainda não decidi sobre o comprimento da escala do braço da guitarra — ele explicou. — Mas se eu optar por vinte e cinco ponto cinco, acho que é aqui que a ponte vai ficar, e então os captadores seriam aqui.

Ele estava apontando para vários pontos na guitarra, mas eu não tinha ideia do significado da metade daquelas palavras, então me concentrei mais em quão interessante era a sua mão enquanto ele tirava um pouco de pó de borracha da madeira, ou no quanto eu gostava de ouvir a energia em sua voz quando ele falava sobre algo que o entusiasmava.

— Eu tenho uma guitarra elétrica antiga do ensino médio — eu disse. — No entanto, as cordas agora têm um zumbido muito ruim.

— Pode ser que precise nivelar os trastes — Sam disse.
— Traga aqui e eu vou entonar pra você, colocar novas cordas.

— Legal, obrigada — eu disse. — Não se assuste se a única música que eu tocar for *Doll Parts*. É superfácil, então talvez seja a única de que eu me lembro. Pessoalmente, acho que Courtney não teve nada a ver com o que aconteceu com Kurt.

— Courtney Love não me assusta — Sam disse. Ele largou o lápis e me olhou. — Você está acostumada a intimidar as pessoas, não é?

Eu dei de ombros.

— Você tem que admitir. Quando me conheceu, você estava com medo.

— Porque você me ameaçou com um spray de pimenta — Sam apontou. — E me chamou de *meu caro* de uma forma que sugeria uma violência iminente. Eu ainda te achei fofa, por sinal. Enquanto isso, você pensou que eu era um seis na sua escala de *serial killer*.

Isso já parecia ter acontecido muito tempo atrás, uma época em que eu não conhecia Sam do jeito que conhecia agora. A maneira como seus olhos se iluminavam quando ele achava algo verdadeiramente hilário. A maneira que às vezes ele colocava a ponta da língua no canto da boca quando estava concentrado. A maneira que ele apertava meus quadris quando estava próximo de gozar, como se quisesse que estivéssemos o mais próximo possível.

Na minha escala de *serial killer*, Sam agora estava confortavelmente no um. Mas em uma escala de quanto ele me assustava? Estava começando a subir. Porque isso deveria ser uma coisa breve e divertida de verão... então por que já parecia mais?

— Provavelmente partirei para a Carolina do Norte em cerca de um mês — eu disse. Percebi que era um comentário sem fundamento no meio da nossa conversa, mas na minha cabeça a linha de raciocínio estava perfeitamente clara. — Devo conseguir encontrar outro apartamento no mesmo complexo onde aluguei antes, mas ainda preciso resolver tudo.

— Ok — Sam disse. — Os professores voltam na primeira semana de agosto, então, se for antes disso, posso ajudá-la a se mudar.

Uma resposta completamente confusa. Por um lado, meu cérebro não pôde deixar de interpretar isso como uma ânsia de me ver ir embora, apesar de ter sido eu a trazer o assunto à tona e minha partida nunca ter estado em discussão. Mas, por outro lado, ele me ajudaria a fazer a mudança? Tipo, dirigir dez horas, passar pela minha unidade de armazenamento comigo, desempacotar um monte de caixas de livros que eu provavelmente não *precisava*, mas dos quais nunca iria me livrar?

Isso soava mais como compromisso do que com uma aventura de verão.

— Vamos ver — eu disse. Então, porque não conseguia me conter, eu desabafei: — E as próximas semanas, então? O que estamos fazendo, se sabemos que isso vai acabar?

Sam segurou meu queixo com as mãos, seus olhos vasculhando meu rosto, como se estivesse procurando alguma resposta ali. Pela expressão dele, eu não conseguia dizer se ele tinha encontrado.

— Sabemos que vai mudar — ele disse, apoiando a testa contra a minha. — Isso não necessariamente significa *acabar*, a não ser que você queira. Você tem toda a minha atenção, Phoebe. Eu não vou a lugar nenhum.

A piada estava na ponta da minha língua, algo sobre como era *eu* quem estava indo para algum lugar nesse cenário. Mas a engoli de volta, não querendo sair ainda desse momento. Fiquei na ponta dos pés para dar um beijo atrás da orelha de Sam.

— Meu caro — eu disse.

♡ ♡ ♡

Sam e eu passamos o resto da noite assistindo filmes — de alguma forma, eu o convenci a me deixar colocar *O Silêncio dos Inocentes* — e comendo um prato de macarrão que ele preparou e que me impressionou muito.

— Tem, tipo, cinco ingredientes — ele disse. — Damas, não xadrez.

Eu teria ficado feliz naquela bolha, fazendo sexo oral um no outro no sofá antes de mais um mergulho noturno, mas ainda não gostava da ideia de passar a noite toda longe de Eleonora, não importava o quanto ela me ignorasse.

Além disso, no dia seguinte iria sair com a Alison para tentar encontrar um blazer no shopping. Mas já sabia que seria uma busca inútil. Havia muitas marcas que agiam como se você devesse ser grata por eles irem até o tamanho G, outras que estocavam um milhão de peças no tamanho PP e apenas uma peça XG em algum lugar na prateleira de queima de estoque. E um blazer era um dos piores itens para acertar no tamanho, considerando que eu tinha que lidar com ombros e comprimento das mangas e se ele iria puxar de forma estranha porque a costura não levava em conta o fato de que algumas mulheres têm seios.

— O ombro é o mais importante — Alison disse, enquanto estávamos passando pelas prateleiras em uma loja de departamentos. — Você sempre pode obter qualquer item de roupa sob medida, mas é mais difícil ajustar essa parte. Você tem ombros muito bonitos e retos.

— Eu não vou mandar uma coisa de poliéster de cinquenta dólares para um *alfaiate* — eu disse. — Isso é apenas jogar dinheiro fora.

Alison deu de ombros.

— Obviamente é melhor se você começar com um item de alta qualidade — ela disse. — Mas eu sei que você está com pouco tempo, então vamos trabalhar com o que temos.

Eu queria dizer que era fácil para ela. Tinha o tipo de corpo para o qual as marcas faziam roupas — magra e reta — e tudo ficava incrível nela. Mas eu também sabia que estaria sendo mal-agradecida, porque foi exatamente por essa razão que eu tinha pedido a sua ajuda. Se me deixasse sozinha, experimentaria sem entusiasmo um único blazer no Target e depois sairia de lá com ele, apenas para descobrir em casa que ele realmente não servia em mim.

— Como estão as coisas com o Sam?

— Eu segui seu conselho — eu disse — e estou mantendo a mente aberta.

Ela me entregou três cabides com o mesmo blazer, mas em tamanhos diferentes.

— E o mais importante, como está Eleonora?

— Uma mal-agradecida — eu disse. — *Ela* é que parecia querer tanto entrar em casa. *Ela* é que estava lambendo minha camiseta como se eu fosse uma mãe-gata de aluguel. E eu te contei que o veterinário disse que ela tem pelo menos três anos? Ela é apenas pequena, talvez seja desnutrição por viver nas ruas. É como o enredo daquele filme, lembra aquele em que o casal adota uma criança da Rússia, mas ela na verdade é uma adulta com algum distúrbio hormonal raro que atrofia seu crescimento? E então ela tenta matar todos eles?

— Isso não parece um filme de que eu gostaria — Alison disse, franzindo o nariz. E, claro, lembrei-me de que Alison nunca gostou de filmes de terror, e ela realmente não se importava com nenhuma mídia que retratasse a adoção de uma maneira muito negativa ou excessivamente inspiradora. Eu me senti uma idiota por tocar no assunto.

— Desculpe — eu disse. — De qualquer forma, Eleonora está bem. Ainda estamos nos acostumando uma com a outra.

— Vai levar um tempo — Alison disse. — Na verdade, é muito encorajador que ela tenha se adaptado tão bem em casa. Me preocupei se ela seria uma fujona, já que passou a vida inteira pelas ruas.

— Para fugir, ela teria que *sair* de seu esconderijo — eu disse.

— Lembra daquele seu hamster — perguntou Alison —, que só ficava na casinha que veio com ele quando você comprou? Era um hamster recluso.

Eu chamei criativamente o hamster de Foguete, porque o dia em que o peguei foi o mesmo em que meu pai comprou para Conner um foguete para ser lançado no quintal. A criatura antissocial só saía para comer, e se eu tentasse alcançá-lo para limpar sua casinha ou, Deus me livre, lhe fazer carinho, ele me mordia a ponta dos dedos.

— Quando ele morreu, eu o enterrei naquela casinha — eu disse.

Alison colocou uma mão no peito.

— Ah, isso foi tão fofo. Ele pode passar a eternidade com a coisa que mais amava.

A minha intenção havia sido um pouco mais rancorosa, do tipo *já que você a ama tanto, vá com ela*, mas a versão de Alison dos acontecimentos me fez parecer melhor, então eu deixei.

— Eu era uma idiota quando criança — disse.

— As crianças não são todas assim, de alguma forma? — Alison perguntou. — Quando temos Hora da Leitura na biblioteca — não me entenda mal, as crianças são *adoráveis*, e muito mais agradáveis do que os pais na maioria das vezes. Mas elas são egocêntricas. É inevitável em termos de desenvolvimento. Se elas quiserem se levantar para ter uma visão melhor do livro e bloquear a criança que está atrás, ou acariciar seus pés enquanto você está lendo — há uma menininha que faz isso, e eu não posso nem começar a dizer o quão assustador e estranho é —, ou tirar o resto de um biscoito da mão de outra criança... bem, elas são crianças. É isso que elas fazem.

— Mas você está falando de crianças pequenas — eu ressaltei. — Se eu arrancasse um biscoito da sua mão agora, você pensaria que eu sou mal-educada pra caramba. Ou como o jeito que eu te interrompi, o jeito que eu te tratei quando você estava tentando ajudar. Isso foi uma atitude idiota.

Pronto. Eu tinha dito isso. Eu nem estava planejando, mas, no minuto em que falei, senti um alívio. Estava sendo ótimo me aproximar mais de Alison novamente nas últimas semanas, mas sempre parecia que havia uma coisa entre nós. Talvez fosse a hora de falar sobre isso.

Alison estava vasculhando alguns cardigãs multicoloridos, com o cuidado de levantar apenas o suficiente para ver o adesivo de tamanho em cada um para não atrapalhar a organização das pilhas. Ela tinha definitivamente o perfil de bibliotecária em todas as esferas da vida, de deixar tudo exatamente como ela tinha encontrado, e a necessidade de uma bibliotecária por mais e mais cardigãs. Então ela parou.

— Você ficou com tanta raiva depois que seus pais se separaram — ela disse. — E como você se mudou e nenhuma de nós ainda podia dirigir, senti que estava perdendo você. Para a distância, mas também para... — Ela fez um gesto vagamente para o ar.

— Depressão? — eu sugeri. — Eu sei. Eu estava em um buraco naquela época. Às vezes acho que ainda estou no buraco, mas pelo menos não é tão fundo. Eu sei que pais se divorciam, e que todo adolescente passa pela fase *emo*, comprando camisetas que dizem *Vocês riem porque eu sou diferente, mas eu rio porque vocês são todos iguais*. Mas parecia muita coisa para lidar na época e acabei isolando muita gente, incluindo você.

— Eu podia perceber que você estava passando por muita coisa — Alison disse. — Quando você disse aquilo, sobre engolir um pote de comprimidos... parecia sério. Eu não queria que você entrasse em apuros, mas também sabia que nunca me perdoaria se você acabasse fazendo algo e eu *não* tivesse agido. Sabia que você estava na casa do seu pai naquele fim de semana, mas também que você não era tão próxima dele, então pensei que era melhor ligar para o apartamento da sua mãe. Sinto muito se isso acabou sendo a coisa errada a fazer.

Acabou se tornando mais uma briga entre meus pais, uma evidência de porque *ela* não estava fazendo um bom trabalho me criando e porque *ele* não estava fazendo um bom trabalho me supervisionando quando eu estava sob seus cuidados. Minha mãe então passou o ano seguinte aleatoriamente pedindo para ler minhas conversas em salas de bate-papo ou ficando de olho em mim, especialmente perto de grandes feriados — ela parecia pensar que o Ano-Novo, em particular, me deixaria no limite, o que, na verdade, foi muito astuto da parte dela. Isso significava que meu pai invadiu meu quarto enquanto eu estava conversando com Alison e gritou *Não na minha casa!*, a única coisa que ele me disse diretamente sobre todo o incidente, o que me deixou com a impressão, talvez falsa e superdramática, de que ele se importava menos de que eu me matasse e mais de que eu não fizesse isso durante as quarenta e oito horas em que estava sob sua responsabilidade. O seu comentário acabou fazendo com que eu decidisse, *Beleza, não na sua casa*, e então nunca mais passei um final de semana lá.

Mas nada disso era culpa de Alison.

— Eu estava brava com você na época — eu disse. — Mas, no fundo, acho que estava com raiva de mim mesma. Eu sabia que não estava realmente planejando fazer nada, que era apenas um pedido de atenção. E eu me odiei por isso.

As sobrancelhas de Alison se juntaram.

— Mas o que há de tão ruim em precisar de atenção? Especialmente se você estiver com dor ou lutando.

Eu dei de ombros.

— Chame isso de ser uma capricorniana — eu disse. Foi uma resposta deliberadamente simplista, porque de que outra forma eu poderia expressá-la, a maneira como minha pele se arrepiava com a ideia de dizer abertamente para alguém: *Estou com dor, estou lutando, preciso de você*. Sempre me surpreendia quando as pessoas nas redes sociais postavam coisas como *"Estou tendo um dia ruim, por favor, envie elogios!"*. Adorava o fato de elas serem tão abertas, mas preferia cortar meu próprio pé a agir assim.

— De qualquer maneira — Alison disse. — Fico feliz que você tenha voltado e que conseguimos nos reconectar. Senti sua falta.

— Eu também. — Então, antes que pudesse ficar mais meloso do que já estava, segurei na frente do meu corpo um blazer de tom grafite que tinha encontrado. — O que você acha?

— Essa pode ser uma boa cor — Alison disse. — Permite que você o use com preto sem se preocupar em combinar tons exatos.

— De verdade, a desgraça da minha existência — eu disse, adicionando o blazer à pilha crescente sobre o meu braço. — Falando em desgraças, hora de ir ao provador.

VINTE E UM

Acabei comprando duas opções diferentes de blazer — o grafite e um preto — e um novo par de sapatos. Considerando que tecnicamente encontrei metade da minha roupa para a entrevista e não tinha caído em soluços frustrados nenhuma vez, foi uma atividade bem-sucedida.

Entrei em casa e pendurei as roupas no armário, estalando automaticamente minha língua nos dentes do jeito que eu fazia quando tentava ver se Eleonora sairia. Ela raramente respondia, mas parecia algo que eu tinha que fazer, independentemente disso, um *Ei, querida, estou em casa*.

A casa parecia extremamente silenciosa. Não deveria — mesmo que Eleonora estivesse lá, ela estaria debaixo da cama ou no peitoril da janela atrás de alguma persiana no quarto do meu pai, observando os pássaros pela janela. Era o lugar favorito dela ultimamente, embora ela pulasse e corresse para o armário se você entrasse no quarto.

Eu desci no chão para espreitar debaixo da cama. Sem sinal de Eleonora.

Ainda fazendo o *ps-ps-ps*, caminhei lentamente pelo resto da casa, meu olhar varrendo todos os cantos. Como mudamos tantas coisas, realmente não havia muitos lugares para ela ir nas áreas comuns. Deve ser um lugar incrivelmente chato para ela morar, em comparação com a variedade do lado de fora. Por que eu não tinha pensado nisso antes? Comprado um maldito escalador, uma árvore de carpete ou o que quer que aquele livro tivesse recomendado?

Ela não estava no peitoril da janela. Ela não estava no armário. A sua tigela de comida ainda estava quase cheia. E, quanto mais eu pensava naquela manhã, mais eu me dava conta de que tinha entrado no carro e esquecido a camisa que eu usaria na entrevista, como Alison havia sugerido. Eu tinha corrido de volta para pegá-la, e posso ter deixado a porta entreaberta. Não era muito a minha cara, especialmente depois que li sobre o Vampiro de Sacramento[45] e como ele nunca entrava em uma casa com a porta trancada, sentindo que era um sinal de que não era bem-vindo. Mas tinha sido por apenas alguns segundos, e eu tinha certeza de que havia deixado a porta aberta.

A caminhonete de Sam estava na garagem, então fui até lá e bati na porta. Ele abriu quase imediatamente, me dando um sorriso largo e preguiçoso.

— Você não precisa bater — ele disse. — Basta entrar.

Obviamente, ninguém era tão experiente no Vampiro de Sacramento quanto eu, mas não havia tempo para isso.

— Eleonora foi embora.

Seu sorriso sumiu.

— Você tem certeza? Talvez ela esteja debaixo da cama.

— Já verifiquei lá, e em todos os lugares habituais dela — eu disse. — Eu estava com pressa esta manhã, e acho que deixei a porta aberta por um minuto. Claro que ela correu, por que ela não teria corrido? Ela provavelmente viu isso como uma fuga heroica. Como aquele *meme*, lembra?, depois que as três mulheres escaparam do porão do doido de Cleveland?

Sam estendeu a mão para me segurar pelos braços, massageando meus ombros.

— A boa notícia é que ela é uma gatinha experiente — ele disse. — Ela conhece o caminho. Ela mora aqui há anos e sempre encontrou o caminho de volta para esta rua. Nós vamos encontrá-la.

— Vou dar umas voltas pelo quarteirão, para ver se a encontro.

— Me dê um segundo — Sam disse. — Eu vou com você.

Esperei por ele no degrau da frente, sem tirar os olhos da minha própria casa, para caso Eleonora aparecesse. Mas,

---

45 O Vampiro de Sacramento, como ficou conhecido o *serial killer* Richard Trenton Chase, matou seis pessoas no espaço de um mês, em Sacramento, Califórnia, O assassino bebia sangue de suas vítimas e canibalizava seus órgãos internos, o que deu origem ao apelido.

quando Sam colocou os sapatos e trancou a porta atrás de si, ela ainda não estava em lugar nenhum.

— Eu sei que isso é irracional — eu disse, depois que caminhamos um pouco. — Estar preocupada com ela, quero dizer. Como você disse, ela viveu na natureza todos esses anos. Ela provavelmente viu uma faixa de céu azul e foi como: *Meu coração selvagem não pode ser domesticado!* e saiu correndo pela porta. É minha culpa, por tentar prendê-la.

— Você ainda está falando sobre a gata ou sobre uma dominadora?

Eu o cutuquei com meu ombro.

— Cala a boca.

Estava quieto lá fora, a maioria das pessoas provavelmente no meio do jantar, e às vezes passávamos por casas com persianas abertas que mostravam uma televisão piscando dentro. O sol tinha se posto, mas ainda não estava escuro, o crepúsculo me fez duvidar de cada sombra, pensando que poderia ser Eleonora.

— Você teve uma boa ida ao shopping?

— Foi... — eu estava prestes a dizer *tudo bem*, o maior elogio que eu poderia fazer a qualquer ida ao shopping, mas percebi que havia sido melhor do que isso. Encontrei algumas roupas e acabei tendo uma conversa muito boa, que estava atrasada já fazia muito tempo, com Alison. Nós também nos divertimos, entrando na loja de presentes para rir dos ímãs de geladeira inapropriados e comendo comida chinesa na praça de alimentação. — Sim — eu disse finalmente. — Foi muito bom. E o seu ensaio?

Sam se encontrou com Conner e algumas das crianças e seus acompanhantes adultos em um playground local, planejando a logística do *flash mob*. Eu havia feito algumas piadas com referências àqueles programas de TV de danças com crianças, mas como só havia visto propagandas a respeito, não tinha muito repertório.

— Ótimo — ele disse. — As crianças estão muito animadas.

— E Conner?

— Eu disse *as crianças* — Sam disse. — Sobretudo para incluir seu irmão. Ele está entusiasmado, para citá-lo diretamente.

— Eu não sei de onde ele tira essa merda. Como se ele fosse um surfista dos anos 1980 ou algo assim.

— Ele também me convidou para tocar no casamento dele — Sam disse. — Tive que dizer a ele que estou fora do jogo da música ao vivo, exceto pelo tamborim. Se ele encontrasse uma banda que estivesse quase lá, mas faltasse aquela coisinha extra, eu sairia da aposentadoria.

Enquanto passávamos por uma casa, vi um flash de pelo passar atrás de um carro e puxei o braço de Sam para parar.

— Você viu isso? Foi ela?

— Acho que era um gato laranja.

— Poderia ter sido ela — eu disse. — Laranja e preto são muito parecidos no escuro.

— Se eu tivesse que escolher entre uma camiseta laranja e uma camiseta preta para andar de bicicleta à noite, tenho certeza de que uma opção seria bem melhor que a outra.

— Talvez seja melhor guardar a teoria das cores para o professor de artes — eu disse, mas o gato saiu de debaixo do carro, correndo de volta para a floresta atrás da casa. — Ok, aquele gato *era* laranja.

Sam não falou *eu disse*, o que contou a favor dele. Ele apenas colocou o braço em volta de mim, me aproximando para me dar um beijo rápido na cabeça, antes de me soltar novamente, como se soubesse que eu era volátil com contato físico. No entanto, o problema era que com Sam eu estava praticamente sempre a fim. Pensei na minha conversa com Alison, a nova ideia de que, se você quisesse alguma coisa, às vezes bastaria pedir. Mas simplesmente não conseguia fazer isso.

— Eu me sinto como a pior dona de gatos do planeta — disse em vez disso. — Mãe de gato? Eu nem sei como me chamar. Seja o que for, sou a pior.

— Você não é.

— Eu enterrei meu hamster em sua casinha de propósito — eu disse. — Sério, eu não deveria ter animais de estimação. Sam literalmente quase tropeçou em uma rachadura na calçada.

— Jesus! — ele disse. — Quantos *anos* você tinha?

— Talvez dez? — Então eu vi o rosto de Sam e percebi a falha de comunicação que deve ter acontecido. — Oh, Deus. O hamster estava morto. Eu não o enterrei vivo.

— Você tem aquela coisa com Edgar Allan Poe — Sam disse. — Você não pode me culpar por tirar conclusões precipitadas.

— Eu simplesmente não sou feita para isso. — Já estava muito escuro, e eu receava nunca encontrarmos a maldita gata. E, é claro, talvez ela voltasse amanhã, deitada na frente da minha porta, balançando o rabo, me olhando com aquela cara de *Está triste por quê?*. Mas talvez não. Talvez ela fosse atropelada ou atacada por um coiote, ou andasse tanto que não fosse capaz de encontrar o caminho de volta. Talvez a breve domesticação que eu havia imposto fosse a pior coisa possível, uma maneira de apagar seus melhores instintos de rua exatamente quando ela mais precisasse deles.

— Eu não posso cuidar de outra coisa — eu continuei.

— Não posso me preocupar se ela está comendo direito, ou se ela precisa socializar com outros gatos, ou se estou satisfazendo sua necessidade existencial de dar uma volta. Não posso vê-la envelhecer e esperar para saber o que o veterinário tem a dizer sobre um inchaço estranho. Sam, se eu aceitar essa gata, estou basicamente dizendo que vou vê-la *morrer* um dia. Isso é insano. Minha mãe estava certa em não me deixar trazer para casa aquele gato azul russo doente, porque isso é uma crise existencial. Talvez tenha sido até melhor que ela fugiu. Talvez ela esteja mais feliz na rua, e nós nunca deveríamos passar nossa vida juntas. É como um daqueles filmes em que no final os dois personagens não ficam juntos, e no começo você está tipo, *porra!*, mas você percebe que estava literalmente no título e no marketing e até mesmo as pistas musicais lhe disseram que isso seria uma história sobre pessoas que estavam na vida umas das outras por um curto período apenas para ajudá-las a aprender algo sobre a vida ou o amor, ou...

— Phoebe — Sam disse.

— Eu odeio esses filmes. Sobretudo quando um deles morre em um acidente verdadeiramente estranho. Que porra de merda emocionalmente manipuladora!

— *Phoebe* — Sam repetiu, com mais ênfase dessa vez, sua mão nas minhas costas enquanto apontava para a minha casa. Nós havíamos dado uma volta completa no quarteirão e eu estava muito envolvida em meus pensamentos para sequer procurar direito pela gata.

Mas lá estava ela, deitada no meu degrau da frente, lambendo a sua pata. Ela olhou para nós com uma expressão *Demoraram, hein?*, como se isso tivesse sido um jogo o tempo todo.

— Ela voltou — eu disse, e explodi em lágrimas.

♡ ♡ ♡

Eu chorei muito por uma gata que ficou perdida por algumas horas, numa quantidade que sugeria que provavelmente não era somente por causa da gata. Tudo me atingiu de uma só vez — meu pai morrendo e os anos que perdi com meu irmão e a maneira como minha amizade com Alison tinha terminado e agora essa gata estúpida, que imediatamente correu para o seu canto no parapeito da janela.

Não havia mais lugar para nos sentarmos, exceto a cadeira da escrivaninha e a minha cama; então, como se de comum acordo, Sam e eu fomos para o quarto, onde ele se sentou junto a mim no meu colchão de solteiro estreito.

— Ei — Sam disse, esfregando minhas costas. — Está tudo bem. Ela está aqui. Ela está segura.

Eu balancei a cabeça. Queria explicar que não era apenas a gata, mas não sabia como colocar tudo em palavras. Minha garganta estava apertada e quente, e eu enxuguei os olhos, tentando fazer com que as lágrimas parassem de escorrer.

— Você *é* boa nisso — Sam disse. — Você está indo muito bem. Ela saiu. Acontece. Mas você já a levou ao veterinário e trocou de ração uma vez porque ela não parecia gostar da primeira, e você obviamente se importa com ela.

Ele estava tão perto que eu podia ver a pulsação em sua garganta, a maneira como seu cabelo muito longo se enrolava na nuca. Era incrível que alguém pudesse ser um estranho e, apenas algumas semanas depois, ser uma das pessoas mais importantes da sua vida.

— Posso ouvir seu cérebro funcionando — Sam disse, tão suavemente que foi quase um sussurro.

Eu me inclinei para a frente para pressionar meus lábios naquele ponto em sua garganta, o salto sob sua pele.

— Eu não quero pensar — eu disse. — Eu só quero *sentir*.

Puxei a bainha da camisa dele, impaciente, até que ele a retirou pela cabeça e a jogou no chão, esquecida. Ele tinha um peito tão bom, quente e forte, mas não excessivamente musculoso; sem proteína em pó para Sam. Coloquei uma mão sobre o coração dele, sentindo a batida rítmica sob a ponta dos meus dedos.

Sam se levantou, circundando meu pulso com a mão, o polegar no ponto de pulsação, pressionando a minha palma com mais força contra a sua pele.

— Phoebe — ele disse, e havia algo diferente na maneira como ele disse meu nome. Ele não estava me dizendo para parar, e não estava me dizendo para ir embora. Era mais como se ele estivesse me dizendo para ficar bem ali, naquele momento. Como se houvesse algo especial nisso.

Inexplicavelmente, lágrimas brotaram do fundo dos meus olhos, mas eu já estava cansada de chorar. Não queria que Sam me visse assim. *Eu* não queria me ver assim. Meu olhar desceu até a sua boca, quase hesitante, como se pedisse permissão. Quando voltei a olhar para cima, seus olhos azuis eram um *sim* definitivo. Eram olhos sensuais, de te levar para a cama, escuros e famintos, mas havia mais do que sexo por trás deles. Havia mais no *sim* dele do que apenas naquele momento.

Com minha mão ainda em seu peito, inclinei minha boca sobre a dele em um beijo lento e profundo. Os cantos da minha boca estavam úmidos pelas lágrimas, e Sam lambeu o sal com sua língua, suas mãos deslizando por baixo da minha camiseta como se fôssemos dois adolescentes nos pegando depois da escola. O que era um pouco como me sentia, estar com ele assim no meu quarto de infância, a mesma colcha ainda na minha cama de quando eu tinha quinze anos.

Talvez Sam também tenha sentido isso, porque suas mãos sob a minha camiseta estavam se movendo com uma lentidão enlouquecedora para alguém que já tinha me visto nua várias vezes antes. Elas deslizaram pelo meu peito, roçaram a pele sensível sob os meus seios, tocaram uma vez nos meus mamilos, que estavam tensos e doloridos sob o sutiã. Mas ele apenas passou sobre eles, descendo para os meus quadris e dando uma apertada nas minhas coxas ainda vestidas com a *legging*, deixando-me ansiosa para sentir suas mãos na minha pele nua.

— O que você quer sentir? — ele murmurou, seu hálito quente contra a minha bochecha.

Tudo. Mas, em vez disso, o que saiu foi:

— Que tem alguém cuidando de mim.

Ele interrompeu o beijo, seus olhos brilhando enquanto olhava para mim.

— Tire sua blusa — ele disse.

Cruzei os braços na bainha da minha camiseta, puxando-a pela cabeça em um movimento que deixou meu cabelo selvagem e emaranhado sobre o meu rosto. Sam o afastou da minha testa e das têmporas, sua expressão quase contemplativa, apesar do calor em seus olhos.

— Agora seu sutiã — ele disse.

Eu não estava acostumada com esse lado mandão de Sam, mas me impressionou o que ele estava fazendo. A maneira como ele parecia saber que parte de não querer pensar era não querer tomar nenhuma decisão, não querer ter que dizer aos meus membros o que fazer. Ele tinha assumido essa parte para mim, e estava incrivelmente excitante, mas também, estranhamente, incrivelmente doce.

Coloquei a mão atrás das costas para soltar meu sutiã, deixando-o cair no chão ao lado da cama.

Ele passou as mãos pelos meus ombros, pelos ossos da minha clavícula. Seus dedos afundaram nos músculos tensos da parte superior das minhas, massageando em círculos profundos e sensuais que fizeram com que um gemido escapasse da minha boca.

— Você merece ser cuidada — ele disse, e então a sua mão estava no meu quadril, me direcionando. — Aqui. Deixe-me fazer isso corretamente.

Eu me virei, voltando até ficar aninhada entre suas coxas, e ele retomou suas ministrações lentas, seus polegares cavando no espaço entre os ossos das minhas costas.

— Diga-me se estou sendo muito firme — ele disse baixinho no meu ouvido, mas eu só consegui balançar a cabeça. Estava incrível.

Ele passou as unhas pelas minhas costas, a sensação enviando um arrepio delicioso pela minha espinha, antes de acalmar as terminações nervosas ativadas com uma massagem até a parte inferior das costas. Seus dedos engancharam no cós da minha *legging*, na minha calcinha, antes de puxar o material elástico da *legging*. — Agora isso — ele disse. — Apenas elas.

Tive que me levantar para obedecer a esse comando, rolando a *legging* para baixo dos meus quadris e saindo dela. Isso me deu a chance de ver o rosto de Sam, seus olhos semicerrados, me observando. Quaisquer perguntas que eu possa ter tido sobre se isso era apenas sobre o meu prazer foram respondidas com o seu olhar, e mais adiante pelo volume de seu jeans contra a minha bunda quando tomei meu lugar de volta entre suas coxas.

Eu meio que esperava que ele me tocasse de uma maneira mais explícita do que uma massagem nos ombros, mas ele simplesmente voltou a massagear lentamente minhas costas, não mais impróprio do que o que você poderia pedir a um amigo para fazer, embora com menos roupas. Isso fez meu corpo gritar para ser tocado — eu queria as suas mãos em todos os lugares, nos meus seios, na minha boca e entre as minhas pernas.

Pressionei minha bunda contra a sua ereção através do jeans, tentando enviar uma mensagem para ele.

— Shhh — Sam disse contra o meu ouvido, menos um comando para ficar quieta e mais um som suave de indulgência. — Temos tempo. Temos a noite toda.

Ele esticou a mão para apertar minhas coxas, massageando a pele ali também, com os dedos roçando tentadoramente perto da borda da minha calcinha. Eu deveria me sentir constrangida nessa posição. Havia luar suficiente entrando pela janela para que ele pudesse ver as covinhas nas minhas coxas pálidas, e estar sentada fazia meus quadris e barriga se dobrarem sobre o cós da minha calcinha. Mas, de alguma forma, essa parte do meu cérebro desligou com Sam, e eu pude me concentrar no jeito que me sentia enquanto suas mãos percorriam a parte interna das minhas coxas, me incentivando a afastá-las ainda mais.

Finalmente, ele passou as juntas de seus dedos pela minha parte íntima, o atrito intensamente erótico através do tecido úmido da minha calcinha. Meu corpo tremeu involuntariamente ao toque, então, tão rapidamente quanto havia começado, ele parou. Ele levou suas mãos para a minha bunda, agarrando minhas nádegas enquanto me puxava para mais perto. Ouvi sua respiração ofegante com o contato e me deleitei, um sinal de que ele estava tão excitado quanto eu.

Ele segurou meus seios, rolando os mamilos entre os dedos de uma maneira que instantaneamente deixou minha respiração rasa.

— Eu amo como você enche minhas mãos — ele disse. — Eu poderia gozar só de pensar nos seus peitos. Eu *gozei* só de pensar nos seus peitos.

— Já? — eu mal reconheci minha própria voz.

— Hummm — ele disse. — Naquela noite, depois que arrumei seu carro, cheguei em casa e pensei em você. Apenas a sensação de quando você se encostava em mim, quando estávamos andando lado a lado.

— Uau, você é fácil. — Mas isso me deu uma emoção, saber que ele tinha pensado em mim dessa maneira, naquele dia.

Ele continuou acariciando um seio enquanto sua outra mão deslizava pela minha barriga, por baixo do cós da minha calcinha, tocando a minha fenda molhada.

— Oh — eu soltei quando ele finalmente escorregou um dedo para dentro. — Ah, Sam.

— Eu gosto quando você diz meu nome — ele disse, e eu tornei a dizer e repetir e repetir, até que ele adicionou outro dedo e os movimentos se tornaram mais rápidos, mais profundos, e eu parei de dizer qualquer coisa.

Recostei-me nele, meu cabelo espalhado em seu peito duro, minha cabeça apoiada em seu ombro, minha garganta exposta.

— Você é uma delícia — ele disse, o hálito quente no meu pescoço.

A cena que protagonizávamos era pornográfica. Eu com os joelhos perto do peito, as pernas abertas, os dedos dele ainda me estimulando. De alguma forma, o fato de ele ainda estar usando seu jeans, de eu só poder ver o contorno de nós dos seus dedos através do algodão fino da minha calcinha, só fez parecer mais pornográfico ainda. Mas era uma posição vulnerável também, a maneira como eu estava tão aberta para ele, o som áspero de sua voz no meu ouvido. Quando gozei, foi tão repentino que me surpreendeu, meu corpo se comprimindo em torno de sua mão, enquanto eu agarrava seu pulso, mantendo-o dentro de mim até que o último dos tremores percorresse meu corpo.

Finalmente, a mão dele deslizou de volta sobre mim, deixando uma marca de umidade no meu mamilo de quando seu dedo estava dentro de mim. Eu observei o perfil de Sam sob os meus cílios. A maneira como sua boca se abriu enquanto ele esfregava aquele mamilo molhado com o polegar, o jeito como ele mordeu o lábio inferior.

Eu me inclinei para trás até ficar completamente deitada na cama, puxando Sam comigo para um beijo longo e profundo. Eu estava tentando dizer algo a ele com aquele beijo, e nem sabia o que era. O sentimento vibrava através de mim, na minha língua, em sua boca e nos meus dedos puxando o botão de seu jeans, desesperada para tirar a peça de roupa. Um zumbido soou baixo no fundo da minha garganta enquanto eu ria um pouco por não conseguir, e ele estendeu a mão para abrir o botão e deslizar o jeans pelos quadris. Houve um momento desajeitado em que ele estava tirando a calça e eu tentava tirar minha calcinha ao mesmo tempo que apontava para a caixa de preservativos que havia comprado recentemente e escondido debaixo da cama. Poderia ter estragado o clima, mas de alguma forma não aconteceu. Sam pressionou mais um beijo faminto contra a minha boca, e então ele entrou em mim com um movimento fluido, que roubou o meu fôlego.

Quando olhei para cima, seus olhos estavam abertos, fixos no meu rosto. Um canto de sua boca preso em um sorriso, mas não parecia uma expressão tão simples quanto de prazer, ou mesmo um resquício da logística desajeitada de alguns momentos antes. Foi mais como... admiração. Como se eu pudesse sentir algum brilho vindo do centro do seu peito, onde eu achatei inconscientemente a palma da minha mão.

Eu estava com medo do que ele poderia dizer, com uma expressão como essa. Eu estava com medo do que *eu* poderia dizer. Então passei minhas mãos nos seus braços, minhas unhas nas suas costas, meus dedos nos cabelos de sua nuca, enquanto o puxava para mim. Ao mesmo tempo, levantei meus quadris, convidando-o a se mover comigo. O ritmo era extraordinariamente lento no início, mas foi crescendo até que a cabeceira de ferro forjado da minha cama estivesse batendo contra a parede.

— Bem aí — eu gemi, estendendo a mão para agarrar duas barras da cabeceira enquanto Sam metia em mim. — Aí mesmo, Sam, oh Deus.

Dessa vez, quando o orgasmo me atingiu, foi mais suave do que antes, como uma onda passando pelo meu corpo. Eu podia sentir que Sam estava perto, e me apertei em torno dele, incitando-o a continuar, a me foder até que nós dois estivéssemos exaustos. Observei seu rosto enquanto ele gozava, a maneira como sua mandíbula se apertou e depois relaxou, a maneira como o seu pomo de adão se movia enquanto ele engolia ar, como se por um segundo tivesse esquecido como respirar. Eu nunca tinha feito isto antes — assistir a um clímax de um parceiro durante o sexo. Nunca me ocorreu abrir os olhos. Mas com Sam, eu queria prestar atenção.

Ele cuidou da camisinha e depois voltou para a cama, nossos corpos aninhados no estreito colchão de solteiro.

— Acho que podemos ter quebrado — eu disse, estendendo a mão para sacudir a cabeceira da cama.

— Parece bastante sólida.

— Bem, pelo menos nós definitivamente a envergonhamos. Esta era a minha cama de infância.

— Eu não acho que os móveis tenham qualquer tipo de julgamento. São inertes.

Eu sorri para isso. A cabeça de Sam estava no meu peito, e eu passei meus dedos pelos seus cabelos macios.

— Passei muito tempo nesta cama sonhando acordada sobre como seria minha vida.

Ele ficou quieto por um momento, sua respiração tão calma na minha pele que pensei que talvez ele tivesse adormecido. Então ele disse:

— Como você imaginou que seria?

— Pensei que talvez eu seria uma escritora — eu disse. — Ou uma editora. Alguma coisa com livros. Eu queria morar em uma cidade grande, em um apartamento legal como eles sempre mostram na TV. Um com vista para o horizonte e um porteiro peculiar. Ah, e um gato. Eu sempre pensei que teria um gato, na verdade, embora no meu devaneio meu gato fosse mais um animal de colo ronronando do que uma fera selvagem de rua.

— Fico feliz em ver que você se recuperou de quase perder Eleonora — Sam disse sarcasticamente. — O que mais?

— Tudo parece tão genérico agora. Provavelmente era a mesma coisa com que todas as crianças sonham, porque todos nós assistimos aos mesmos filmes. Pensei que iria perder toda a minha gordura e me transformar de um patinho feio em um lindo cisne. Pensei que isso faria minha mãe gostar mais de mim, e no futuro nos tornaríamos aquele par mãe-filha que bebem mimosas juntas no brunch de domingo.

Eu engoli.

— Sempre imaginei que teria pelo menos um momento em que meu pai ficaria muito orgulhoso de mim, e eu seria capaz de notar. Ele nunca teria dito, esse não era o estilo dele, mas haveria apenas um momento em que eu iria *saber*.

E agora nunca teria isso. Não tinha percebido o que era o luto — a perda de todos os momentos potenciais, os que nunca seriam, não apenas os momentos passados que já haviam sido. Eu me concentrei tanto naquele passado, onde meu relacionamento com meu pai havia sido complicado, mas esqueci que costumava sonhar com um dia em que não seria assim.

— Alguma vez ele me mencionou?

Eu não sabia que iria fazer a pergunta até que ela saiu da minha boca. Era tão cru que não havia como esconder, e imediatamente queria pegar a pergunta de volta. É claro que meu pai não teria mencionado a mim, uma filha com quem ele mal falava, uma filha que ele havia provavelmente descartado.

— Seu pai não falava muito — Sam disse, a voz dele um murmúrio contra o meu peito. — Como você sabe. Mas sinto que pude perceber, pela maneira como ele verificava sua correspondência, que estava superorgulhoso.

Eu mordi o interior da minha bochecha.

— Impossível.

— Ah, sim — ele disse. — Você deveria ter visto. Seu pai andava até a caixa de correio, gritando que a filha dele estava prestes a virar doutora, ele chegava a ser desagradável sobre isso, para dizer a verdade. Ele abria a caixa de correio e espreitava o que tinha dentro. Então puxava os envelopes e começava a classificá-los como se estivesse lendo o artigo que você apresentou na conferência de cultura pop no ano passado, aquele sobre masculinidade e monstruosidade em *O Iluminado*.

Eu me apoiei nos cotovelos.

— Espere, como...?

— Eu pesquisei você no Google — Sam disse. — De qualquer forma, então ele voltava para a garagem, seu andar, deixando claro para toda a vizinhança que sua filha era forte e empática, inteligente, hilária e linda. Quando ele colocava toda a correspondência diretamente em sua lata de lixo externa, seu arrependimento era dolorosamente óbvio, por ele mesmo não conseguir encontrar uma maneira de lhe dizer todas essas coisas pessoalmente.

Minha garganta queimou quando eu disse:

— Tudo apenas com uma caminhada até a caixa de correio, hein?

— Ele fazia isso todos os dias — Sam disse. — O que posso dizer, sou observador.

Eu me aconcheguei nele, pressionando um beijo em seu ombro.

— Você é doce — eu disse.

— Doce por você.

Eu resmunguei com a breguice daquela frase, dando-lhe um tapa brincalhão. Mas a verdade era que entrou no meu coração. Isso me fez sonhar, pelo menos por uma noite, com algo que eu nem ousava fazer quando era uma jovem deitada nessa mesma cama — que todas aquelas coisas de coração rosa no Dia dos Namorados e as músicas de amor melosas poderiam ser reais e ser algo que eu poderia ter.

♥♥

VINTE E DOIS

A manhã do pedido de casamento de Conner chegou com aproximadamente sessenta e oito mensagens sobre logística: quando eu iria buscar Shani para irmos almoçar, que horas estaríamos no parque, o que eu iria vestir.

> Eu sei que você tem um monte de coisa gótica, mas talvez algumas cores para as fotos???

Nem me ocorreu que *eu* precisava estar nas fotos. O eventual casamento seria divertido.

Sam estava animado e nervoso, o que era fofo. Ele teve que sair mais cedo para arrumar tudo. Não apenas arranjou as trinta e pouco crianças que iriam dançar, mas também estava trazendo seu sistema de som e conectando-o para que *Tubthumping* pudesse ser ouvido em um volume adequadamente horrível.

— Eu também preciso comprar um pouco de queijo, biscoitos e fatias de maçã na loja — Sam disse, digitando em seu celular. — Algo que tanto as crianças quanto os pais vão comer. Talvez um pouco de água e Capri Suns.[46]

— Certifique-se de que eles sejam Pacific Cooler — eu disse, me sentando na cadeira da minha escrivaninha e abrindo meu laptop. A doutora Nilsson disse que me enviaria comentários sobre meu último capítulo até hoje, e eu esperava ter a chance de dar uma olhada antes que todas as festividades começassem.

— Phoebe — Sam disse. — Eu trabalho com crianças há anos. Confie que eu sei sobre a superioridade do Pacific Cooler.

Ele veio por trás para me dar um beijo no topo da cabeça, e então saiu, me deixando sozinha com o e-mail da doutora

---

[46] Bebida à base de suco concentrado.

Nilsson e Eleonora, que agora estava pelo menos ficando no mesmo cômodo que eu. Eu tinha virado uma caixa vazia de lado e ela gostava de entrar e sair dela antes de se instalar para descansar.

— Vamos ver o que temos aqui — eu disse, abrindo o e-mail. Eu não podia negar que falava comigo mesma antes de Eleonora, mas a presença dela definitivamente fazia isso acontecer com mais frequência. Só que agora eu poderia justificar que estava falando com ela.

A doutora Nilsson começou contando um pouco sobre como ela ouviu falar de Blake e ficou feliz por eu marcar a entrevista, etc. Então ela lançou seu feedback sobre o meu capítulo de *A sangue frio*, e foi o meu próprio sangue que imediatamente ficou frio. Frases como *não é o seu melhor trabalho* e *divagação* e *desarticulado* e *precisa de uma teoria mais robusta* piscaram diante dos meus olhos antes mesmo que eu pudesse ler o bloco de texto do início ao fim.

Cliquei duas vezes no arquivo para ler os comentários dela, e o excesso de vermelho fez meus olhos arderem, fosse por estresse ou pelo brilho forte da própria iluminação da tela do meu *laptop*. Havia comentários positivos lá também, embora a doutora Nilsson tendesse a ser bastante brusca com eles — um *Bom* em uma pequena bolha ao lado de um ponto podia contar bastante —, mas em sua maioria eu só conseguia ver os pedaços de texto que ela havia riscado, marcando como repetitivo, ou pedindo mais evidências fora do livro para apoiar o argumento. No final, ela incluiu um comentário.

> *Como pura análise literária textual, isso não está ruim. Mas não consegue fazer as conexões necessárias com a teoria e o contexto cultural que o elevariam ao estudo retórico ao nível de doutorado. Você está na reta final — não se deixe sair do curso agora.*

Essas palavras criaram um buraco no meu estômago que durou todo o tempo de preparação e almoço com Shani, embora eu tenha feito o meu melhor para apresentar um rosto feliz na frente dela. Ela ficou tão satisfeita por eu tê-la convidado para sair, fazendo vários comentários de que sempre pensou que deveríamos nos ver mais, que me senti culpada por nunca ter me ocorrido fazer isso antes que meu irmão me pedisse como parte de seu plano. Ela realmente era uma boa pessoa e divertida para se conversar, com muitas histórias de seu trabalho no hospital ou das muitas vezes em que meu irmão tinha sido um idiota.

Um idiota que iria pedir alguém em casamento em menos de uma hora, eu queria dizer, mas estava muito orgulhosa de mim mesma por manter o segredo. Se eu estragasse tudo no último minuto, nunca me perdoaria.

Minha desculpa para parar no parque deveria ser que eu me lembrava dele desde a infância e só queria passar por ali e dar um passeio pela estrada da memória. Eu tinha digitado para Conner:

> Mas costumava ser nada além de árvores e alguns bancos. Por que eu me importaria que eles colocaram um parquinho aqui agora?

Ao que ele respondeu:

> SHANI NÃO VAI SABER ISSO, MAS ELA AMA ESSAS COISAS NOSTÁLGICAS. SÓ FALE ISSO, POR FAVOR.

Caso eu estivesse me perguntando se ele estava mais relaxado com a segunda tentativa.

Ainda assim, senti que estava sendo óbvia quando entrei no parque com o carro.

— Espero que você não se importe — eu disse. — Eu adorava este lugar quando era criança, e só queria dar uma olhada.

— Claro — Shani disse. — Conner nunca mencionou isso. Ele disse que você costumava levá-lo a um parquinho em outro bairro, até que alguém lhe perguntou se você morava lá.

Tinha me esquecido completamente disso, mas agora a memória havia voltado com tudo. Costumava levar Conner quando ele tinha cerca de quatro ou cinco anos, e eu estava com onze ou doze, para aquele parquinho no bairro vizinho. Só tinha um balanço e um trepa-trepa tão pequeno que mal podia ser classificado como tal. Ficava em um bairro vizinho relativamente novo, e a cobertura de árvores não era grande, então, inevitavelmente, quando voltássemos para casa, Conner estava um pouco queimado de sol e provavelmente desidratado, mas ele ainda me implorava para levá-lo lá. Então, um dia, uma adulta qualquer me perguntou se morávamos lá. Meu *não* foi honesto, mas também autoprotetor — não dizemos a estranhos onde moramos.

— Então você não tem permissão para brincar neste parque — disse a mulher, seu tom tão sério como se tivesse nos pego roubando lojas. Se eu pudesse voltar no tempo, eu teria reagido com, tipo, *não podemos o caralho*, e continuaria levando Conner lá todos os dias até que alguém nos removesse à força. Mas, na época, isso me assustou o suficiente para nos manter longe.

Essas memórias me surpreenderam continuamente, lembrando-me de que houve um tempo em que Conner e eu *havíamos* sido próximos, ou pelo menos eu passava muito tempo tomando conta dele. Mas não consegui me deixar levar por isso. Precisava manter o foco. Havia um monte de crianças brincando no trepa-trepa hoje — mais do que eu achava que estavam envolvidas no *flash mob* — e minhas palmas já estavam suando tanto que precisei secá-las na minha calça.

— Está do jeito que você se lembra? — Shani perguntou, enquanto caminhamos pelo parque.

Havia o equipamento de som de Sam, montado ao lado de um toldo coberto, onde um monte de pessoas estava em torno de algumas mesas de piquenique. Esses deviam ser os pais. Eu vi mais de um Capri Sun entre eles.

— Hum — eu disse. — Não realmente...

Havia uma marca que deveríamos atingir, que sinalizaria o início da música e da dança. Presumi que Sam gostaria de fazer isso sozinho, já que era o seu sistema de som, mas ele deve ter incumbido um pai de cuidar disso. Fazia sentido que ele não quisesse arriscar que Shani o avistasse, mas eu me perguntava onde ele estava.

— Você já leu aquele livro sobre luto que eu te dei? — Shani perguntou.

Ótimo. Menos de dez passos da marca e Shani estava fazendo as grandes perguntas. O que eu deveria fazer? Parar antes e falar sobre isso? Enquanto trinta crianças esperavam ansiosamente pelo sinal para começar a dançar? Já havia notado várias crianças olhando abertamente para nós. Se não déssemos início logo, a situação tinha potencial para virar uma cena de *Colheita do Mal*.

— Ainda não — eu disse. — Desculpe. Mas eu vou. Qual era seu brinquedo favorito no parquinho? Eu sempre gostei dos balanços.

Eu parecia uma aluna da primeira série tentando fazer uma amiga na escola. Shani parecia um pouco surpresa, mas provavelmente só imaginou que eu não queria falar sobre o livro de luto. O que também era justo.

— Os balanços são legais — Shani disse, se animando enquanto parecia pensar em uma resposta melhor. — Ah, você sabe do que eu gostava? Quando eles tinham uma trave de equilíbrio. Eu tenho um equilíbrio *fantástico*. Será que...

Mas havíamos chegado à marca, e de repente as barras de abertura da música começaram, o eco, o canto distante e depois direto para o refrão. Isso me fez pular um pouco de surpresa por ouvir a música tocar pelo parque, e eu sabia que estava para acontecer. Assim que o refrão começou, algumas crianças pularam do trepa-trepa e começaram a dançar em uníssono. Eu podia ver o que Sam estava dizendo — eles eram quase mais uma série de poses do que uma dança de verdade, e um garoto estava um passo atrás do resto, vendo seus amigos fazerem os movimentos primeiro, mas era ridiculamente fofo.

— Você está vendo isso? — Shani disse, seu sorriso largo de prazer. — Eles devem se conhecer ou algo assim. De onde vem a música?

Ela girou a cabeça em direção ao pavilhão, mas a música estava na parte mais lenta, a mulher cantando sobre beber a noite toda em uma letra que eu ainda não conseguia acreditar que uma escola primária havia sancionado. Assim que a parte havia começado, outro grupo de crianças começou a dançar em nossa direção, fazendo outro conjunto de movimentos sincronizados, diferente do primeiro grupo.

— Isso é inacreditável — Shani gritou sobre a música. — Você já viu esse tipo de coisa?

— Não — eu disse.

Sam e eu havíamos assistido a uma série de vídeos de *flash mob* e conseguimos convencer Conner que algo curto e doce era a melhor opção para um pedido de casamento. Sam havia comentado que o nosso seria composto por crianças, o que significava que deveríamos apostar no lado da brevidade, e eu ressaltei que *Tubthumping* era, na verdade, o mesmo verso repetido várias e várias vezes, de qualquer maneira. O plano era manter a distração até que Conner aparecesse, dentro de três minutos.

Ainda assim, não pude negar que foram alguns minutos muito mágicos. Cada vez que a música mudava do refrão para o verso, outro grupo de crianças se juntava ao grupo maior. Havia uma garota em particular da qual eu não conseguia tirar os olhos — gordinha, com cabelo ruivo encaracolado e óculos, ela balançava os braços com o mais selvagem abandono e a menor consideração por qualquer um que pudesse estar perto dela. Quase a vi derrubar um garoto magrelo que ficava olhando em direção ao pavilhão, como se perguntasse aos adultos o que ele deveria fazer.

Shani estava encantada. No começo, claramente não tinha ideia de que tudo aquilo era para ela — estava apenas aproveitando o show. Mas pelo segundo verso, era óbvio que as crianças estavam formando um semicírculo ao nosso redor, e Shani olhou para mim indagando: *O que está acontecendo?* Eu apenas dei de ombros, mas não pude evitar o sorriso pateta que senti esticar no meu rosto.

E então o refrão veio novamente, e Sam apareceu dançando com o último grupo de crianças, aproximando-se de nós com uma coreografia que envolvia muitos passos: cruzando um pé sobre o outro, fazendo um movimento de ombro, dando um passo para trás e depois fazendo tudo de novo. Seu cabelo estava colado na testa com o suor — afinal, ele havia ficado lá fora nas últimas duas horas, enquanto Shani e eu comíamos comida tailandesa —, mas Sam parecia tão alegre e confiante que eu não conseguia tirar os olhos dele.

Eu não esperava que ele dançasse. Nós não tínhamos discutido isso. Mas fazia sentido que ele tivesse aprendido essa coreografia com as crianças, se foi ele quem tinha ensinado a elas.

Os dançarinos então formaram um grande grupo ao nosso redor, e na periferia eu vi vários adultos filmando em seus celulares — não apenas aqueles que deviam ser pais ou responsáveis das crianças participantes, mas outros adultos também. Sam liderou as crianças em um movimento final, onde todos fizeram uma corrida quase frenética no mesmo lugar, começando baixo e depois ficando cada vez mais alto até jogarem as mãos para o alto e começarem a dançar livremente, balançando e sacudindo os quadris e imitando robôs. Sam parecia ter saído de um videoclipe dos anos 1980, a maneira como ele girava em círculos, tirando o cabelo dos olhos com o movimento. Ele estava usando uma camiseta branca e jeans claros, seus tênis vermelhos eram um borrão brilhante enquanto dançava, e quando ele levantava os braços eu conseguia ver uma parte de sua cueca *boxer* colorida.

Todo mundo ainda estava dançando, mas eles se separaram para revelar meu irmão parado lá, com os braços atrás das costas. Ele realmente queria dar flores à Shani, mas eu o convenci a não fazer isso — *ela vai precisar ter as mãos livres para aceitar o anel*, eu disse —, mas podia ver por que ele queria as flores. Isso teria lhe dado algo para manter as mãos ocupadas, enquanto ele caminhava pelos dançarinos em direção a Shani. Mas eu pensei que era melhor assim, mais puro, nada entre eles. A música estava cada vez mais baixa, e eu tinha dado um passo para o lado, deixando-os ter seu espaço.

— Ai, meu Deus — Shani disse, audível agora sobre a música mais silenciosa. Ela começou a chorar no segundo em que viu Conner, e eu podia dizer que meu irmão também estava tendo dificuldade em segurar as lágrimas. Eu olhei para Sam. As crianças ainda estavam dançando ao redor dele, outras crianças do parquinho se juntando. Mas Sam havia parado e observava meu irmão se ajoelhar. Senti a atenção dele mudando para mim, mas de repente não consegui fazer isso, não sabia se sobreviveria a esse momento, a menos que mantivesse meu foco apenas no meu irmão e Shani.

— Shani — Conner disse, então teve que limpar a garganta. — Eu te acho incrível. O dia mais sortudo da minha vida foi quando te conheci, e sinto que cada dia que passa tenho mais sorte. — Ele tinha tirado a caixa do anel do bolso, mas ainda não a tinha aberto, e então ele franziu a testa. — Embora, espere, isso significaria que o primeiro dia não poderia ter sido o mais sortudo, se eles continuaram melhorando... Mas você sabe o que quero dizer. Tenho sorte. Esse é o ponto que estou tentando ressaltar. Desculpe. Eu tinha planejado coisas muito melhores para dizer.

Eu queria poder encorajá-lo de alguma maneira, dizer que ele estava indo bem. Era óbvio que ele estava falando com o coração e isso é o que importava. Shani estava balançando a cabeça, soluçando um pouco, mas da maneira fofa que algumas garotas conseguem ficar quando choram. Eu nunca fui uma delas. Eu chorava feio.

— Eu quero ter mais e mais dias de sorte com você, e não apenas sorte, mas, tipo, trabalho também. Porque é preciso trabalho para estar em um relacionamento. Obviamente. Mas com você não parece trabalho, e... de qualquer forma, Shani, eu te amo. Você quer se casar comigo?

Ela acenou com a cabeça, como se isso fosse tudo que era capaz, antes de dizer:

— Sim. *Sim*!

Conner se levantou para envolvê-la em um abraço e um beijo antes de perceber que ainda não havia realmente aberto a caixa do anel, então ele a entregou a ela, e juntos eles a abriram e colocaram o anel no dedo de Shani. Conner tinha certeza de que se encaixaria perfeitamente porque ele havia sorrateiramente apanhado um dos outros anéis dela e o levara para tirar a medida, e então ele me deu um grande sinal de positivo quando ela o colocou, como se eu tivesse sido a responsável por fazer isso acontecer.

Eu devolvi a ele um sinal de positivo, ainda enxugando uma lágrima perdida do meu olho, quando Sam passou o braço em volta do meu ombro e me puxou para ele.

— Acho que deu certo — ele disse.

— Porra, sim, deu certo — eu disse, depois olhei para todas as crianças ao nosso redor. — Quero dizer, sim. Foi muito perfeito. Você é um bom dançarino.

— Na verdade, não — Sam disse. — Eu nunca tive nenhuma aula ou qualquer coisa do tipo.

— Ainda assim, você é tão... — eu não conseguia pensar na palavra mais adequada. *Sexy*, para dizer a verdade, mas estávamos perto de todas aquelas crianças, e, de qualquer forma, era apenas uma parte disso. *Contagiante*, talvez, como se ele estivesse se divertindo e você quisesse se divertir com ele. Quase me fez querer dançar, e eu nunca, nunca fiz isso. *Livre*. Talvez essa fosse a palavra.

Ele sorriu para mim.

— Segure esse pensamento — ele disse. — Eu tenho que falar com os adultos bem rápido, agradecer a eles e às crianças por virem. Já volto.

Eu me aproximei de Conner e Shani para parabenizá-los, mas não querendo interromper o momento deles. Não precisei me preocupar, aparentemente, porque, assim que me viram, ambos me atacaram com um abraço em grupo.

— Eu não poderia ter feito isso sem você — Conner disse. — Estou falando sério.

— Sam fez a maior parte — eu disse. — O sistema de som, as crianças, a dança. — Então, caso Shani agora pensasse que meu almoço com ela tinha sido apenas uma obrigação para isso, eu acrescentei sinceramente: — Estou feliz por passar um pouco de tempo te conhecendo melhor, agora que seremos irmãs.

Uau. Que estranho.

— Não, não só hoje — Conner disse. — Tudo isso. Eu sei que você tem sua própria vida, e sua tese sobre *serial killers* ou o que quer que seja, mas ter você aqui neste verão...

Durante todo o *Tubthumping*, eu tinha conseguido esquecer os comentários da minha orientadora e a enorme quantidade de trabalho que teria que fazer para voltar aos trilhos, mas agora o poço de pavor ia se instalando novamente no fundo do meu estômago.

— Não tem problema — eu disse. — Na verdade, porém, eu preciso fazer as coisas, se você não se importa que eu saia... talvez pudéssemos planejar um jantar comemorativo esta semana?

— Por mim seria ótimo — Conner disse. — Te amo, Pheebs.

— Também. — Eu sorri para Shani para que ela soubesse que estava incluída naquele sentimento, mesmo que tivesse sido fracamente expressado.

Eu fui até o pavilhão, onde a maioria das pessoas já tinha se dispersado, mas Sam estava agachado, com os cotovelos apoiados nos joelhos, conversando com o garoto magrelo que quase foi empurrado pela menina ruiva. Eu o vi como professor então, podia imaginar a maneira como ele era em sala de aula, incentivando as crianças a realmente irem à loucura com os xilofones.

Incrível como minha percepção inicial tinha sido completamente errada. A verdade é que esse Sam me assustava mais. Ele parecia vir de um planeta diferente, onde dançar era divertido e as famílias eram grandes e felizes. E eu era de alguma outra estrela distante e solitária, meus pulmões incapazes de respirar a atmosfera de seu planeta.

Estava sendo muito sentimental, e eu não sabia por quê. O dia inteiro fora uma montanha-russa, desde aquele e-mail da minha orientadora pela manhã até o noivado de Conner e

Shani. O que eu provavelmente precisava era dormir, para reiniciar do zero.

— Estava tentando ouvir a contagem na minha cabeça como você nos disse — o garoto estava dizendo a Sam —, mas estraguei tudo. As partes lentas são difíceis.

— Elas são mesmo — Sam disse. — Nós conversamos sobre como essa música mantém o ritmo, certo? — Ele bateu um dedo no joelho, contando a batida da música. — As palavras diminuem a velocidade, mas a batida é sempre a mesma. É complicado, mas você fez um bom trabalho.

— Você vai pedir para se casar com ela? — Marcus perguntou, olhando para mim. Nem tinha registrado que o garoto estava ciente de que eu estava lá, e fiquei assustada ao ser puxada para a conversa. — Podemos fazer a dança de novo. Dessa vez eu vou fazer a contagem certa, prometo.

Sam virou a cabeça para olhar para mim.

— Algum dia — ele disse, seu olhar ainda no meu. Então se voltou novamente para o menino, estendendo o punho para trocarem um soquinho. — Agradeço muito por você vir, Marcus. Está animado para a quarta série?

Eles conversaram um pouco mais, antes de finalmente o garoto sair correndo para voltar a brincar, e Sam se levantou. Ele começou a limpar algumas das sobras de comida e lixo da mesa de piquenique, e eu me juntei para ajudar. Ele até pensou em trazer pratinhos e guardanapos verde-limão para o lanche das crianças, um detalhe que eu teria esquecido completamente.

— O que você quis dizer com aquilo? — eu perguntei. — Algum dia?

Ele nem sequer olhou para cima, sendo bem casual sobre isso. Apenas continuou pegando caixinhas amassadas de Capri Sun.

— Quero dizer *algum dia* — disse. — Sim, consigo me ver te pedindo em casamento. Não assim, algo me diz que você não iria apreciar o espetáculo público. Algum lugar tranquilo, somente nós dois. Eu me ajoelharia e te diria o que sinto. Sei que isso continua longe, mas é legal pensar a respeito.

Senti que faltavam cerca de mil peças nessa conversa para que fizesse sentido.

— Eu nem sei se quero me casar um dia.

Sam deu de ombros, como se isso também não fosse grande coisa.

— Então nós não nos casaremos.

Atrás de mim estava uma cacofonia de vozes de crianças, gritos agudos de animação, o choro ocasional de uma criança que devia ter caído, o grito de um pai dizendo ao seu filho *Pare de colocar cascalho na boca* ou *Solte o seu irmão*.

— Eu também não sei se quero ter filhos.

Ele olhou para cima então, e eu tentei ler qualquer coisa por trás de sua expressão quando ele disse:

— Tudo bem. Eu sou um tanto faz nesse aspecto.

Não tinha como saber realmente o que ele sentia sobre o assunto. Ele dava aula no ensino fundamental, pelo amor de Deus. Era óbvio que seria um ótimo pai. Ele veio de uma família grande. Eu enumerei todos esses pontos para ele, mas sua expressão não mudou.

— Olha, eu gosto de crianças — ele disse. — Obviamente, ou eu não faria o que faço. Mas, como você disse, estou perto de crianças o dia todo. Já tenho quatro sobrinhas e sobrinhos e sou o tio designado para comprar conjuntos de bateria para cada um, pelo que meus irmãos com certeza ficarão agradecidos. Estou aberto a conversar sobre todas essas coisas — *algum dia* não precisa significar *hoje*.

Eu balancei a cabeça.

— Eu não consigo — eu disse.

Esse parecia ser o primeiro sinal para Sam perceber que eu estava falando sério, que não estávamos apenas conversando à toa sobre o futuro. Eu nem sabia como fazer isso. Qualquer projeção para daqui a meses já me deixava em dúvida sobre se minha tese seria concluída no prazo, se seria suficiente para conseguir meu diploma, se Sam e eu seríamos capazes de resistir a uma separação que ambos sabíamos que estava por vir.

Ele largou os guardanapos amassados que estava segurando, limpando as mãos no jeans antes de me levar para longe do pavilhão, sob alguns carvalhos frondosos, onde poderíamos ter mais privacidade.

— Você não devia deixar todo o seu equipamento lá — eu disse. — Parece caro.

— Não importa — Sam disse.

— Há uma criança de pé perto dele com um brilho de *Baby Shark* no olho. Estou te avisando.

— Phoebe — Sam disse, um pouco impaciente. — Não importa. Fale comigo. Diga-me por que você está surtando.

— Parece que está indo tudo tão rápido — eu disse. — O que estamos fazendo? Era para ser um romance de verão, e agora estamos falando de casamento e filhos? É demais, Sam. Eu não consigo fazer isso.

Ele deu um passo para trás, passando a mão pelos cabelos. O suor já havia secado, e suas mãos agitadas fizeram o cabelo ficar em volta de suas orelhas. Eu podia ver pelo rosto dele que as palavras "romance de verão" tinham magoado, e uma parte de mim queria engoli-las de volta. Ele me disse várias vezes que isso não era casual para ele, e a verdade era que também não parecia casual para mim, desde aquela primeira noite. Desde talvez antes disso, eu não sabia.

Mas eu também me senti estúpida e ingênua por pensar que isso poderia dar certo a longo prazo. Sua vida estava aqui, e a minha não. Ele foi feito para um futuro com uma casa de cerquinha de madeira, ele *merecia* esse futuro, e eu não sabia onde me encaixava nisso.

— O garoto me fez uma pergunta — Sam disse. — E eu respondi. O que eu deveria dizer: não, garoto, esta é apenas a minha vizinha, nós transamos às vezes?

Estremeci com a linguagem dele, embora soubesse que tinha pedido por isso, nos jogando de volta para a primeira manhã juntos, reescrevendo as regras do que quer que fosse isso entre nós.

— Pelo menos teria sido mais sincero — murmurei.

Por um momento, Sam apenas me encarou, como se nem me conhecesse. Eu mal me reconheci, as coisas que estava dizendo. Eu queria enfiá-las todas de volta na minha boca e começar de novo. Teria implorado, dito que estava com dor de cabeça ou não estava me sentindo bem, que precisava me concentrar um pouco na minha tese e falaria com ele mais tarde. Isso pode ter terminado — parecia inevitável para mim, de repente, que iríamos terminar, qualquer esperança do contrário não era mais real do que as fantasias que eu tinha quando criança sobre viver em um apartamento com vista para o céu. Mas não precisava acabar assim.

— Sincero — ele disse, quase mais para si mesmo do que para mim. — Você está certa, eu não tenho sido sincero. Estou me apaixonando por você, Phoebe. Queria te dizer isso um milhão de vezes. Mas sempre tive medo de te assustar — que acabaríamos tendo uma conversa muito parecida com esta, na verdade — e então me segurei. Sei que você pode não se sentir da mesma maneira ainda. Sei que a ideia de estar em um relacionamento te deixa aterrorizada. Eu sei que é complicado, com você só estando aqui no verão. Mas meus sentimentos por você, essa parte não é complicada.

Os gritos das crianças brincando à nossa volta era um fundo desarmonioso. Eu gostaria que pudéssemos ser transportados de volta para a casa dele ou para a minha. Gostaria de poder estar em um espaço livre onde suas palavras não me assustassem, porque ele estava certo, elas me aterrorizaram. Me *apaixonar*? A própria palavra para mim implicava dor, perda de controle. Ele não poderia estar se apaixonando por mim, mais do que eu poderia estar por ele.

— Foram algumas semanas intensas — eu disse. — Um *dia* intenso. Tem sido um período de contato constante, como quando as pessoas se encontram no acampamento de verão, ou como Keanu e Sandra em *Velocidade máxima*. Mas nós praticamente não nos conhecemos.

— Então me conte — Sam disse, cruzando os braços na frente do peito. — Me diga algo importante sobre você que eu ainda não saiba, algo que mudaria minha opinião sobre o que sinto.

— Você nem sabe meu nome do meio.

— Eu sei que começa com um R — ele disse, analisando minha expressão. — Você publica seus artigos sob o nome de Phoebe R. Walsh. Rachel? Rebecca? Rumpelstiltskin?

— É Rachel — eu disse relutantemente, irritada que ele acertara na primeira tentativa. Se ele fizesse alguma alusão a *Friends*, eu perderia.

— O meu é Copeland. Fato engraçado, todos os nomes do meio dos meus irmãos são Copeland. É o nome de solteira da minha mãe. Ok, um já foi.

— Quantos anos você tem? — A merda mais básica, e eu não sabia a resposta. Nunca tinha perguntado.

— Vinte e oito. Mais alguma coisa?

Ele era quase dois anos mais novo que eu. Não havia razão para que isso fosse um problema, mas de alguma forma parecia provar meu ponto de vista, que realmente tínhamos pouca base para fazer planos para qualquer futuro.

— Eu vou embora em algumas semanas.

Os olhos dele se sombrearam, mas não saíram do meu rosto.

— Eu já sei disso. Mas temos celular, e-mail, carro, acesso à viagens aéreas. Posso tirar um ou dois dias extras por volta do Dia do Trabalho. Tenho a semana inteira de folga no feriado de Ação de Graças. Podemos fazer isso funcionar até que você termine seu programa de pós-graduação, e então vemos a partir daí.

Ele fez parecer tão possível, tão *razoável*, mas eu nunca tinha sido capaz de manter um relacionamento quando estávamos ambos na mesma cidade, muito menos quando em estados separados.

— Me desculpe — disse. — Eu não queria ter essa conversa hoje, especialmente depois de...

Fiz um gesto em direção ao seu equipamento de som, ao pavilhão, ao parquinho. De repente, me ocorreu que ainda poderia haver crianças e pais ali, que eles poderiam estar assistindo a toda a nossa discussão, embora, felizmente, não pudessem ouvir nada. Sam tinha feito muito apenas para garantir que o pedido de casamento do meu irmão fosse algo memorável e especial, e então ali estava eu, arruinando tudo. Isso me fez odiar a mim mesma, mas só fortaleceu minha determinação de que, em última análise, era a coisa certa a fazer, que eu só poderia causar mais danos quanto mais prolongássemos isso.

— Então, quando você planejou tê-la — ele disse. Não era uma pergunta.

— Eu te avisei — eu disse, minha voz baixa. — Eu te disse desde o início que não sabia se conseguiria lidar com algo sério.

— Você avisou — ele concordou. — Acho que deveria ter escutado. Eu não deveria ter prestado atenção a todas as pequenas formas pelas quais você me disse que se importa comigo também... a forma como você me beijou no Quatro de Julho, ou me encorajou a terminar de construir aquela guitarra, ou me deixou te abraçar depois de acreditar que Eleonora havia fugido. Apenas seja honesta comigo, Phoebe. O que você sente por mim?

— Claro que me importo com você — eu disse, as palavras soando afetadas e falsas, mesmo que fossem verdadeiras. — Mas eu não posso estar *apaixonada* por você.

Ele desviou o olhar, enquanto engolia a própria saliva. Quando ele arrastou os olhos de volta para os meus, eles tinham um leve brilho.

— Não pode, ou não vai?

Qual era a diferença? Amar alguém era precisar dele, se abrir para a dor, rejeição e perda. É claro que sonhei encontrar a pessoa em quem pudesse confiar totalmente, e é claro que nas últimas semanas eu alimentava esperanças ocasionais de que essa pessoa pudesse ser Sam. Mas, no final das contas, havia muito risco envolvido. Eu estava sozinha havia muito tempo, e sabia exatamente como fazer isso funcionar em minha vida. Até mesmo minha orientadora havia dito isso — eu me desviaria do curso durante o verão, estava na hora de voltar.

— Não posso. Não tenho isso em mim. Me desculpe.

Sam deu uma risadinha, um som sem humor.

— Bem, isso foi honesto — ele disse. — Tenho que admitir, eu não esperava por isso.

— Eu sei — disse. Eu estava me esforçando muito para não chorar, porque não seria bonito. A única coisa que eu podia fazer era olhar para a caixa vazia do Capri Sun ainda em uma das mesas de piquenique até que meus olhos perdessem o foco, tentando não pensar em como tudo tinha sido naquela manhã, cheio de esperança e entusiasmo com a proposta de Conner. E Conner iria querer contar tudo mais tarde, e ele ficaria tão feliz, e enquanto isso eu iria querer morrer por dentro… — Eu juro para você, não planejei nada disso. Sei que você provavelmente se arrepende de tudo, especialmente depois de ter passado seu sábado inteiro aqui e agora isso…

Eu não consegui terminar a frase. Não havia nenhuma maneira de transmitir adequadamente o quão mal eu me sentia que não fosse piorar as coisas.

— Eu não me arrependo de nada disso — Sam disse. — Não das últimas semanas, não de hoje, nem de dizer *algum dia* para aquele garoto, mesmo tendo desencadeado tudo isto. Não me arrependo de ter dado meu coração para você, Phoebe. Eu só queria que você tivesse tomado mais cuidado com ele.

E então eu definitivamente estava chorando, mas não importava. Sam já estava indo embora.

♥♥

VINTE E TRÊS

Os dias que vieram após meu término com Sam foram difíceis. A doutora Nilsson queria o capítulo revisado para a mesma semana, mas a ideia de voltar àquilo que eu amava — analisar crime — de repente não me motivava. Eu ficava sentada à minha mesa por horas, relendo a mesma frase. Então eu me cansava e tentava escrever na cama, mas até mesmo me apoiar com travesseiros na cabeceira trazia de volta lembranças de Sam, e eu não conseguia. Em seguida, tentei uma mudança de cenário, saindo de casa para escrever em uma cafeteria local, mas tudo o que fiz foi olhar para as mesas vizinhas com olhos desfocados, até que, por fim, uma garota em idade universitária perguntou rudemente:

— Posso te *ajudar*?

— Não — eu disse. — Desculpe.

Ela e seus amigos ainda estavam rindo quando eu arrumei minhas coisas e saí.

Certa manhã, deixaram uma caixa na minha porta, e, como eu não tinha pedido nada, senti meu coração acelerar, esperando que talvez fosse outro erro de entrega para Sam. Eu poderia usar isso como desculpa para ir lá e talvez…

Bem, eu não tive a chance de levar essa fantasia adiante. A caixa não era para Sam, mas vinda dele — sem rótulo e fechada apenas com as abas dobradas umas sob as outras. Dentro estava minha cópia de *Savage Appetites* que eu tinha deixado na casa dele, junto com meu sutiã roxo, agora limpo e bem dobrado. Não havia nenhum bilhete.

Eu tinha feito a coisa certa. O meu timing tinha sido uma merda, mas não havia futuro entre mim e Sam, não importa quantas vezes eu pudesse ter me permitido sonhar o contrário. Só teria ficado mais difícil se tivéssemos deixado que isso se estendesse até o final do verão, quando eu estaria prestes a partir.

Mas às vezes, quando estava deitada na cama à noite, eu pensava nele dançando. Seu rosto, corado pelo calor, exercício e alegria. Então pensei em seu rosto depois de dizer a ele que não poderia amá-lo. Ele parecia arrasado, e *eu* tinha feito isso. Eu não estava dormindo muito.

 Uma noite, enquanto eu ainda estava deitada, chutando lençol e me revirando na cama, Eleonora pulou na minha barriga. Seus olhos brilharam para mim na escuridão, como se ela estivesse avaliando o quão na merda eu estava. Finalmente, afofou minha camiseta por alguns minutos, girando em círculos e depois se aconchegando para ficar ali. Ela não queria ser acariciada — se eu tentasse, ela sairia. Em vez disso, ela era quase como um peso de papel, me segurando no lugar. Foi irritante. Mas também foi estranhamente reconfortante e se tornou uma das únicas maneiras de interromper meu loop masoquista.

 A última coisa que eu queria fazer neste estado — a *última* coisa — era me encontrar com Blake para falar sobre minha futura carreira acadêmica. Mas estava tudo pronto e eu tinha o blazer estúpido, e não queria decepcionar a doutora Nilsson novamente. Então coloquei um vestido preto com uma silhueta fofa dos anos 1950 e o complementei com o blazer grafite, e usei um pouco de batom vermelho, esperando que minha aparência não entregasse que me sentia como se a morte estivesse ao meu lado.

 Fechei a porta da frente com cuidado atrás de mim, certificando-me de que Eleonora não tinha saído, e estava prestes a trancá-la quando ouvi a caminhonete de Sam entrar na garagem ao lado. Eu não sabia o que fazer — se eu corresse para o meu Camry e entrasse bem rápido, pareceria que estava o evitando. Mas talvez essa fosse a coisa mais respeitável a se fazer, já que ele parecia estar me evitando.

 Acabei ficando parada como uma idiota ao lado da minha porta, com as chaves ainda na mão, enquanto ele saía da caminhonete.

 Ele tinha cortado o cabelo, de modo que ainda permanecia um tanto longo, mas não tão desgrenhado quanto antes. Estava segurando um saco de comida para viagem e olhou para mim, me dando um sorriso tenso. Isso parecia ser tudo o que ele ia fazer, o que talvez fosse o melhor, mas eu não consegui me conter.

— Oi — eu disse.

— Oi.

Após aquela introdução monossilábica fora de lugar, nós dois ficamos em nossos respectivos lugares. O problema era que eu não conseguia pensar no que dizer depois disso. Meu instinto era começar a me desculpar de novo, mas era óbvio que isso não iria adiantar nada. E mesmo que eu quisesse jogar conversa fora, não conseguia pensar em uma única maldita coisa — nem uma observação sobre o clima, nem uma curiosidade sobre *true crime*, nada.

Sinto sua falta. Isso era o que eu queria dizer acima de tudo, mas é claro que eu não tinha direito.

Ele ergueu a mão para coçar a sobrancelha, sua linguagem corporal dizendo que não conseguia decidir se estava indo ou vindo, até que, por fim, ele deixou cair o braço de volta ao lado do corpo em resignação.

— Você está bonita — ele disse.

— Obrigada — eu disse. Havia uma parte pequena e perversa de mim que estava feliz por ter a chance de ele me ver dessa maneira, depois de um verão usando minhas roupas mais casuais e desgastadas. — Eu tenho aquela entrevista.

— Eu me lembro — ele disse.

— E você, ainda dando aulas na Jocelyn? — Meu interior poderia se resumir ao *gif* do rosto gigante de Michael Scott[47] fazendo "eca" que se repetia continuamente. Que pergunta ridícula. Ele já tinha me dito que sim, até que as aulas na escola recomeçassem, e mesmo assim disse que ainda poderia lecionar nos fins de semana para ganhar um dinheiro extra.

E então ele ergueu o saco de comida.

— Minha comida está esfriando — ele disse. — Boa sorte com sua entrevista.

---

[47] Personagem da série *The Office*, da NBC, vivido por Steve Carell.

— Para você também — eu disse, e felizmente ele já havia desaparecido dentro de sua casa antes que pudesse ver a careta que fiz para mim mesma. Nossa primeira interação desde aquele dia horrível. Poderia ter sido pior.

Definitivamente poderia ter sido melhor também.

Tentei tirar isso da minha cabeça enquanto dirigia até o Stiles College e estacionava em uma das vagas de visitante. Blake disse que me encontraria em um café administrado por estudantes no *campus*, embora tenha se desculpado por ainda estar fechado para o verão. *Mas podemos andar pelo campus para te mostrar o local*, havia escrito no e-mail, o que me fez pensar mais uma vez qual era exatamente o objetivo dessa entrevista. A doutora Nilsson tinha deixado bem claro que não era uma entrevista de trabalho, e eu verifiquei novamente o site do Stiles. Não havia oportunidades de empregos abertas, pelo menos não no departamento de Literatura. Se eu pudesse ensinar Estatística, parecia haver uma chance.

Blake me tratou mais como colega da área do que como uma aluna, e até fez referência a um artigo que eu havia escrito, elogiando-me pela forma como tinha juntado duas mídias aparentemente díspares, olhando para elas através de uma lente feminista. Isso me lembrou de Sam e do fato de que ele tinha realmente tirado tempo para procurar meu trabalho na internet, mas essa linha de pensamento era perigosa. Então forcei minha atenção de volta ao presente.

— Em última análise, seguir vida acadêmica — Blake disse. — Nossa pesquisa, nosso ensino, nossa orientação é tudo para servir às futuras gerações de pensadores. Como você pretende fazer isso com o seu diploma?

Talvez não tenha sido justo que com sua pergunta ouvi ecos de que *estudar true crime não é uma carreira de verdade*, mas essa foi a minha reação defensiva natural. Falei devagar, querendo realmente pensar na minha resposta enquanto ia explicando.

— Eu sei que estudar literatura ou retórica em geral pode não ser algo bem-conceituado — eu disse. — Há muitas pessoas que perguntam qual é o objetivo, se debruçar sobre palavras que foram escritas vinte, cinquenta, duzentos anos atrás. E fazer isso de novo e de novo, depois de tanta coisa já escrita sobre o assunto. Mas, em última análise, acho que se trata de aprender a prestar atenção. Aprender a examinar algo de perto, fazer perguntas e colocar um texto em diferentes estruturas para ver como ele pode mudar. Como cultura, nós somos aquilo sobre o que escrevemos, e examinar esses textos pode nos ensinar muito sobre como enxergamos o mundo.

Olhei para Blake ao meu lado, mas elu estava simplesmente olhando para a frente, com as mãos cruzadas atrás das costas, enquanto ouvia a minha resposta.

— O *true crime* é um exemplo perfeito disso — eu disse.
— Em sua essência, é sobre *o que sabemos a respeito da capacidade da humanidade para o mal* e *do que devemos ter medo*. As respostas a essas perguntas podem nos dizer muito, especialmente quando olhamos para as interseções entre privilégio e poder, quem está contando as histórias, quem são os sujeitos delas. Sei que muitas pessoas acham que o *true crime* é um gênero *pulp*[48] e não é digno de análise, mas o fato de estar tão intimamente ligado às fixações tradicionais o torna *mais* digno. Se eu puder ajudar os alunos a prestar atenção a essas histórias e à maneira como elas são representadas ou recebidas, acredito que sentirei que meu trabalho está feito.

Eu nunca tinha articulado tudo isso antes. Foi vergonhoso admitir, até mesmo para mim mesma, mas não tinha pensado muito no meu *serviço*. Eu gostava de ensinar, da energia de estar na frente de uma sala de aula, da química que poderia acontecer quando você estava dando o seu melhor, suas piadas estavam causando efeito e os rostos dos alunos se iluminavam com reconhecimento. Mas também poderia ser estressante e exaustivo, e acabou ficando em segundo plano em relação aos

---

48 *Pulp* ou *pulp fiction* é como foram chamadas as revistas impressas em um papel de baixa qualidade com temáticas de fantasia, horror, ficção científica e histórias *noir*, que começaram a circular pelo mundo a partir do início do século passado, tendo seu "boom" entre as décadas de 1920 e 1950.

meus próprios estudos e pesquisas enquanto me concentrava em conseguir meu diploma.

Foi ver Sam, e a maneira como ele era com seus próprios alunos, que realmente me fez considerar mais meu próprio estilo de ensino. Ele exemplificou mais sobre aquilo que Blake estava falando — a ideia de que tudo o que ele experienciou ou aprendeu poderia ser canalizado para despertar o entusiasmo pela música em uma criança, ou ensinar-lhe um conceito sobre ritmo ou tom.

Ele tinha me perguntado, semanas atrás, sobre por que eu me interessava por *true crime*. Não tinha ideia de qual resposta eu teria dado na época, mas tinha mais clareza agora.

— Sinto que cresci com medo de tantas coisas — disse. — Há tanta incerteza na vida, especialmente quando você é criança... Você não sabe por que seu pai está chateado, ou por que sua mãe aguenta isso, ou se algum dia terá um amigo de verdade com quem possa conversar. Parece estranho, mas, quando eu era adolescente, havia algo quase reconfortante em ler sobre *serial killers*. Foi como, tipo, tenha medo *disso*. Concentre-se *nisso*. Há incertezas e questões em aberto, mas tudo vai acabar sendo resolvido no final. A justiça será feita, as vítimas serão lembradas. Foi somente quando comecei a ler e reler alguns desses livros com mais atenção que passei a questionar o que significava *justiça*, ou *verdade*, ou mesmo *medo*.

— É um foco interessante — Blake disse, e não soou paternalista, como às vezes acontecia quando as pessoas usavam a palavra *interessante* para descrever meu trabalho. — Você acha que gostaria de ensinar a retórica do *true crime* especificamente, se tivesse a oportunidade?

— Eu adoraria — eu disse. — Mas sei que é um chute alto. Estou definitivamente pronta para dedicar meu tempo ensinando composição, escrita profissional, o que quer que pague as contas. E então talvez algum dia eu encontre algum lugar que me permita propor minha própria aula, onde eu possa me concentrar mais no *true crime* americano da década de 1960 até o presente.

— A sangue frio — Blake disse.

— Claro. Mas há muito mais diversidade e nuances no gênero agora também. *The Third Rainbow Girl*.[49] *No Place Safe*.[50] *The Fact of a Body*[51] é um dos meus favoritos. E não é apenas assassinato. As narrativas sobre crimes de colarinho branco também podem ser fascinantes, como *Bad Blood*[52] ou *The Wizard of Lies*[53] ou *A grande aposta*.

Estávamos caminhando havia tanto tempo pelo caminho central de tijolos através do *campus* que eu mal percebi que tínhamos chegado a uma pequena casa branca com persianas verdes.

— Bem — Blake disse —, como a doutora Nilsson provavelmente lhe disse, não temos nenhuma vaga de emprego no momento. Mas acredito que abriremos um estágio de instrutor visitante antes do próximo ano, para um contrato de três anos no Departamento de Literatura. Como você disse, seria muita composição e outros cursos de serviço, mas haveria espaço para uma ou duas aulas na especialidade do candidato. Acredito que uma aula de *true crime* seria bastante popular. Estaríamos fazendo uma pesquisa-padrão assim que a vaga fosse aberta, então esta não é de forma alguma uma oferta garantida, mas espero ver seus materiais de inscrição na lista. Quando o contrato terminasse, haveria a possibilidade de o cargo poder ser efetivado, mas isso também não seria garantido. O que você acha?

O que eu *achava*?

— Parece incrível — eu disse, tentando controlar meu entusiasmo, mas falhei miseravelmente.

Blake sorriu para mim, como se sentisse meu entusiasmo, mas o achasse cativante em vez de imaturo.

---

49 Conta a história do assassinato de Vicki Durian e Nancy Santomero, que ocorreu nos Apalaches.
50 Livro de memórias de Kim Reid, filha de uma investigadora de crianças desaparecidas.
51 Conta a história de Alex Marzano-Lesnevich e sua relação ao ter que lidar com o assassino Ricky Langley.
52 Conta a história do assassinato da família Olive, em Terra Linda, Califórnia.
53 Livro de Michael Lewis sobre a crise hipotecária de 2008, adaptado para o cinema com direção de Adam McKay.

— O departamento de Literatura fica aqui — disse, gesticulando em direção à casa convertida. — Entre, vou fazer uma xícara de chá para você.

Quando dirigi de volta para casa, eu estava me sentindo muito bem com o andamento da entrevista, e quase esperançosa sobre a minha futura escola de pós-graduação. Ainda tinha que terminar a maldita tese, na qual preferi não pensar muito, e até mesmo deixar minha mente vagar pelas implicações de um possível trabalho em uma distância de deslocamento razoável, o que isso poderia significar...

Bem, isso me fez sentir mais melancólica do que esperançosa. Isso não acarretaria nenhuma mudança significativa, só porque havia uma pequena chance de que uma barreira logística fosse removida em qualquer relacionamento entre mim e Sam. Tudo isso estava acabado agora. Eu tinha incendiado a ponte e não podia me torturar imaginando se havia algum caminho de volta para o outro lado.

♡ ♡ ♡

Na noite anterior à minha partida para a Carolina do Norte, Conner veio me visitar. Eu tinha convidado ele e Shani para um último jantar juntos em algum restaurante, porque não havia muita coisa na casa e nenhum lugar para nos sentarmos, exceto a escrivaninha, que Conner iria me ajudar a prender de volta no teto do meu carro. Mas Conner disse que talvez devêssemos ir apenas nós dois para o jantar.

— Não conseguimos sair tanto quanto eu queria — ele disse. — O que eu entendo. Você estava ocupada com as coisas da faculdade, e eu tinha trabalho. A propósito, minhas ligações estão em menos de sete minutos. Mas esse trabalho é uma droga. Acho que vou esperar até depois do casamento e depois tentar encontrar algo onde não obriguem você a trancar seu celular em um armário no início de cada turno.

Conner e Shani estavam planejando um casamento na primavera, e já estava virando um assunto muito mais complicado do que qualquer um deles havia imaginado, uma vez que alguns dos parentes indianos de Shani começaram a opinar sobre os detalhes da cerimônia e da recepção. Palavras como *itinerário* e *segunda mudança de roupa* haviam sido usadas. De qualquer modo, Conner estava bem empolgado com as roupas que ele poderia usar.

Quando Conner apareceu, eu estava terminando as últimas alterações no capítulo de *A Sangue Frio*, que estava muito melhor agora que eu havia focado mais na credibilidade de Capote e na representação da "verdade" por todo o livro, em vez da bagunça sem rumo a que havia me entregado antes. Eu estava um pouco atrasada, e teria que escrever meu capítulo sobre *Ted Bundy: Um estranho ao meu lado* e a conclusão com a volta do semestre, o que não era o ideal, já que minha defesa estava agendada para o final de outubro. Mas eu sabia que poderia fazer isso dar certo.

— Ouça isto — eu disse, abrindo uma página do livro. — *Ele se sente desconfortável em seus relacionamentos com outras pessoas e tem uma incapacidade patológica de formar e manter vínculos pessoais duradouros.* Estão falando de mim e eu não lembro de ter deixado.

— O que é isso?

— A descrição de um psicólogo de Dick Hickock[54] depois que ele o analisou para o julgamento — eu disse.

Conner veio e tirou o livro das minhas mãos.

— Você precisa sair de casa. Vamos.

Eu disse que dirigiria, então fomos para o meu Camry. Parei por apenas um minuto antes de ligar a ignição, olhando para a casa de Sam. A caminhonete dele estava na garagem, mas eu não o via fazia dias — desde antes da minha entrevista. Ele devia ter ido a algum lugar e ficado fora, porque não estava mais seguindo seu antigo padrão de idas e vindas de suas aulas na Jocelyn.

---

54 Um dos dois ex-presidiários condenados pelo assassinato de quatro membros da família Clutter em Holcomb, Kansas, em 15 de novembro de 1959, e entrevistados por Truman Capote para *A Sangue Frio*.

— Ainda não falou com ele? — Conner perguntou.

Eu havia contado um pouco sobre o que tinha acontecido — só que tínhamos terminado, uma vez que estávamos juntos. Eu não dissera a Conner que tinha sido no parque, logo após o pedido de casamento. Não queria de jeito nenhum manchar essa memória. Conner ainda estava me encaminhando novos vídeos quando eles apareciam nas redes sociais.

— Não — eu respondi.

— Eu queria ir até lá, agradecer a ele novamente por tudo o que fez por nós — Conner disse. — Se você quiser, posso mencionar...

— Não — eu disse. — Deixa pra lá. Por favor, Conner.

Ele levantou as mãos em rendição.

— Ok, ok. Enfim, para onde você quer ir? É por minha conta, mas não em um lugar chique como o Outback. Não posso gastar com aquelas cebolas se quiser economizar para um casamento. Meu limite é baixo e casual.

— Na verdade — eu disse —, há um lugar onde eu estava querendo ir, e esta pode ser minha única chance. É um pouco longe de carro... pelo menos uma hora.

— Vamos nessa.

Não conversamos muito durante a viagem, apenas ouvimos a estação de rádio alternativa local, da qual percebi com uma pontada que iria realmente sentir falta, embora parecesse interpretar seu próprio gênero como Uma Banda Muito Popular ou, como alternativa, Outra Banda Muito Popular. Eu poderia dizer que Conner estava ficando desconfiado quando saímos da rodovia para uma área rural onde havia quilômetros de distância entre postos de gasolina ou qualquer outro marco de civilização.

Finalmente, parei em uma rua em frente a uma casa antiga em ruínas, afastada e aparentemente abandonada, cercada por ervas daninhas. Estacionei o carro na beira da estrada e soltei o cinto de segurança.

— Esta era a casa do Sunrise Slayer — eu disse. — Ninguém mora aqui há pelo menos uma década, desde que a família se mudou.

— Uh — Conner disse. — Eu estava esperando por algum lugar com batatas fritas.

— Vamos encontrar um lugar para comer depois. Eu só quero dar uma olhada.

Por mais desajeitada e exagerada que a escrita tivesse sido no livro de memórias da filha de Sunrise Slayer, uma coisa que ela fez bem foi dar vida à casa onde cresceu. Senti que poderia mapear seu layout, descascar os adesivos de suas paredes com meus próprios dedos, ouvir o bacon chiando no fogão certa manhã, quando seu pai preparou um café da manhã diferente. Claro, mais tarde ela perceberia que ele tinha acordado cedo porque já havia matado uma garota na pista de corrida próxima dali, mas, fora isso, parecia uma vida doméstica normal. Isso me lembrou muito da minha própria infância.

— E ele, tipo... fez alguma coisa aqui? — Conner perguntou, passando atrás de mim pela grama alta.

— Não. — As janelas estavam embaçadas, talvez pela umidade, e eu pressionei meu rosto no vidro para ver o interior. Surpreendentemente, ainda havia coisas lá dentro — um sofá velho inclinado para um lado, uma pilha do que poderia ser roupas ou papelão molhado, ou isolamento do teto, era impossível dizer com o efeito do tempo. Era assim que a casa do meu pai poderia ter sido, se fosse deixada abandonada.

Como se estivesse lendo minha mente, Conner disse por trás de mim:

— Você sabe que papai não era um *serial killer*, né?

— Tecnicamente, não *sabemos* disso — eu disse. — Mas sim, estou ciente de que é altamente improvável, e que, se ele fosse, meu interesse no assunto assumiria uma espécie de ironia macabra.

— Ok — Conner disse. — Parece que você *não* sabe disso. Ele era apenas um homem. Acho que porque não teve muito contato com ele, nos últimos dez anos, você o construiu para ser essa pessoa maliciosa e horrível. No quesito "pais", ele não era ótimo. Ficava muito bravo sem motivo, tinha absolutamente zero interesse por coisas de que você gostava se ele achasse que eram estúpidas, tipo eu com videogame e você com... — Conner gesticulou na direção da casa, como se quisesse dizer *essas coisas estranhas de que você gosta.* — Ele fazia você pensar que era louco ou hipersensível, ou que se lembrava mal da maneira como algo tinha acontecido, e podia ser realmente cáustico e negativo sobre o estado do mundo.

O último comentário tocou na minha ferida. Um dos meus maiores medos era me tornar como meu pai de alguma forma, e seu humor sarcástico era definitivamente uma coisa que eu havia herdado, para o bem ou para o mal.

— Mas ele era apenas um homem — Conner disse. — Um homem muito triste, quando você pensa sobre isso. Ele teve tantas oportunidades de criar relacionamentos muito próximos e significativos com seus filhos, mas nunca aproveitou nenhuma delas. Quando eu disse a ele que estava me mudando, você sabe o que ele falou? Ele disse: *Não leve o computador, eu paguei por ele.* Quando, na verdade, ele comprou algumas peças para mim de aniversário e depois nunca comprou o resto que prometera. Beleza, sabe? Não vou deixar isso me abalar.

Pensei na minha primeira noite em casa, aqueles pedaços de computador espalhados pelo chão. Isso soou exatamente como meu pai. Poderia ser incrivelmente generoso — ele havia assinado todos os empréstimos estudantis de Conner, por exemplo —, então poderia voltar atrás no instante seguinte, ou dizer que nunca quis que você os recebesse. Tinha sido uma maneira tão desconcertante de viver, e não era de admirar que Conner e eu ainda tivéssemos trauma disso.

— Acho que ele nunca me disse que me amava — disse.
— Na maioria das vezes, eu me questionava se ele era capaz desse sentimento.

— O oposto do amor é o medo — Conner disse. — Acho que papai foi a pessoa mais medrosa que eu já conheci.

— Merda. — Eu parei do nada, de repente menos curiosa em bisbilhotar aquela casinha bastante comum e deprimente, e mais interessada no que meu irmão estava dizendo. — Você está realmente fazendo seu dinheiro valer a pena com essa terapia.

— Oh, essa é uma letra de uma música de que Shani gosta — Conner disse. — No entanto, é verdade.

— Acho que posso ser como ele — eu disse. — Fechada. Medrosa. Incapaz de amar.

— Você não é.

Encolhi os ombros desconfortavelmente. Se ele soubesse como foi aquela última conversa com Sam, ele saberia que monstro eu era. Não conseguia nem pensar nisso sem voltar a sentir vergonha das coisas que tinha dito, do jeito que o havia machucado. Mas eu não sabia se *algo* do que eu tinha dito estava errado. De algum modo, o fato de que poderia ser fria o suficiente para dizer isso em primeiro lugar provava meu ponto de vista, que eu não havia sido feita para esse tipo de conexão.

— Pheebs — Conner disse. — Você *não* é. Você não é como o homem de *A Sangue Frio* também. Por exemplo, você me ama.

Eu revirei os olhos.

— Você é um pé no saco.

— Mas um pé adorável no saco.

Reconheci seu ponto de vista com um grunhido. Já tínhamos ido para a parte de trás da casa, onde havia uma varanda sem tela e um pouco de madeira carbonizada na parte inferior de um canto do telhado, como se houvesse uma churrasqueira em algum lugar. Até Sunrise Slayer tinha fritado bacon ou grelhado em Quatro de Julho. Ele também tinha matado mulheres enquanto isso. O que causaria a você, quando criança, descobrir isso sobre seus pais? No entanto, o que eu queria? Que sua filha nunca pudesse seguir em frente, que tivesse uma vida sempre manchada por essa escuridão da qual, à sua maneira, ela também foi vítima?

— Não consigo nem dizer as palavras — eu disse. — Elas grudam na minha garganta. Não consigo nem encaminhar as palavras por mensagem de texto. Não sei por quê. Alison envia o tempo todo, nada de especial, e eu apenas respondo com uma carinha sorridente, como uma idiota.

— Então, vai devagar — Conner disse. — Tente *amo vc* primeiro. Você pode eliminar algumas letras.

— Talvez.

— Pegue seu celular e faça isso — Conner disse, apontando para o meu bolso. — Supondo que você tenha sinal neste lugar esquecido por Deus.

— A última mensagem que Alison me enviou foi sobre um programa de organização doméstica que ela começou a assistir — eu disse. — Eu não vou simplesmente largar um *amo vc* depois disso.

— Ah, eu acho que Shani está assistindo isso — Conner disse. — É tão chato que é como uma canção de ninar. Eu poderia adormecer assistindo todas as noites. Olha, você vai embora amanhã. Basta enviar uma mensagem de texto sobre isso e colocar a mensagem no final. Adicione um emoji se quiser suavizar um pouco. De que adianta ser doutora se você não sabe uma merda dessas?

Eu peguei meu celular. Para minha surpresa, eu tinha sinal. Para minha maior surpresa, eu realmente abri a conversa entre mim e Alison, meus polegares hesitando enquanto eu considerava se deveria ouvir o conselho de Conner. Do que eu estava com tanto medo, afinal? Rejeição? Ela já havia dito isso um milhão de vezes para mim, então, racionalmente, eu não tinha razão para acreditar que ela me rejeitaria se eu respondesse. Na verdade, *eu* a havia rejeitado até agora, me recusando a deixar que as palavras dela perfurassem a minha armadura, por mais próximas que tivéssemos voltado a ser.

A última mensagem de Alison estava ali, uma coisa inofensiva sobre como o casal no primeiro episódio exemplificava todos os terríveis estereótipos milenares. Eu já tinha respondido com um simples *ah*. Respirei fundo e comecei a digitar.

> Ei, como você sabe, vou embora amanhã! Eu sei que você estará no trabalho, então só queria agradecer novamente toda a sua ajuda com a gata, o blazer e tudo mais. Eu amo vc!

Tentei sem o ponto de exclamação, mas isso realmente fez parecer *mais* sério, então eu o coloquei de volta. Porém, as letras simplesmente não pareciam comigo, então apaguei e digitei *amo vc!*, nenhum "eu" pessoal, com um emoji de gato com olhos de coração. Apertei "enviar" antes de poder mudar de ideia de novo.

— Bom — Conner disse, lendo por cima do meu ombro.

— Agora podemos, por favor, sair daqui? Estou morrendo de fome e sei exatamente o que quero comer.

♡ ♡ ♡

Eu esperava de verdade que Conner escolhesse o lugar que tinha o que ele havia chamado anteriormente de "a melhor cebola frita da cidade", mas, assim que chegamos próximo de casa, Conner me direcionou até entrarmos em um estacionamento para uma faixa de lojas que incluía um Starbucks, um salão de beleza e o supermercado a que eu nunca tinha ido.

— Você sabe que estou sempre a fim de tomar café — eu disse. — Mas não vou pagar oito dólares por um sanduíche pré--embalado e empapado, a não ser que eu esteja em um aeroporto. Às vezes nem mesmo lá.

— Não lá — ele disse e apontou para o supermercado.

— Lá.

Minha mão parou na maçaneta da porta. — Não. De jeito nenhum.

— Se *você* consegue me levar ao meio do nada até a casa de um *serial killer* — Conner disse —, eu posso fazer você ir ao supermercado que você evita.

— Nosso pai morreu ali.

— Exatamente — Conner disse. — É hora de fazermos um tributo. Vamos lá.

Visto de fora, não havia nada de sinistro nele. Um casal mais velho estava atravessando a rua lentamente para entrar por um lado, uma mulher saindo do outro lado com um daqueles carrinhos de compras que pareciam um carro de corrida, crianças gêmeas nos dois volantes que seriam uma escolha de design maluca se fosse um carro de corrida de verdade.

— Conner — eu disse. Se eu pudesse literalmente enterrar meus calcanhares na calçada, eu teria feito isso.

— Eu prometo — Conner disse. — Isso vai ser bom. Cinco minutos. Ok?

Ele olhou para mim com as sobrancelhas levantadas. E eu sabia, por mais irritante que meu irmão pudesse ser, que se eu realmente dissesse que não conseguiria, daríamos meia-volta e voltaríamos direto para o carro. Mas eu também sabia que ele provavelmente estava certo. Era bobagem evitar um supermercado. Talvez, lá no fundo, uma pequena parte de mim nunca havia colocado meu pai para descansar, mesmo depois do funeral, mesmo depois de passar por todas as coisas em sua casa. Se isso ajudasse, então talvez iria valer a pena.

Eu o segui pelas portas automáticas, passando pelos itens de venda na frente da loja até o corredor de limpeza. Conner parecia saber exatamente onde ele estava indo, o que me surpreendeu. Nós nunca tínhamos realmente falado a respeito, nem mesmo naquela noite antes do funeral, quando ambos ficamos bêbados, mas ele estava morando a apenas dez minutos de distância quando aconteceu. Possivelmente ele fora chamado para vir ao local antes que a ambulância partisse.

— Detergente de louça — Conner disse, uma vez que estávamos de pé na frente do display, pegando um frasco de líquido azul. — Ele sempre usou o mesmo. Aqui diz que elimina mais gordura, então precisa esfregar menos, mas você não acha que as pessoas meio que sempre esfregam igual, não importa o que aconteça? Como memória muscular. Você não relaxa apenas porque o detergente diz que vai pegar mais da carga para você. Eles estão sempre dizendo isso.

— Não se pode confiar — eu concordei, olhando para o frasco. Um item tão banal. — Você acha que ele sofreu?

— O médico do hospital, aquele que me disse que ele estava morto, disse que não. Papai perdeu a consciência quando entrou em colapso, e o médico disse que tudo aconteceu muito rápido. Talvez eles sejam apenas treinados para dizer coisas assim, mas acho que era verdade. Duvido que papai tenha tido a chance de ter medo ou algo assim.

Acho que papai foi a pessoa mais medrosa que eu já conheci. Era verdade, eu percebi, embora quando criança sempre tenha pensado que *ele* era assustador, a maneira como seu rosto ficava vermelho quando ele gritava, a maneira como ele podia surtar em um segundo. Foi um alívio pensar que talvez não tivesse sentido medo quando morreu.

Eu abracei Conner, envolvendo meus braços firmemente em torno dele.

— Eu te amo — eu disse. — Você é um grande pé no saco e não tão charmoso quanto pensa que é, mas eu te amo.

— Você pode colocar tudo isso no seu discurso de madrinha de casamento — Conner disse. — Talvez com mais elogios, no entanto.

— Espera — eu disse, me afastando. — O quê?

— Madrinha — Conner disse. — É óbvio que tem que ser você. Você me apoiou tanto esse verão, eu e Shani. Não quero estar lá em cima sem você. Você é minha irmã mais velha, Pheebs.

Eu o abracei novamente, e provavelmente teria continuado fazendo isso por mais tempo, só que podia senti-lo tentando empurrar o frasco de detergente para uma das minhas mãos.

— O que você está *fazendo*?

— Shani disse que eu deveria te dar um presente quando fosse te fazer o convite — ele disse. — Na verdade, de acordo com o site que ela encontrou, existem, tipo, centenas de maneiras de convidar alguém para fazer parte da sua festa de casamento, e ela está planejando algo especial para seus amigos. Mas eu não sei, cara, estou cansado! O pedido em si tirou isso de mim. Eu preciso de uma pausa da merda do Pinterest. Então, talvez você pegue este detergente e chame isso de seu presente?

— Eu não preciso de nenhum presente — eu disse. — Mas não sei se quero um frasco de líquido que você tem balançado por aí como um participante da história da morte do nosso pai.

— Ah — Conner disse. — Quando você coloca dessa maneira. — Ele o devolveu à prateleira. — Quer pegar alguns sanduíches e salgados para comê-los em casa? Deixei a TV pequena e o PlayStation lá, para que pudéssemos jogar um pouco de *Crash Bandicoot*.

— Parece perfeito — eu disse.

— Espere aí — Conner disse, enquanto caminhávamos pelo corredor. — Ainda há uma torradeira, ou terei que comer meus Pop-Tarts como um animal?

♥♥

VINTE E QUATRO

Na manhã seguinte, estava tudo arrumado, exceto a escrivaninha e as coisas de Eleonora. Conner era para ter me ajudado a colocar a escrivaninha em cima do meu carro na noite anterior, mas acabamos jogando por muito mais tempo do que esperávamos, tentando passar todos os níveis do jogo original. Nós não tínhamos conseguido, mesmo depois que eu desisti e procurei um passo a passo cheio de imagens dos anos 1990 que explicava quais níveis vencer para obter as gemas coloridas e em que ordem.

Eleonora ainda estava rondando pela casa, claramente inquieta e de olho em sua caixa de transporte com muita desconfiança. Eu estava adiando colocá-la ali para o bem dela, mas também para o meu, porque sabia que, uma vez que ela estivesse dentro, provavelmente faria xixi em todos os lugares na primeira hora da viagem.

Fechei Eleonora em um quarto com sua caixa de areia e comida, repetindo *desculpe, desculpe, desculpe* e prometendo encontrar um petisco para gatos de que ela gostasse de verdade quando estivéssemos na casa nova. Eu já tinha pagado o primeiro e o último aluguéis e mais o depósito caução de um apartamento no mesmo complexo onde eu morava, perto da universidade, e meu senhorio disse que deixaria a chave no cofre da recepção.

Consegui arrastar a escrivaninha até a porta da frente antes de desistir e enviar uma mensagem para Conner, tentando ver se havia alguma maneira de ele passar por ali a caminho do trabalho, apenas por cinco minutos.

> Caso contrário, a mesa aqui e caberá a você enviá-la para mim até o início do semestre. Você decide.

— Precisa de uma mão?

A voz de Sam estava rouca atrás de mim. Quando me virei, ele estava tão perto que eu podia ver os anéis azuis-marinhos ao redor de suas íris. Ele estava vestido com uma nova variação de profissional neutro que eu nunca tinha visto antes: um bom jeans e uma camisa verde-floresta com botões, cuidadosamente enrolada logo abaixo dos cotovelos. Ele estava obviamente vestido para ir a algum lugar, e eram sete e meia da manhã.

Não que fosse mais da minha conta. E ele não tinha obrigação de me ajudar. Na verdade, talvez a melhor opção fosse apenas deixar a monstruosidade de uma mesa ali e resolver tudo mais tarde.

— Não precisa — eu disse. — Mas obrigada.

— Phoebe. Apenas aceite ajuda, ok? Você quer isso amarrado no teto do seu carro?

— Esse era o plano...

Ele agarrou a escrivaninha de ambos os lados, levantando o móvel com um grunhido. Teve que andar devagar com ela pela calçada, inclinando-se para trás para distribuir o peso, antes de colocá-la ao lado do carro.

— Eu sempre me perguntei como você tinha movido isso sozinho — eu disse. — Naquela primeira noite.

— Pois ela *é* pesada.

A troca de palavras parecia o suficiente entre amigos para fazer meu coração bater mais forte; e apenas o suficiente entre estranhos para fazer meu estômago revirar de arrependimento.

— Sam, eu...

Mas ele me cortou.

— No entanto, vou precisar da sua ajuda para colocá-la no teto do carro. Se eu ficar de um lado, você pode pegar o outro?

Levantei o lado mais próximo de mim enquanto ele fazia a maior parte do trabalho, inclinando a escrivaninha o suficiente para colocá-la de cabeça para baixo no teto do carro. Quando ele pediu as correias, abri o porta-malas e as peguei de cima das malas e caixas que tinha enfiado lá atrás.

— Então você deve estar na Carolina do Norte na hora do jantar ou algo assim?

— Se eu dirigir praticamente direto — respondi. — Mas posso fazer algumas paradas no meio do caminho. Depende da Eleonora.

— Posso me despedir dela?

— Ah — eu disse, piscando um pouco. — Claro.

Ele terminou de apertar as correias que havia enrolado nas pernas da escrivaninha em um cruzamento intrincado, dando-lhe em seguida uma sacudida e parecendo satisfeito quando ela não se moveu. Eu o levei de volta para dentro de casa, para o meu quarto, onde havia deixado Eleonora.

Ela estava debaixo da cama, é claro. Eu tinha limpado muitas coisas no meu quarto, mas tinha deixado a cama porque ainda precisava dela para dormir. Eu disse a Conner que ele poderia fazer o que quisesse com ela. Também nunca tínhamos conseguido repintar o preto, mas Conner disse que não se importava de cuidar disso e de alguns outros itens de manutenção, já que ele teve que tirar algumas semanas de folga quando machucou o pulso. Ele mencionou que já havia conversado com Josué sobre a possibilidade de verificar a casa, e parecia que ela seria vendida até setembro.

— Sabia que na Flórida — eu disse — você não precisa contar se alguém morreu em uma casa, mesmo que tenha sido um assassinato ou suicídio? Você também não precisa divulgar um caso de assombração porque nenhuma dessas coisas é considerada um fato relevante.

Sam estava agachado no chão, estendendo a mão como se convidasse Eleonora a cheirar.

— Isso — ele disse — é uma coisa incrivelmente assustadora para dizer depois de convidar alguém para o seu quarto.

Senti minhas bochechas arderem. Claro, ele estava certo. Eu nem tinha pensado por esse ângulo — apenas falei sem pensar, como de costume.

Ele olhou para cima, me dando um sorriso triste.

— Está tudo bem — disse. — Já estou acostumado com esse seu jeito.

Sam se levantou, aparentemente perdendo a esperança de que Eleonora saísse. Ele olhou ao redor do quarto, observando as paredes pretas e nuas, a cama ainda com lençóis. Eu me perguntei o que ele estaria pensando. Se ele, assim como eu, estava se lembrando.

— É melhor eu ir andando — disse. — Tenho uma reunião de equipe na escola.

Ah! Isso explicava porque ele estava bem-vestido. Fui atingida por um pânico repentino, pensando que seria assim, que nunca mais o veria, que nunca mais teria a chance de dizer a ele como me sentia. Eu não sabia se isso era amor, esse frio, essa sensação de enjoo no meu estômago, mas tinha que lhe dizer o quanto ele era importante para mim, o quanto eu valorizava nosso tempo juntos, o quanto eu sentiria falta dele.

Mas as palavras ficaram presas na minha garganta. Era diferente com Sam, não era como com Alison ou Conner. As apostas eram tão altas. Não podia esperar nada além da rejeição de Sam. Eu mereceria isso também.

— Aqui — eu disse, pegando meu violão, encostado em uma parede. — Pegue isso.

Ele levantou as sobrancelhas para mim.

— Você ainda quer que eu conserte seu violão?

— Não — eu disse. — Fique com ele. Você o usaria mais do que eu, de qualquer maneira.

Ainda havia alguns adesivos nele, um do clube de Anistia Internacional em que havia entrado no ensino médio, outro de uma banda que eu tinha vergonha de admitir que mal tinha ouvido, mas cujo logo era legal. Eu não sabia se isso tornava o violão inútil, mas ele ainda deveria *tocar*, independentemente.

Mas Sam não pegou o instrumento.

— Eu não quero — ele disse. — Sem ofensa, Phoebe, mas eu não quero...

Ele parou sem terminar a frase, o que foi cruel, considerando que ele a havia começado com duas das palavras mais temidas da língua. *Sem ofensa*. Ele não queria o quê? Ter alguma coisa minha na casa dele? Se lembrar de mim? Se importar mais comigo?

— Seria doloroso — ele disse finalmente. — Ver isso todos os dias.

O que fazia todo o sentido. Mas, por alguma razão, de repente era mais importante para mim do que nunca que eu desse *algo* a ele e que ele aceitasse, que houvesse algum reconhecimento externo de tudo o que havia se passado entre nós.

— Então use-o para peças — eu disse. — Desmonte ele todo. Isso sempre parece realmente satisfatório, quando as estrelas do rock quebram suas guitarras no palco. Você não consegue esse tipo de catarse jogando um pandeiro, com certeza.

Ele não sorriu.

— Por favor, Sam — eu disse. — Sério, não vou usá-lo. Tire as peças dele ou o que quer que você estivesse falando sobre fazer e depois jogue o resto fora. Ou coloque novas cordas nele e dê a um de seus alunos que mostre interesse. Eu não me importo. Mas, por favor, aceite.

Sam segurou o violão pelo braço, erguendo-o. Então ele o colocou suavemente de volta no chão, encostando-o na parede onde estava antes. Senti os olhos quentes e coçando quando ele deu um passo à frente para me envolver em um abraço.

Seus braços estavam quentes e firmes em volta de mim, suas mãos pressionando meus ombros. Eu sabia que ele era capaz de abraços fantásticos, desde a noite da sua festa. Desejei seu toque, mesmo naquele dia, quis sentir os braços dele ao meu redor. Um soluço ficou preso na minha garganta, e eu o apertei de volta, apoiando minha bochecha contra o seu ombro.

Também não me arrependo de nada, eu queria dizer. *Exceto o fim. Se pudesse voltar no tempo e desfazer esse último dia, eu o faria.*

— Dirija com cuidado — ele disse. Então me deu um último aperto, um beijo no meu cabelo e foi embora, o violão abandonado exatamente onde ele o colocou.

Eleonora finalmente saiu de debaixo da cama, bem a tempo de me ver fungar uma enorme bolha de ranho do meu nariz.

— Eu sei — eu disse. — Não choro de um jeito bonito. Sou nojenta. Vamos ser nojentas juntas, a setecentos quilômetros daqui?

VINTE E CINCO

O semestre começou no final de agosto, e foi um alívio voltar para minha rotina antiga. Preparando programas para as duas últimas aulas que eu ensinaria na minha carreira de pós-graduação, finalizando meus capítulos de tese para os comentários da doutora Nilsson, preenchendo a papelada para que tudo estivesse certo para a formatura em dezembro. Tudo estava de volta ao normal.

Só que não. Agora eu tinha uma gata, que parecia gostar apenas moderadamente mais de mim aqui do que na Flórida, mas que pelo menos parecia amar a pequena varanda com tela que vinha com sua nova casa. E agora eu estava tendo problemas para dormir, incapaz de lutar contra a melancolia mesmo se tivesse até mesmo um minuto livre. Tinha um buraco gigante no peito, no lugar onde meu coração deveria estar, e nada que eu tentasse parecia preenchê-lo — ler, escrever, corrigir trabalhos, assistir Netflix sem ter que pensar muito.

Conner e eu falávamos pelo menos uma vez por semana no celular, e ele colocava Shani e sua experiência médica na linha se eu mencionasse alguma coisa sobre minha súbita insônia. O conselho dela era válido e de acordo com o que a internet dizia — sem cafeína depois das duas, sem telas depois das oito, sem usar a cama para nada além de dormir. Mas, em vez disso, eu ficava deitada na cama a noite toda, bebendo café e lendo tópicos de mistérios não resolvidos do Reddit pelo meu celular.

Algumas pessoas foram dar uma olhada na casa do nosso pai, incluindo Josué, que acabou dizendo que parecia algo que daria mais trabalho do que ele queria assumir.

— Foi o quarto preto — eu disse a Conner, inclinando-me para olhar para a minha geladeira quase vazia. — Eu te disse que deveríamos ter pintado.

— Na verdade... — Eu podia ouvir um ruído do outro lado, como se Conner estivesse se mexendo. Não importava quantas vezes eu dissesse a ele que o microfone em seus fones de ouvido era supersensível, ele insistia em fazer coisas como encher seu copo com gelo ou jogar videogame com o som ligado enquanto conversávamos. Uma vez eu o ouvi no banheiro. Fui enfática quando falei para ele nunca mais fazer isso enquanto estávamos ao celular ou, se ele não pudesse segurar de maneira nenhuma, que pelo menos silenciasse o aparelho como uma pessoa normal.

— Shani e eu estávamos pensando que talvez pudéssemos nos mudar — Conner disse. — Nós assumiríamos os pagamentos, é claro, e faríamos o que fosse preciso para acertar tudo com os credores ou com sua parte da casa, ou o que quer que seja. Seria mais barato do que o aluguel de um apartamento agora. E não haveria necessidade de repintar o seu quarto, porque é perfeito para um espaço de jogos com toda aquela escuridão.

— Você vai transformar meu quarto de infância em um espaço de jogos?

— Pelo menos não chamei de minha *caverna masculina* — Conner respondeu. — O que acha?

Tudo o que ele disse fazia sentido. No início do verão, presumi que Conner sentia o mesmo que eu sobre a casa — que estava cheia de más lembranças e não era um lugar onde ele gostaria de voltar. Mas ficar lá, mesmo por alguns meses, me mostrou que eram apenas quatro paredes, um telhado e algumas portas que estavam tão inchadas pela umidade que não fechavam mais completamente. Se isso pudesse ajudar ele e Shani em sua nova vida juntos, então eu ficaria feliz por eles morarem lá.

Exceto uma coisa.

— Oh, Deus — eu disse. — Você vai ser vizinho de Sam.

— Sim... — Conner disse. — Esquisito. Imagino que vocês não se falaram desde que você se mudou?

Houve uma noite, quando eu estava me sentindo muito mal e peguei meu celular. E com certeza teria enviado uma mensagem para Sam, que poderia ter sido um simples "oi" ou uma selfie minha ao mesmo tempo fofa e provocante com uma rápida correção, "opa, pessoa errada", logo em seguida. Não que eu me rebaixasse a tais táticas.

Se eu tivesse o seu número. Percebi que nunca havíamos trocado nossos contatos — não precisávamos. Ele estava bem ali, a um passo de distância.

— Você o viu? — perguntei então, esperando que minha voz soasse casual.

— No outro dia, rapidamente — Conner disse, e então pareceu hesitar. — Havia, hum, uma garota com ele. Ele a apresentou como Gem, Gemma, não me lembro.

Eu *sabia* que aquela linda balconista da loja de música gostava dele.

— Jewel.

— Isso! — Conner ficou quieto por um minuto, a voz de Shani soando ao fundo. — Shani disse que eu não deveria ter te dito isso.

— Não importa — eu disse.

Só que, puta merda, isso importava, porque era a única coisa que consegui pensar por dias. Eu nunca tinha sido uma filha particularmente ciumenta, mas a ideia de Sam com outra mulher me deixou literalmente doente do estômago. Todas as noites eu dormia com sua camiseta APRENDIZADO EM DECOLAGEM! e a cueca *boxer* vermelha que eu propositadamente nunca devolvi. Nem parecia eu.

A semana da minha defesa de tese finalmente chegou, e isso pelo menos me colocava de volta à minha zona de conforto. Era o que eu tinha preparado nos últimos cinco anos e meio e não podia permitir que meu foco se perdesse agora.

Eu tinha mais uma reunião agendada com a doutora Nilsson, embora ela tenha me assegurado que era apenas uma formalidade repassar algumas últimas coisas sobre a estrutura da defesa. Entreguei minha conclusão e revisei todos os capítulos anteriores com base em suas anotações iniciais, e sabia que a tese em si tinha sido bem trabalhada.

— Quem vai estar lá na quinta-feira? — ela perguntou no final da reunião, quando eu pensei que tínhamos terminado tudo. Eu quase respondi, *Espero que você e o resto da minha banca?*, mas percebi que ela queria mais da minha resposta. Eu só não sabia o quê.

— Família, amigos — ela esclareceu. — Você pode convidar quem quiser para a primeira parte. Pode ser uma boa maneira de mostrar a todas as pessoas que a apoiaram nesta jornada em que você tem trabalhado. Sabemos que os doutorados não são conquistados sozinhos.

— Meus colegas do departamento vão estar lá — eu disse. Alguns deles eu considerava amigos, embora tenha percebido que passei os últimos anos focada no meu trabalho e não tendo muito tempo para amizades extracurriculares. A verdade era que eu *estava* sozinha havia algum tempo. Mas sempre foi do jeito que eu gostava, onde eu tomava todas as decisões e era responsável apenas por mim mesma. Nunca tinha me sentido *solitária*.

Agora, de repente eu era.

— Hummm — a doutora Nilsson disse. E eu deveria ter deixado para lá, mas algo sobre a maneira como ela enrolou aquela sílaba, um julgamento que senti ali, me provocou um arrepio.

— Foi você quem disse que eu deveria abrir minhas opções — eu disse. — Certo? Não ficar muito amarrada a um só lugar ou a uma pessoa, ser flexível para poder ter mais opções para empregos acadêmicos?

Ela piscou para mim, como se estivesse genuinamente surpresa com a veemência da minha pergunta. Provavelmente ela estava. Duvidei que se lembrasse de ter tido essa conversa, mas ela havia ficado na minha cabeça desde então.

— Sim — disse devagar. — Isso é verdade, até certo ponto. Pode ser uma estrada nômade no início, tentando encontrar uma posição estável que seja a certa para você. E não vou amenizar isso: o mercado está mais competitivo do que nunca. Mas peço desculpas se lhe dei a impressão de que você não poderia ter relacionamentos. Este também pode ser um caminho difícil e, às vezes, essas conexões são o que você precisa para superá-lo. Meus pais vieram da Suécia para assistir à minha defesa.

— Sério?

— Muitos anos atrás — ela disse. — Eles não entenderam nada daquilo. Mas significou muito para mim, olhar para as pessoas naquela sala e ver o rosto deles ali.

Tive o impulso absurdo de fazer uma piada, algo sobre imaginar pessoas em suas roupas íntimas quando estamos nervosos. Mas não consegui estruturá-la na minha cabeça rápido o suficiente — o que foi melhor, considerando que a doutora Nilsson não era geralmente conhecida por seu senso de humor. Em vez disso, fiquei ali sentada como uma batata, ainda tentando compreender a expressão suave no rosto da doutora Nilsson quando ela se lembrou do apoio de sua família décadas antes.

Ela sorriu para mim.

— Você está bem-preparada, Phoebe — ela me disse. — Relaxe e nos vemos na quinta-feira.

♡ ♡ ♡

Infelizmente, *relaxar* era um conselho que eu raras vezes seguia. Em vez disso, andei pelo meu apartamento enquanto Eleonora me observava de seu lugar habitual na parte de trás do sofá. Percorri minhas opções de streaming, tentando encontrar algo para assistir que me deixasse descontrair um pouco e, em vez disso, acabei em um episódio de *Desaparecidos* que, de alguma forma, nunca tinha visto.

— Eu sei, eu sei — disse a Eleonora, dando-lhe alguns carinhos debaixo do queixo quando o episódio começou. — Não é uma escolha saudável.

A configuração era clássica — um jovem marido e sua mulher, ambos trabalhando em dois empregos em sua busca pelo Sonho Americano. Quase desejei que Conner estivesse ali, só para que ele pudesse ver o quão certa eu estava sobre as escolhas narrativas que esses programas sempre faziam. Como o casal estava sempre trabalhando, havia uma capacidade de negação plausível de por que o marido levou três dias para perceber que sua esposa estava desaparecida, mas mesmo assim. Claramente, isso ia acabar em outro daqueles casos em que o marido era o culpado.

Encostei a cabeça no sofá, o que fez com que Eleonora me olhasse com os olhos semicerrados antes de voltar para seu cochilo. Senti um desejo tão forte e repentino de ter Sam ali comigo que foi quase doloroso. Ele provavelmente teria convencido Eleonora a se aninhar em seu colo, encontraria maneiras de dar àquele marido do episódio o benefício da dúvida enquanto descrevia sua busca frenética por sua esposa desaparecida. Diabos, Sam nem estava ali e eu já estava quebrando o personagem para torcer pelo amor nesse episódio. Não era possível que o marido estivesse envolvido. Por que a polícia não o estava levando a sério, preenchendo um boletim de ocorrência de desaparecimento?

Quando a esposa foi encontrada viva, vítima de um acidente de carro terrível que poderia não ter sido descoberto a tempo se não fosse pela persistência do marido, eu fiquei chocada em perceber que estava chorando. Foi catártico, o alívio de que ela estava bem, depois de tudo — algo que a programação do *true crime* raramente trazia. Mas havia mais do que isso.

De alguma forma, Sam tinha aparado minhas arestas cínicas. Eu construí essa armadura por muito tempo e sempre me preocupei de que não conseguiria me organizar sem ela. Mas descobri que eu gostava de quem eu era com Sam. A doutora Nilsson havia falado sobre como a vida acadêmica poderia ser uma estrada difícil, e sabia que era verdade, mesmo que eu tivesse desconsiderado suas palavras. Eu não tinha medo de viajar sozinha por estradas difíceis. Eu já tinha feito isso antes.

Mas não *queria* mais fazer isso. E com essa defesa de tese, eu pratiquei e pratiquei minha apresentação, tentei prever perguntas que poderiam me fazer e preparar respostas breves e articuladas para elas. Mas nunca pensei em como seria realmente estar lá em cima, olhando para inúmeras pessoas que tinham vindo para ouvir sobre a minha pesquisa. Não tinha considerado que havia pessoas que eu gostaria que estivessem ali, não porque eram meus colegas ou futuros formandos, mas porque elas se importavam comigo e eu me importava com elas, e queriam compartilhar esse momento da minha vida.

Eu queria Conner e Shani ali, se ainda fosse possível a essa altura do jogo. Eu queria que Conner me desse um *high-five*[55] depois e dissesse algo ridículo sobre o único detalhe distorcido que ele entendeu de toda a minha apresentação. Eu queria que Shani estivesse lá, irradiando positividade e encorajamento. Eu sabia que era muito improvável que Alison pudesse vir, mas adoraria se isso acontecesse.

E mais do que tudo, queria Sam.

♡ ♡ ♡

Os arranjos foram mais fáceis de fazer do que eu pensava. Depois de enviar algumas mensagens, uma poeta do meu estágio de ensino no ano passado disse que ficaria feliz em passar em meu apartamento e alimentar Eleonora e limpar a caixa de areia. Quase me senti mal com a rapidez com que ela respondeu, porque eu a considerava uma conhecida, mas nunca pensei que tivéssemos muito em comum. Apenas ressaltou as maneiras pelas quais eu me mantive na minha própria pequena bolha, pensando que não fazia sentido em tentar, quando havia pessoas lá fora prontas para serem amigáveis na primeira oportunidade.

Se eu dirigisse direto, poderia estar na casa de Sam no meio da noite. Isso me deixaria com o dia seguinte para dirigir de volta para a Carolina do Norte, e então me refazer e apresentar minha defesa pela manhã. A primeira coisa que fiz quando entrei na rodovia foi ligar para Conner e perguntar se ele gostaria de vir.

— Cara — ele disse. — Claro. Eu tenho dezesseis horas no banco de horas economizadas até aqui, e o próximo turno de Shani é só no sábado.

---

55 Batida de palma de mão com outra pessoa, como concordância.

— Você não precisa — eu disse. — Quero dizer, eu sei que é tarde...

— Eu *quero* — disse Conner. — Eu teria perguntado antes, só que você disse que não era o tipo de coisa a que as pessoas costumavam ir. Então pensei que seria como pedir para participar de uma aula de literatura ou algo assim.

— Não posso prometer a você que não será chato — disse. — Mas significaria muito para mim se você estivesse lá. Eu pago seu voo, hotel, gasolina, o que você precisar.

— A gente resolve — ele disse.

— Que tal um café da manhã na Waffle House, amanhã de manhã?

Conner riu.

— O que você acha, vamos sair *agora*? Talvez pudéssemos chegar lá a tempo para um jantar amanhã à noite.

— Não — eu disse. — Eu quis dizer aquele de casa. Na Flórida. Ah, e talvez eu precise de um lugar para ficar hoje à noite. Embora eu espere que não.

— O que você... — E então a ficha pareceu cair para ele. — Ah... Merda, Pheebs, você está dirigindo para falar com Sam?

— Sim, e não tente me convencer do contrário. Não me importo se ele me odeia ou se está namorando outra pessoa ou se estou prestes a fazer papel de idiota. Eu preciso dizer a ele como me sinto, e...

De repente não consegui ouvir nada além de um grito estridente, e eu estremeci. Shani deve ter pegado o celular.

— Ah, meu Deus, *sim* — ela estava dizendo. — Eu esperava que algo assim acontecesse. Vocês dois são perfeitos um para o outro, e ele não tem sido o mesmo desde que vocês terminaram. Eu não me importo se aquela garota estava na casa dele, embora ainda não ache que Conner deveria ter contado para você.

Eu conseguia ouvir Conner protestando ao fundo, e podia imaginar Shani batendo nele, dizendo-lhe para calar a boca.

— O que você quer dizer com "não tem sido o mesmo"?

Era perigoso, o alívio no meu coração com a ideia de que talvez Sam estivesse se sentindo tão destruído e solitário quanto eu, que talvez ele me recebesse de volta à sua vida.

— Apenas quieto — Shani disse. — Temos passado um bom tempo lá, começando a levar algumas coisas para dentro de casa. Quando o vemos, ele sempre diz "olá", mas é muito… educado.

Isso soou como Sam, pelo menos a versão tímida que conheci no início, e depois a versão reservada que recebi no final. Não tinha sido nada parecido com o verdadeiro Sam que eu havia conhecido no meio, que era atencioso e engraçado, aberto e gentil.

— Ele tem… — eu comecei a perguntar, então Conner voltou para a linha.

— Não pense demais — ele disse. — Você está fazendo a coisa certa. Ligue se precisar de mais alguma coisa, mas, caso contrário, nos vemos amanhã na Waffle House, talvez por volta das oito?

— Parece bom.

— Traga o Sam! — Shani gritou ao fundo, e eu sorri, apesar de o meu estômago estar embrulhado.

— Vou tentar.

VINTE E SEIS

Era mais de meia-noite quando estacionei na frente da casa de Sam, a vizinhança escura com a falta de iluminação na rua. As luzes de sua casa estavam apagadas. Eu não tinha ideia de que horas ele ia para a cama durante a semana, mas uma vez ele me disse a hora em que suas aulas começavam, uma hora horrível destinada à inconsciência. Fazia sentido que ele já estivesse dormindo.

Mordi meu lábio inferior, me perguntando se não seria melhor ir para a porta ao lado, adiar qualquer confronto até o dia seguinte. Mas eu não tinha muito tempo, se quisesse voltar a tempo para minha defesa, e eu já estava ali. Eu tinha que vê-lo.

Minha primeira batida em sua porta foi o mais silenciosa possível, esperando que ele estivesse acordado o suficiente para ouvi-la. Depois de esperar alguns minutos, ficou óbvio que ele não estava, então tentei bater com mais força. Até fiz a batidinha de Conner e me odiei por isso, mas parecia uma maneira, pelo menos, de transmitir que não eram os policiais na porta. Finalmente, como último recurso, tentei a campainha.

Lá dentro, uma luz acendeu, e meu coração pulou na garganta. Eu tive toda a viagem para planejar o que ia dizer, praticar discursos que eram diferentes versões minhas implorando, mas ouvi a porta destrancar e se abrir e qualquer plano se esvaiu da minha cabeça.

Sam estava usando uma camiseta Tampa Bay Lightning e calças de moletom, os pés descalços, o cabelo todo bagunçado, uma marca de seu travesseiro ainda em uma bochecha. Ele parecia tão aconchegante, fofo e quente, tão *Sam*, que eu imediatamente quis me inclinar para a frente e envolvê-lo em meus braços. Mas seu rosto era um caleidoscópio de emoções, que iam desde a irritação à desconfiança e à preocupação. Em vez disso, dei um passo para trás.

"Oi" parecia inadequado. Mas depois de passados alguns segundos, em que ficamos apenas olhando um para o outro, parecia melhor do que nada. Minha língua estava presa ao céu da boca, e eu tentei fazer com que ela formasse a palavra.

— Isso parece o caso das crianças que mataram os professores — Sam disse finalmente, sua voz ainda rouca de sono.

— Na verdade, esse é um medo mais específico para os visitantes diurnos — eu disse. — Especialmente aqueles que fingem ser coletores ou pesquisadores.

Ele se encostou no batente da porta, passando a mão pela boca. Eu não pude deixar de seguir o movimento, desejando poder apenas beijá-lo, colocar tudo o que eu queria dizer naquela pressão da minha boca contra a dele.

— Eles não bateram na porta de um homem meses antes, no meio da noite, fingindo ter problemas com o carro para que ele os convidasse para entrar? Só que o homem achou que algo parecia suspeito, então ele não fez isso.

Eu pisquei.

— Acho que você está certo — eu disse. — Espere, você leu o livro?

Ele abriu mais a porta, recuando para me deixar entrar. Eu não estava preparada para o quão imediatamente confortada me sentiria, apenas estando de volta à casa dele. Eu tinha sentido falta. Eu sentia falta *dele*.

— Apenas os primeiros dois capítulos — Sam disse por trás de mim. — Uma vez que as eventuais vítimas foram apresentadas, eu tive que parar.

Isso me pareceu uma péssima forma de pedir a ele para ir assistir à minha defesa sobre *true crime*. Era encorajador, no entanto, que ele tivesse tentado. Ou não? Eu gostaria de poder perguntar, *Quando você leu, antes de eu partir seu coração ou depois?*

— Você provavelmente está se perguntando por que estou aqui.

— Isso passou pela minha cabeça, sim.

Sam estava usando uma pulseira fina e trançada que eu nunca tinha notado nele antes. Só então me ocorreu que talvez ele tivesse convidado alguém para a noite, que Jewel poderia estar deitada em sua cama, o que tornaria a minha visita ainda mais constrangedora. Mas não havia outro carro na garagem, e a casa parecia vazia, exceto por nós dois, em pé na sala de estar dele.

— Gostei da sua pulseira — eu disse.

Ele olhou para o adereço em seu pulso e deu um pequeno puxão nervoso.

— Um garoto na escola que fez — ele disse. — Fiquei tocado por ele ter me dado, até que foi pego no dia seguinte por vendê-los na escola por muitos dólares.

Diante da minha expressão confusa, ele acrescentou:

— Moeda escolar, a ser ganha por bom comportamento. O diretor não vê um comércio ilegal de pulseiras como bom comportamento.

— Parece empreendedor para mim — eu disse. — E você deve continuar tocado por ele ter dado a você. A menos que ele tenha chutado suas canelas pedindo dinheiro.

Sam balançou a cabeça.

— Então, por que você está *aqui*?

— Eu queria te ver.

Ele esfregou o peito através da camisa, parecendo de repente tão cansado quanto um homem cujo sono eu tinha interrompido. Deus, parecia que eu não conseguia acertar uma. Talvez devesse ter escrito uma carta para ele, algo em que eu pudesse pensar em tudo o que queria dizer e ter certeza de que deixei exatamente do jeito que eu queria, sem a distração com a maneira como ele parecia naquela camiseta ou como era doce o fato de que ele obviamente se importava muito com as crianças que ensinava.

— Phoebe — ele disse. — Eu sei que seu irmão vai se mudar para a casa vizinha. Imaginei que isso significaria que eu te veria novamente... Estaria mentindo se não dissesse que foi um alívio, de alguma forma, a ideia de que eu te veria de novo.

Mas se isso virar algo do tipo... toda vez que você estiver na cidade, você vai querer ficar... Eu só. Eu não posso. Sinto muito, mas não posso.

Eu franzi as sobrancelhas.

— O quê? Você acha que vim aqui para dormir com você?

Aquele rubor nas bochechas, mais uma parte de Sam que eu havia sentido falta. Quem eu estava enganando — eu sentia falta de tudo.

— Talvez isso tenha sido presunçoso — ele disse. — Desculpe. Eu não deveria ter dito nada.

— Não — eu disse, dando um passo em direção a ele. — *Me* desculpe. Isso é parte do que vim aqui dizer, e eu nem sei por onde começar. Sinto muito por te acordar esta noite, mas, acima de tudo, sinto muito, Sam, pelas coisas que eu disse e pela maneira como te tratei naquele dia no parque. Eu estava com medo e atacando, e odeio ter te machucado.

Ele deu de ombros, um gesto espasmódico que não era completamente natural.

— Você já se desculpou por isso — ele disse. — Várias vezes. Mas é o que você sente, Phoebe. Você não precisa pedir desculpas pelos seus sentimentos.

— Mas *não* é o que sinto — eu disse, minha voz saindo fraca. — Ou eu acho que o que quero dizer é que eu sinto, mas eu menti para você, ou eu menti para mim mesma.

— É tarde — Sam disse. — E estou muito cansado. Acho que não estou acompanhando o que você está dizendo.

— Eu te amo — eu disse. As palavras não foram tão difíceis de dizer quanto eu pensei que seriam, então eu as disse de novo. — Eu te amo, Sam. Não sei de modo preciso quando comecei a te amar, mas definitivamente naquele dia no parque já te amava. Eu apenas não reconheci o sentimento, e estava com medo de examiná-lo muito diretamente, para confrontar o que isso poderia significar. Quando eu disse que não achava que era capaz de amar, isso não era mentira. Pela maneira como eu cresci, pelo meu histórico de relacionamentos... — aqui eu solucei um pouco, uma risada quase desesperada — sendo generosa ao chamá-los assim, pelo *jeito que eu sou*, eu não achava que o amor fosse para mim.

Ele se apoiou no piano com uma mão, e seu dedo escorregou e bateu em uma tecla. Estava totalmente sem palavras, apenas me encarando, mas escolhi interpretar isso como um sinal encorajador. Neste momento, eu não tinha outra escolha.

— E agora, em dois dias, estou prestes a fazer a segunda maior apresentação da minha vida, e percebi que quero você lá. Eu preciso de você lá. O que, obviamente, é uma grande pergunta, já que não enviei um aviso ou algo assim, e você trabalha, e é provável que não tenha interesse em vir à Carolina do Norte para me ver falar sobre um gênero que te assusta… mas nem é sobre isso. É que eu preciso de você na minha vida. O que, aliás, é uma frase que teria literalmente me esmagado as entranhas só de *pensar* em dizê-la alguns meses atrás. Mas agora eu sinto que vou ser esmagada se não disser isso. Mesmo que você não sinta mais o mesmo por mim, ou tenha seguido em frente com Jewel, ou outra pessoa, eu tinha que dizer isso. Então, eu dirigi por dez horas, fui parada uma vez, evitei por pouco derramar café em mim mesma e apareci na sua porta na pior hora possível, para dizer isso. Eu te amo. Preciso de você na minha vida. Sinto muito. — Respirei fundo, pela primeira vez nos últimos minutos. — Não necessariamente nessa ordem.

Dessa vez, Sam se sentou ao piano, apertando várias teclas antes de se levantar.

— Uau — ele disse.

— Bom uau ou mau uau? — perguntei.

Sabia que tinha chances de ser rejeitada. Havia me preparado para isso, disse a mim mesma que, se Sam dissesse que não iria dar certo, eu diria que entendia com alguma aparência de dignidade, e então iria para a casa ao lado e choraria até dormir. Era importante para mim transmitir a ele a maneira como me sentia, não importando qual fosse o resultado.

— Há muita coisa para processar — Sam disse. — Eu deveria ter feito café. Que parte é essa sobre a Jewel?

Um pouco triste, eu disse:

— Hum, Conner me disse. Que ela veio uma vez.
Sua testa franziu brevemente antes de se desanuviar.

— Para pegar um violino velho, ajudei a reformar para a loja — ele disse. — Ela ficou aqui por talvez dez minutos. Não estou interessado em namorar qualquer outra pessoa.

Qualquer outra pessoa. Eu deixei meu coração se elevar, só um pouquinho.

— Ah.

— E você quer que eu vá para a sua defesa de tese? — ele perguntou.

Eu troquei de posição, ouvindo o quão afrontoso parecia.

— Sim — disse. — Quero dizer, idealmente, eu adoraria ter você lá. Conner e Shani irão. Mas também é provavelmente muito estranho pedir isso a você, e uma enorme imposição, e eu entenderia...

— É a mesma coisa que você disse sobre ser o marco final da sua carreira de pós-graduação? Desculpe se estou sendo estúpido, mas você chamou isso da segunda maior apresentação da sua vida, então estou um pouco confuso.

— Bem, sim — disse. — Porque esta aqui agora é a apresentação mais importante da minha vida. O que estou dizendo para você agora. Sinto muito por não ter feito um PowerPoint.

Sam atravessou o espaço entre nós em apenas alguns passos, e então ele estava me beijando, suas mãos acariciando minha face, pressionando minhas costas contra a porta. O choque de ter sua boca contra a minha, o puro *alívio* disso, me fez começar a chorar, o que tentei esconder dele para que não parasse.

Mas ele recuou, esfregando o polegar em meu queixo.

— Ah — ele disse baixinho. — Por favor, não chore. Eu também te amo, Phoebe. Eu sempre vou te amar.

Eu solucei um pouco.

— Eu pensei que tinha estragado tudo.

— Não — ele disse. — Eu disse a mim mesmo que esperaria até que o semestre terminasse, e então pediria seu número a Conner. Não sabia que tipo de recepção eu teria, mas não estava pronto para desistir de nós.

— Sério? Eu estava com medo de que você se esquecesse de mim.

— Impossível. — Ele apontou para o canto e eu me virei, não tendo certeza do que ele estava tentando me mostrar, até que meu olhar pousou no meu violão, alinhado com vários outros em um rack encostado na parede. — Acontece que era mais doloroso não ter alguma coisa sua por perto, então perguntei a Conner se eu poderia ficar com ele.

E aquele bastardinho nem tinha me contado.

— Eu ainda tenho uma de suas camisetas — eu disse.

— Eu sei. Estava procurando por ela. Devemos usar camisas temáticas de anos anteriores às quintas-feiras.

Eu fiz uma careta.

— Oops. Foi mal.

Ele sorriu, me dando um beijo no canto da boca.

— Tudo bem. Eu gosto de imaginar você usando-a.

— E me imaginar *não* usando ela?

As suas mãos desceram pelas minhas costas, descansando sobre a minha bunda e me puxando para mais perto dele.

— Gosto ainda mais.

— Eu sei que é tarde — disse. — E você está cansado, e eu dirigi por dez horas, mas...

— Ah, não se preocupe comigo — Sam disse, com a sobrancelha levantada em um desafio. — Eu ligo amanhã. Minha namorada vai defender sua tese e eu não posso perder. — Ele fez uma careta fofa para mim. — Posso te chamar assim? De namorada?

— Eu não tenho mais medo dessa palavra — falei. — Ainda tenho medo de muitas coisas, a maioria delas cenários muito específicos envolvendo ser sequestrada. Mas não tenho medo disso, de te amar ou de ser amada por você.

— Alguns podem dizer que suas escolhas de leitura têm muito a ver com isso — Sam ponderou. — Mas te levar para o quarto conta como sequestro? Ou está tudo bem?

Eu inclinei meu rosto em direção ao dele para outro beijo.

— Eu iria facilmente com você — disse. — Pode me levar.

EPÍLOGO

Conner e Shani se casaram em abril depois da minha formatura, em um casamento em que noventa por cento dos convidados eram a família da Shani, nove por cento eram os amigos de Conner que eu nunca conheci, minha mãe, meu padrasto, e então eu e Sam.

Terminei meu discurso e me sentei novamente na minha cadeira, corada e cheia de adrenalina e sentimentalismo. Sam passou seu braço pelos meus ombros, me puxando para mais perto e dando um beijo no meu cabelo.

— Você arrasou — ele disse. — Porém não entendi nenhuma das referências a *Crash Bandicoot*.

— Eu estava focando no meu público principal — respondi, estendendo a mão para pressionar seu braço com mais força contra o meu peito, querendo ficar o mais próxima possível dele. Depois de uma vida me sentindo esquisita com contato físico, com Sam parecia que nunca era demais ou muito apertado.

— Você realmente acha que sua mãe gostou de mim?

Sam estava preocupado com isso desde o momento em que os apresentei na noite anterior, no jantar de ensaio, e ele perguntou sobre seus pastores alemães antes de ser corrigido de que a raça era pastor australiano.

— Ambos têm "pastor" no nome — eu lhe assegurei depois da confusão. — É compreensível.

— Sim, mas eles são *completamente* diferentes — Sam disse.

— Não é como se você fosse jogar golfe com os cães e depois os chamasse de pastores alemães na cara deles. Minha mãe acha você muito doce. Essas foram as palavras exatas dela.

Os últimos meses tinham sido um turbilhão de emoções. Minha defesa tinha ido incrivelmente bem, exceto por uma pergunta esperta em que um professor da minha banca me pediu para percorrer a cronologia das publicações do *true crime* e eu acabei em uma tangente sobre o meu livro favorito de Afrodite Jones[56] que talvez fosse um pouco fora do assunto. Sam e eu havíamos passado o Natal em Chicago com sua família, onde seus irmãos não tinham juntado seus vinte dólares para comprar um colar de pedras de nascimento para sua mãe, mas todos estavam muito barulhentos e felizes e se abraçavam muito. Tinha sido surpreendentemente bom.

Agora eu estava morando com Sam e trabalhando em uma proposta de livro enquanto esperava para ver se o Stiles College solicitaria uma entrevista para a vaga de professor visitante que tinha acabado de abrir. Também me candidatei a outros empregos, em outras cidades, e Sam disse que não havia problema em fazer as malas e se mudar para qualquer lugar do país. Apesar disso, me vi estranhamente torcendo para que ficássemos na Flórida. Era bom morar ao lado do meu irmão — embora o número de vezes que ele vinha pegar coisas emprestadas me fazia questionar o que ele comprava quando ia ao supermercado.

— Aquele homem — eu disse agora, apontando para um sujeito alto, branco, com cabelos castanhos desgrenhados e óculos. — Ele não se parece muito com Dennis Nilsen?

— É um programador de computador do início dos anos 1980? — Sam perguntou. — Porque é assim que ele se parece.

— Não, é o cara que... — eu me contive antes de poder prosseguir. Algo me dizia que talvez o casamento do meu irmão não fosse o melhor lugar para começar a discutir *serial killers* escoceses e a péssima ideia de tentar jogar restos humanos descarga abaixo. — Não importa.

Sam se levantou, estendendo a mão.

— Dança comigo?

— Não se eu puder evitar — eu disse, porque cair nas citações de *Orgulho e preconceito* sempre era uma boa maneira de fugir de algo.

---

[56] Autora, repórter e produtora da televisão americana.

Um lado da boca de Sam se levantou.

— Você pode dançar essa música lenta comigo agora, ou *Tubthumping* mais tarde. Você que escolhe.

A única coisa pior do que dançar devagar era dançar rápido, então segurei em sua mão e o deixei me levar. A música já tinha começado, e havia outros casais na pista enquanto Sam descansava as mãos na minha cintura. Nunca soube bem o que fazer com os braços enquanto dançava — mesmo em shows, eu apenas balançava a cabeça e mantinha as mãos nos bolsos. Será que eu devia colocá-las nos ombros dele?

— Em volta do meu pescoço — Sam disse. — É basicamente uma maneira socialmente aceitável de nos abraçarmos por quatro minutos. Você tem que balançar um pouco, para se safar.

Na verdade, foi fácil encontrar o ritmo com Sam. E legal, sentir suas mãos quentes nos meus quadris, estar perto o suficiente para ver um pequeno corte em seu pescoço onde ele havia se barbeado, olhar em seus olhos, tão azuis que me tiravam o fôlego.

— Não é tão ruim — eu disse. Por cima do ombro dele, eu podia ver Conner e Shani dançando juntos. Eu nunca tinha visto meu irmão tão feliz. — Eu posso me ver fazendo isso, em algum momento — eu disse. — Me casar, quero dizer.

— É?

— Claro — disse, entrelaçando minhas mãos mais apertadas atrás do seu pescoço, deixando meus dedos brincarem com os cabelos em sua nuca. — Algum dia.

AGRADECIMENTOS

Assim como Phoebe, às vezes luto para lembrar que não sou uma ilha, não estou sozinha, não há problema em pedir ou receber amor e apoio. Verdadeiramente, este livro não existiria sem a seguinte lista não exaustiva de pessoas, lugares e coisas (então, substantivos? Eu poderia apenas dizer substantivos próprios) que aprecio mais do que as palavras podem dizer:

Laura Bradford, Hannah Andrade e todos na Bradford Literary por serem os melhores campeões de trabalho que eu poderia pedir; Taryn Fagerness por defender este livro internacionalmente; Kristine Swartz, editora extraordinária, por tudo, mas especialmente por me deixar manter a referência da tríade MacDonald; o resto da equipe em Berkley, incluindo Mary Baker, Colleen Reinhart, Sheila Moody, Jennifer Lynes, Christine Legon, Bridget O'Toole e Daché Rogers; Jenifer Prince pela capa lindíssima e pelo incrível conteúdo sáfico que ela coloca no mundo (siga-a no Instagram @jeniferrprince, você não vai se arrepender); minha família, incluindo minha mãe, que carinhosamente trouxe transcrições de julgamento federal para eu ler no ensino médio; primeiros leitores do Google Docs, incluindo Kim Karalius (escritora, criadora de playlists, embaixadora do fã-clube do James McAvoy), Charis (suporte diário via mensagens de texto e ótimas ideias para nomes de gatos), Stacey e Sarah (superfãs do romance) e Brittany (o que posso dizer, você é minha melhor irmã); Erin por todas as noites que passamos em restaurantes até a hora de fechar falando sobre tudo, desde astrologia até como queríamos nossos corpos após a morte ("me jogue em uma lixeira"); minha amiga de longa data, Kristin; Marni Bates por todo o apoio à escrita ao longo dos anos; Chase por sempre acreditar em mim; Rebecca Frost por todos os seus conselhos a respeito de escrever uma tese sobre *true crime* (e por ajudar a me convencer do contrário quando eu realmente penso em voltar para a universidade para fazê-lo); Lindsay Eagar por seu curso de Rascunhos Rápidos; as mentoras da Pitch Wars, Rachel Lynn Solomon, Rosie Danan, Ruby Barrett, Annette Christie, Sonia Hartl e Anna Kaling por verem algo na história e me darem incentivo, suporte e conselhos sobre a indústria quando eu mais precisava!; o *chat* do Discord *Berkletes*, principalmente o canal *NSFW*, que é uma fonte interminável de novas informações; Christine Colby por me deixar escrever sobre artigos do *Crimefeed* que irão me deixar para sempre com um pé atrás na hora de acampar (tudo bem, nem gosto tanto assim); o podcast *You Are Wrong About* por mostrar como uma abordagem empática e ponderada ao *true crime* pode ser; Sarah Marshall especificamente pelo almoço e o livro de Patty Hearst; USF e os relacionamentos que me ajudam a justificar meus empréstimos estudantis (incluindo, mas não se limitando ao Dr. Fleming, Liz, Christine, Bryan, Jessica); Carmen e Ann por sediarem um clube do livro jovem-adulto incrível e geralmente serem incríveis embaixadoras da comunidade literária; um alguém anônimo em que tudo o que vou dizer é que se eu mencionar *Judgment Ridge* de passagem e depois você ler e me contar, eu tomo como o maior elogio possível; o blog *Ask a Manager* por ser meu ritual matinal favorito; meus dois chefes, que eu aprecio mesmo torcendo para que eles nunca leiam este livro; minha biblioteca pública local por me aceitar novamente mesmo tendo demorado anos para devolver *Simon vs. The Homo Sapiens Agenda*, e especialmente a devolução sem contato que me manteve sã durante a pandemia; os jogos do *Crash Bandicoot*, principalmente o nível *Hog Wild*; Janeane Garofalo quando ela derruba cerveja em seu vestido em *Romy e Michele's High School Reunion*; Hayley Williams por lançar novas músicas exatamente quando eu mais precisava; Tegan e Sara pelo tempo que me disseram para voltar a trabalhar em um Twitter AMA; músicas da Phoebe Bridgers, mas especialmente aquele verso em *Kyoto* sobre como os 25 parecem ser capazes de voar; *Metric Essentials* da Apple Music para quando eu estava com preguiça de fazer minha própria playlist enquanto escrevia; toda a discografia de Chrvches pelo mesmo motivo; aquela parte do vídeo *Anna Sun*, em que todos eles começam a dançar; a loja Etsy, onde recebi alguns adesivos góticos deliciosos para marcar a cada mil palavras que escrevia; Pop-Tarts de açúcar mascavo de canela; e você, se você pegou esse livro e de alguma maneira chegou até aqui nos agradecimentos. Eu te agradeço.

 E, é claro, o maior e mais sincero agradecimento de todos a Ryan, August e Kara, que me mostram todos os dias que o amor é real e o mundo está cheio dele. Eu amo vocês.

♥♥

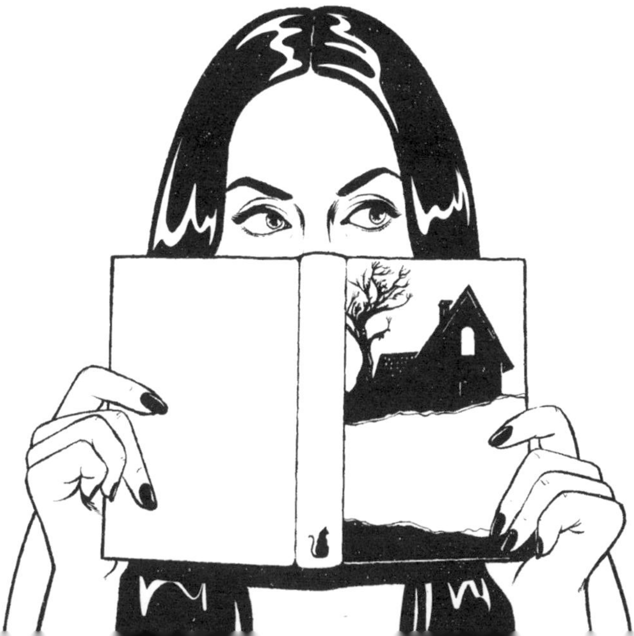

TIPOGRAFIA:
Badaboom Pro BB (título)
Untitled Serif (texto)

PAPEL:
Cartão LD 250g/m2 (capa)
Pólen Soft LD 80g/m (miolo)